고양이를
산책시키던
날

고양이를
산책시키던
날

연소민 장편소설

모요사

차례

1부 ——————— 고양이 남자

1

스코티시폴드를 산책시키는 늙은 남자가 동네에 나타났을 때, 사람들은 경악하거나 무시했다. 고양이는 다리를 제외하고 몸의 털이 전부 깔끔하게 미용됐고 꼬리 끝은 마젠타 색으로 염색돼 있었다. 남자는 그 작은 고양이에게 사랑의 말을 쏟아냈다. 현주는 고양이를 개처럼 산책시키는 남자가 곧 고양이를 잃어버릴 거라고 확신했다. 갑자기 자동차 경적이 울리거나 큰 개와 마주치기라도 한다면 고양이가 유연하게 몸을 비틀어 하네스를 벗겨내고 탈출할 것이다. 그러나 그건 현주의 쓸데없는 걱정이었다. 머지않아 고양이를 잃어버린 건 다름 아닌 그녀였으니까.

❦

그 도시는 철새를 관찰하기에 좋은 조건을 갖췄다. 새들은 번

식지와 월동지를 오가는 효율적인 항로로서 서울 근교의 이 도시를 경유했다. 도심에서 가장 먼 곳에 자리한 야트막한 언덕, 초등학교와 고등학교가 나란히 붙어 있는 그곳에서 차로 이십 분쯤 달리면 멀지 않아 도시의 경계가 나왔다. 논밭과 일회용품 생산 공장이 교차되며 이질적인 풍광을 이루는 경계에 고급 주택 단지가 있었다. 단지 내에 오도카니 자리 잡은 연붉은 콘크리트 외벽의 주택에서는 철새의 아름다운 군무가 선명하게 관찰됐다. 가을이 되면 주변 산수유나무들의 붉은 열매와 어우러져 아름다운 풍경을 이루는 집이었다.

현주는 가을을 달가워하지 않았다. 마당에는 아주 오래전에 심어진 설탕단풍나무가 있었는데, 가을이 절정에 달해 단풍이 군집을 이루면 마치 거대한 횃불처럼 일렁이며 집을 위협하는 것처럼 보였기 때문이다. 주택 외벽은 고양이의 혀 돌기처럼 오돌토돌했다. 어린 현주는 손바닥으로 벽을 비비며 마찰에서 느껴지는 뜨끈함을 즐기곤 했다. 남쪽을 향한 벽은 햇빛에 바래 몇 번이나 시멘트를 덧칠했다. 현주는 그것이 얄팍한 속임수라고 생각했다.

2층의 작은 거실에는 세 개의 길쭉한 직사각형으로 이뤄진 창문이 있었다. 위에서 보면 육각형을 반으로 자른 모양새였고, 밖으로 70센티미터 정도 돌출돼 있었다. 창문이 시작되는 아랫부분에 나무 상판이 깔려 있어, 책이나 화분을 올려두곤 했다. 창문을 등지고 바짝 붙어 있는 낙타색 소파는 오랜 시간 동안 서서히 변색돼 등받이가 얼룩덜룩했다. 그만큼 그 집에는 계절과 상관없이 햇빛이 잘 드리웠다.

고급 주택 단지는 학교 아이들이 주로 사는 아파트 단지와 동떨어져 있었다. 아이들은 서로의 집을 물을 때 "어디 살아?"가 아니라 "몇 단지 살아?"라고 물었다. 현주가 고급 주택 단지의 이름을 말하면, 친구들은 천진난만한 눈으로 "너 부자야?"라고 되물었다. 대부분 20평대의 아파트에 사는 아이들에게 넓은 마당이 딸린 3층 주택에 사는 현주는 호기심의 대상이자 다른 세계의 존재로 비쳤다.

동네 친구가 없던 그녀에게 젊은 이모는 엄마, 언니 그리고 친구까지 모든 역할을 해주었다. 현주의 어머니는 지하철역 앞 종합병원 근처에서 약국을 운영하는 약사였다. 저녁 7시에 약국의 문을 닫지만, 늘 밤늦게 술 냄새를 풍기며 집에 왔다. 남편에게 사랑받지 못하는 불운한 결혼 생활을 한탄하며 바에 가서 혼자 위스키를 마시곤 했다. 아버지는 어머니보다 늦게 들어오는 날이 많았다. 현주를 돌볼 여력도 마음의 여유도 없던 어머니는 이모를 현주의 돌보미로 고용했다. 두 번의 유산을 겪은 후 우울증에 빠졌고 남편과 사이가 멀어져 이혼을 한 직후였다. 이모는 대학을 졸업한 후 곧바로 결혼했기에 일을 해서 돈을 벌어본 적이 없었다. 그렇게 조카를 돌보는 일이 이모의 첫 생업이 됐다. 어린 시절 현주는 대부분의 시간을 이모와 보냈다.

아버지는 얼굴을 보기 힘들었고, 어머니에게 말을 붙이면 "지금 그게 중요한 게 아니야", "잠깐 있어봐", "지금 말고"라는 답만 들었다. 현주와 나이 차이가 일곱, 여덟 살이 나는 두 언니는 마치 쌍둥이처럼 둘이서만 결속했고, 현주는 어리다는 이유로 언니들 사이에 끼지 못했다. 그녀가 초등학생일 때 언니들은 이미 대학생이었다. 언니들은 같은 대학에 진학했고 독립해 학교 앞 오피스텔에서 함께 생활했다. 언니들은 삶을 계획할 때 늘 서로를 고려했다. 나중에 두 언니는 함께 호주로 워킹 홀리데이를 갔고, 각자 호주인 남자를 만나 결혼해 정착했다. 언니들의 삶에 현주는 참견할 수도 비집고 들어갈 수도 없었다.

그렇지만 이모는 달랐다. 다른 가족들처럼 현주를 혼자 두지 않았다. 이모는 심리적으로 불안정한 사람이었지만, 자주 그녀의 어깨에 얼굴을 파묻고 사랑한다고 속삭여주었다.

현주는 이모와 소파에 올라타 무릎을 꿇고 창문에 얼굴만 빼꼼 내밀어, 사격수의 심정으로 새들을 관찰하곤 했다. 탐조는 이모가 알려준 놀이였다. 철에 따라 번식과 월동의 낙원을 찾아 일제히 날개를 펴고 비상하는 새들의 움직임에 조잡함은 없었다.

그녀의 아버지는 형제들과 함께 그 도시에서 야생조류보호협회를 운영했다. 환경부 담당자, 국립공원 연구원과 함께 한강을 중심으로 야생 조류 모니터링을 했고 사진 자료화를 담당했다. 또한 아버지의 큰형이 운영하는 건설사와 긴밀히 연계해 그린벨트와 철새 보호 구역에 대한 조사와 관리를 책임졌다.

2층 아버지의 서재 책장 한 칸은 전부 조류 도감으로 채워져 있었다. 그녀는 방학마다 도감을 탐독하는 데 많은 시간을 보냈다. 그렇지만 새에 대해 박식한 것과 별개로, 조리개를 조작하듯 정확한 초점으로 새들을 포착해내는 기술은 재능의 영역이었다. "관찰력과 지구력, 좋은 시력을 가진 너는 타고난 탐조꾼이야." 이모는 이렇게 조카를 칭찬하곤 했다.

그들에게는 작은 동료가 있었다. 그녀의 집과 옆집 사이에는 위로 곧게 뻗은 죽나무가 서 있었다. 이 나무를 지지대 삼아 합판 타워가 나선형으로 세워져 있었다. 동네의 길고양이들을 위한 인간들의 배려였다. 주택가 골목의 악동들은 귀여운 외모를 이용해 인간의 호의를 적절히 이용할 줄 알았다. 하얀 배와 검푸른 줄무늬의 등을 가진 날렵한 토종 고양이도 그중 하나였다. 그 고양이는 그녀의 집 마당에서 밥을 얻어먹었다. 잠자리가 어디인지 알 수 없었지만, 하루에 한 번 이상 타워에 올라왔다. 합판 타워의 가장 높은 층은 2층 창문과 눈높이가 맞았다. 하늘에서 새들이 요란하게 울며 춤을 추면, 고양이의 시선이 새들의 동선을 따라 움직였다. 검은 동공이 잔뜩 확장된 채로.

그녀는 사료를 채워줄 때 동료와 마주치면 눈을 느리게 껌뻑거리며 끈질기게 인사를 보냈다. 그러면 줄무늬 고양이는 정월달 같은 샛노란 눈을 그녀와 똑같이 두어 번 감았다 떴다. 엉덩이를 바닥에 대고 앞발을 위로 길게 뻗은 꼿꼿한 자세로 그녀를 올려다보며. 툭 튀어나온 가슴과 새초롬하게 위로 올라간 눈에서 나오는 노란 광채에서는 고양이의 높은 긍지가 느껴졌다. 그렇지만 그녀는 절대 고양이를 만지지 않았다. 이모는 고양이를 쓰다듬기 위해 돌봐주는 건 잘못된 행동이라고 가르쳤다. 이모는 고양이를 만지면 자신을 떠났던 배 속의 아기처럼 고양이가 사라진다고 믿는 것 같았다. 아기 울음소리와 닮은 고양이 울음소리가 가까이서 들려올 때면 이모는 다른 일을 하다가도 마당으로 뛰쳐나가 가만히 눈을 감고 자신의 납작한 배를 쓰다듬곤 했다.

녀석은 현주를 기억했고, 푸르스름한 새벽에 쥐나 벌레를 물어다 놓으며 고양이의 방식으로 보은하곤 했다. 현주는 이름도 지어주지 않은 고양이와 무언가 통하고 있다는 걸 알 수 있었다. 처음 경험해보는 비밀스러운 교감이었다.

줄무늬 고양이는 동네의 우두머리 고양이였다. 발정기 때마다 동네의 암고양이들을 손쉽게 임신시켰다. 채 한 살이 되지 않은 어린 암고양이가 대부분이었다. 아마 여러 번 줄무늬 고양이의 새끼를 밴 암고양이도 있을 터였다. 현주는 고양이들의 성교 장면을 지겹게 봤다. 본능 앞에서 동물은 부끄러움이 없었으므로 골목이나 마당에서 쉽게 목격할 수 있었다.

수컷을 부르는 발정 난 암고양이들의 관능적이고 날카로운 메이팅 콜이 초여름을 알렸다. 그 시기에 수컷들끼리는 눈이 마주치기만 해도 앞발을 치켜들어 살의가 담긴 주먹을 날리거나 서로의 몸에 이빨 구멍을 냈다. 암컷이 배를 보이고 바닥에 구르며 교태를 부리면, 어디선가 그 유혹의 춤을 지켜보고 있던 수컷이 소리 없이 나타나 암컷의 등 위에 올라탔다. 살기 위해 자해를 감행하는 것만큼 모순적이면서도 절박한 행위였다.

몸집이 고작 신발 상자만 한 어린 고양이의 배가 부푸는 것은 녀석들의 세계에서는 대수롭지 않은 일이었다. 그러나 현주에게는 그렇지 않았다. 자연의 섭리를 존중하려 노력해도 그것은 어린 고양이에게 가혹한 일 같았다. 그즈음 그 동네에서도 길고양이 중성화 사업이 성행했다.

인간들은 수사망을 촘촘히 좁혀 왔고, 결국 날쌘 줄무늬 고양이마저 그물에 포획됐다. 중성화를 당한 녀석은 다리 사이가 허전해 보이는 채로 털레털레 집 마당에 돌아왔다. 단단한 땅콩 같았던 고환이 사라졌다는 것 말고 겉모습은 달라진 것이 없어 보였다. 인간의 손에 잡혀 무슨 일이 벌어지는지조차 모른 채 하루아침에 무성이 된다는 건 고양이에게 어떤 의미였을까? 지겨운 발정에서 벗어나 자유롭고 여유로운 삶으로의 진입이었을까? 현주의 유능했던 동료는 한결 유순해졌다. 매사가 귀찮다는 듯 주로 누워 있거나 어딘가에 숨어 들어가 잠을 청했다. 나이는 알 수 없었지만, 아마 노쇠하기도 했을 것이다. 동네를 주름잡던 포악한 고양이가 한순간에 평범하고 무력한 길고양이로 전락했다. 그것은 곧 자신의 영역에서, 삶에서 퇴출당했음을 의미했다.

그녀가 중학교에 올라가 무릎 위까지 내려오는 품이 넓은 회색 교복 치마를 입기 시작했을 때, 동료가 목에 깔끔한 네 개의 송곳니 구멍이 난 채로 죽임을 당했다.

작은 동료의 죽음과 함께 현주는 탐조를 그만두었다. 이마에 여드름이 꽃피는 사춘기에 접어들며 이모와 노는 것이 지루해졌다. 중학생이 되면서 시력이 급격히 떨어진 탓도 있었다. 안경을 쓴 뒤로 이상하게 새에 눈길이 가지 않았다. 안경 렌즈에 또래 여자아이들처럼 행동하도록 억압하는 기능이 있는 것만 같았다.

이후에도 고양이들을 싸잡아 중성화시키는 거세 작업은 계속됐다. 대대적인 중성화 사업의 폭풍이 지나간 후 맞이한 첫 여름. 서로 다른 얼룩을 가진, 부모를 알 수 없는 새끼 고양이의 시체가 나뒹구는 일이 현저히 줄어들었다. 그렇지만 현주는 스물여덟 살이 돼 그 집을 떠날 때까지 계속해서 마당의 방문객들에게 양질의 음식과 깨끗한 물을 제공했다. 이모가 늘 그렇게 해왔듯이. 어떤 생명체에게 한번 정이 들면 계속 눈길이 가고 온정을 베풀기 마련이다. 이렇듯 어떤 교감은 삶을 송두리째 바꿔놓는다. 그녀 주위엔 늘 만질 수 없는 고양이들이 머물렀고 떠났다. 눈빛과 침묵, 대화는 때로 감촉보다 정교한 교감을 가능케 했고, 보다 농밀한 친밀감을 구축했다.

그렇지만 그녀는 언제나 자신만의 고양이를 갖고 싶어 했다. 탐욕스럽지 않고, 오만하지 않고, 용감하고, 정묘한 눈빛을 가졌고, 때론 거칠며, 쉽게 아양을 떨지 않는 고양이를. 부모님께 몇 번이나 고양이를 키우자고 간청했으나 매번 같은 이유로 거절당했다. 고양이는 눈이 으스스하고, 무엇보다 길들일 수 없다는 이유였다.

2

밤비가 내린 겨울 거리는 평소보다 채도가 낮았다. 그렇지만 그날은 오히려 포근하게 느껴졌다. 그런 날에 현주의 어머니는 지겨운 혈액암과 싸우길 포기하고 영원한 암흑 속으로 들어갔다.

진성은 장례식 둘째 날 밤 11시가 가까운 시간에 홀로 문상을 왔다.

'비집고 들어온다.' 현주가 진성을 다시 봤을 때 가장 먼저 떠오른 인상이었다. 그는 예전부터 집요하게 그녀의 삶에 비집고 들어왔다. 그 틈을 만든 것은 그녀가 아니라 '그녀의 불행'이었다. 그를 허용한 것도 자의가 아닌 '불행'의 의도였다. 그는 늘 불행과 함께 등장했다. 현주가 가까운 사람의 죽음을 겪고 있을 때 그는 늘 손을 내밀었다. 그녀도 그 손을 마다하지 않았다. 붙잡을 것이라곤 하얗고 마디마디가 불룩 튀어나온 그의 손뿐이었기 때문이다. 돌이켜보면, 모든 것은 그의 손으로부터 시작됐다.

❧

진성은 동네의 오래된 미용실 집 아들이었다. 고등학교 시절 그는 용돈을 벌기 위해 어머니 대신 손님들의 머리를 감기곤 했다.

그의 어머니는 절대 이유 없이 그에게 돈을 주지 않았다. 용돈이 필요하다는 아들에게 "우리에게는 빚이 2억이 있어"라고 말했다. 어머니는 연애 시절 배 속에 진성을 가지게 됐다. 진성의 아버지는 책임감이 없는 사람이었다. 어머니는 결혼을 포기하고 진성을 혼자 키워야 했다. 치매에 걸린 진성의 외할머니까지 보살폈기에 어머니는 늘 생활고에 시달렸다. 진성은 2억이라는 빚이 실제로 있는지 없는지 알 수 없었다. 그렇지만 어머니가 '우리에게'라고 말했으므로 그는 어렸을 때부터 빚이 있는 삶을 살아야 했다. 누가 뭐라 하지 않아도 먼저 눈치를 보고, 자격지심을 느끼고, 스스로 연민하는 삶을. 그는 어머니와 가난의 무게를 나눠야만 했다.

학교에서 서로 접점이 없던 진성과 현주가 만나게 된 것도 그 미용실에서였다. 그녀는 단발머리를 유지하기 위해 한 달에 한 번씩 미용실을 찾았다. 시내의 미용실은 예약하기가 귀찮고 매번 차를 타고 나가야 해서 번거로웠다.

미용실에 두 번째 방문했을 때 교복을 입고 사람들의 머리를 감기고 있는 진성과 마주쳤다. 그의 귀와 손가락은 거의 엇비슷하게 빨갰다. 손가락은 샴푸 질을 하느라 빨갰을 것이고, 귀는 그녀 때문인지도 몰랐다. 사실 학창 시절 그는 늘 귀가 빨갛게 물들어 있는 편이었다. 그는 그녀가 자신을 모른 척해주길 원하는 듯했다. 하지만 현주는 그를 이미 알고 있었다.

열여섯 살 봄이었고, 이모가 사고로 죽고 얼마 지나지 않은 때였다.

학교가 파하면 늘 이모의 차가 교문 앞에 있었다. 이모는 현주의 학원 스케줄에 거의 매번 동행했다. 어느 날 학원이 끝나고 주차장으로 내려갔는데 이모의 차가 없었다. 그날은 수업이 가장 늦게 끝나는 수요일이었고, 이모는 조카가 수업에 들어간 사이에 맥너겟과 감자튀김을 사두곤 했다. "머리를 쓰면 칼로리를 많이 소모하니까 느끼한 걸 먹어줘야 해." 이모는 그렇게 말했다. 현주는 그날따라 야식으로 햄버거를 먹으려는 사람들이 많아 주문이 밀려서 이모가 조금 늦는 거라고 생각했다. 그런데 아무리 기다려도 이모는 오지 않았다. 몇 시간 후 이모가 신호 위반을 한 택시에 치여 그 자리에서 즉사했다는 소식을 들었다. 한동안 현주는 그렇지 않다는 걸 알면서도 이모의 죽음에 자신의 탓도 있다고 자책했다. 이제 그녀는 혼자 학원에 가야 했고 고양이들의 밥도 혼자 챙겨줘야 했다. 마음에 발이 달려서 어디론가 떠나버린 것 같은 나날이었다.

그러던 중 큰 규모로 열린 교외 시 공모전에서 장려상을 수상
한 시를 학교 게시판에서 보게 됐다. '당신이 할 수 있는 인사'라
는 제목의 시였다. 죽어가는 찰나의 순간을 지나고 있는 인간에
게 해줄 수 있는 인사말들을 나열한 시였다. 그 시의 구절을 따라
현주는, 좋은 곳에서 만나, 라는 말을 읊조렸다. '좋은 곳에 가길'
이 아니라 '좋은 곳에서 만나길'이라고 씌어 있어서 좋았다. 지은
이는 강진성. 현주는 다정하면서도 설움 가득한 인사말들과 함
께 수상 소감 옆에 인쇄된 조그만 흑백 증명사진 속 얼굴을 기억
속에 담아두었다. 언젠가 말을 나눌 기회가 생긴다면 그런 문장
들이 그의 몸 어디에서 나오는 건지 꼭 묻고 싶었다.

현주는 집에서 머리를 감고 왔음에도, 진성의 어머니에게 머
리를 자르고 나서 5천 원을 더 내고 진성에게 머리를 감겨 달라
고 했다. 학교 복도에서 스치기만 했던 시의 지은이가 지금, 그녀
앞에 서 있었다.

그는 키가 컸고 시종일관 곧게 뻗은 자세를 유지했다. 꼿꼿한
허리는 몸을 웅크리게 만드는 외부의 힘으로부터 저항하려는 것
처럼 보이기도 했다. 두껍지 않은 어깨 역시 한 번도 둥글게 말린
적 없다는 듯 판판하게 일직선을 그렸다. 몸이 가늘었지만 단정
한 자세 때문에 결코 왜소해 보이지 않았다. 주변을 경계하며 몸

을 웅크리고 사는 것에 익숙한 현주는 그의 직선적인 몸 선에 감탄했다.

그런 흥분과 별개로, 젖은 머리카락과 남자아이의 굵은 손가락이 엉키는 것은 그녀가 느낀 최초의 성적 자극이었다. 이 시절 현주는 연애에 무관심했지만, 진성의 손가락이 머리카락 사이사이를 유영할 때면 또래 여자아이들이 애타게 갈구하는 감각이 이런 종류일 것이라고 확신할 수 있었다. 거품을 씻어내기 위해 그가 주먹을 쥐락펴락하며 머리카락을 조물거릴 땐, 알싸한 스피어민트 향이 퍼져 나갔다. 진한 샴푸 향이 그들 사이의 느슨한 공기를 촘촘히 메우는 것 같았다. 마지막으로 목덜미를 닦아낼 때 진성은 그녀의 얇은 목을 세게 감싸 쥐었다. 상체가 유독 말라 툭 튀어나온 그녀의 목뼈를 쓰다듬는 손길이 그녀에게 타투처럼 아로새겨졌다. 학교에서의 진성과 미용실에서의 진성이 다른 사람처럼 느껴졌다.

그날 이후로 현주는 이삼 주에 한 번씩 미용실에 방문했다. 진성은 항상 그녀를 손님으로만 대하며 물의 온도가 괜찮냐고 물었다. 그러면 그녀는 괜히 '조금 더 차갑게' 혹은 '조금 더 따뜻하게'라고 거리낌 없이 지시하곤 했다. 시의 지은이에 대해 궁금해하며 혼자 가슴앓이했던 지난날에 대한 심술이었다. 그런데 어느 날 진성이 현주의 지시를 듣고 작게 웃음을 터뜨렸다.

"그럼 네가 직접 온도를 조절해봐."

진성이 수도꼭지를 잠그고 누워 있는 그녀와 거꾸로 눈을 맞췄다.

"뭐?"

현주가 당황해 엉거주춤 상체를 일으켰다.

"온도 가지고 맨날 이러쿵저러쿵하는 거, 장난치는 거였어? 내가 못 받아준 거야? 난 이런 거에 눈치가 없단 말이야."

"진짜 온도가 마음에 들지 않아서 그래, 매번."

"이렇게 까탈스러운 손님이 왜 이곳에 오는 거야? 이 미용실은 주로 아줌마들이 오는데…" 진성이 커튼 뒤쪽을 흘깃 보곤 몸을 숙여 귓속말을 했다.

현주는 한참 뜸을 들인 후에 답했다. "네가 머리를 감겨주는 게 좋아서."

진성이 시간을 벌듯 물을 틀었다 끄길 반복했다.

"여기서 감고 가면 편하니까."

그가 당황한 걸 눈치챈 현주가 마음에도 없는 소리를 하며 말을 돌렸다.

"…혹시 내가 여기서 샴푸 질을 한다는 걸 다른 애들한테 말한 적 있어?"

진성은 자신이 미용실 아들이라는 걸 부끄러워했다.

"아니. 말할 사람도 없고 말하고 싶지도 않으니까 걱정 마."

"다행이네."

진성이 그녀의 어깨를 손가락으로 가볍게 툭툭 치며 다시 누우라는 신호를 보냈다. 현주는 다시 진성에게 머리를 맡겼다.

"그런데 넌 왜 혼자 다니길 고집해? 몇몇 애들은 너를 궁금해하던데. 남자애들도 여자애들도." 진성이 물었다.

현주는 누구와도 말을 잘 섞지 않았다. 학교에서 그녀는 주로 혼자 다녔으며 굳이 분류하자면 중심으로부터 소외당하는 축이었다. 사실 그녀를 소외시킨 건 그녀 자신이었다.

중학생 시절 그녀는 입학 첫날 우연히 옆자리에 앉은 여자아이와 단둘이 다녔다. 어느 날부터 그 친구는 현주를 멀리하더니 다섯 명이 어울려 다니는 무리에 합류했다. 서운해하는 현주에게 그 친구는 "너랑 있으면 답답해. 넌 내가 다른 친구들하고 친해지지 못하도록 날 감시하는 것 같아. 넌 언제나 그런 눈으로 나를 봐"라고 말했다. 그제야 현주는 자신이 이모를 대체할 누군가를 찾고 있었다는 것을 깨달았다. 현주는 그 친구와 모든 것을 함께하려고 했다. 그 친구가 다른 아이와 웃으며 대화하는 걸 보면 마치 친구를 빼앗기는 것만 같아 조바심이 났다. 반 아이들 모두 혼자 다니는 현주를 은근히 피하기 시작했다. 그녀는 포기하지 않고 자신을 받아줄 다른 친구를 찾기 위해 반 친구들의 관계망을 속속들이 파악했다. 그러나 현주는 이내 탐조하듯 관계를 관찰하는 것에 지쳐버렸고 끝내 혼자인 채로 중학교를 졸업했다.

"왜 나를 궁금해하는데?"

"글쎄… 성적이 최상위권이니까 다니는 학원이 궁금해서?"

"그럼 날 궁금해하는 건 아니란 소리네. 학원이 궁금한 거지."

"그런가…?" 진성이 고개를 갸웃했다.

"혼자가 편해. 눈치 볼 것 없거든." 현주가 잠시 멈췄다가 말을 이었다. "사실 내가 어떻게 하고 싶은지 잘 모르겠는 때가 많아."

그 아이에게 왜 속엣말을 꺼내놓게 된 건지 그녀조차 이유를 알 수 없었다. 오랫동안 그에게 말을 붙이는 연습을 했기 때문에 자신도 모르게 내적인 친밀감이 쌓여서 그런 것도 같았다.

"모르는 게 어딨어, 너 자신인데."

"나니까 모르는 거야."

"모르는 척하다가 진짜 자기 자신까지 속이게 되는 거야. 나는 나에 대해 모른다고."

"너는 너에 대해 잘 아나 보네?"

"최소한 너처럼 나에 대해 모른다고 넋 놓고 있진 않아."

진성은 가난에 무너지지 않기 위해 스스로 삶의 중심을 잡아야 했던 강한 아이였다. 그를 둘러싼 모든 환경이 불안정했기 때문에 그 자신에 대해서만큼은 확신하려고 늘 애를 썼다.

"그럼 네가 나를 대신해서 질문을 해줘, 나에 대해."

현주는 자신의 마음조차 모르겠는 시기에, 자기 자신에 대해서만큼은 확신하려고 애쓰는 진성을 만났다. 그녀가 할 수 없는 것을 그는 할 수 있었다. 현주는 그를 멀리서 바라봤을 때는 호기심과 호감을 느꼈지만, 가까이 다가가게 됐을 때는 동경을 품게 됐다. 처음엔 진성의 시가 좋았고, 그다음엔 미용실에서의 주눅든 표정과 어울리지 않게 머리를 감기며 강하게 지압하는 손가락의 대담함에 매혹됐다.

그러나 이 모든 걸 뛰어넘어 그와 대화를 나눌 때마다 정답이 없는 논술형 문제 같은 자신의 마음을 확신하게 되는 것이 좋았다. 그를 통해 그녀는 그동안 유별나다고 생각했던 자신의 모습에 타당한 이유를 찾게 됐다. 그녀가 곁에 사람을 두지 않는 건 사실 감당이 안 될 만큼 사람을 원하기 때문이었다는 것을. 그리고 그녀가 이런 욕구를 외면하며 스스로를 불운하게 만들고 있다는 것도 알게 됐다. 진성이 현주 자신보다 그녀를 더 잘 아는 것만 같았다. 심지어 그를 통해 반사돼 보이는 자신은 실제보다 조금 더 아름다웠고 괜찮은 사람처럼 느껴졌다. 그녀 자신을 더 사랑하게 만든다는 점에서 진성이란 아이는, 정말 특별했다.

진성이 현주의 마음 한가운데 눌러앉았지만, 그녀는 그에게서 자릿값 이상의 것을 받았다고 느꼈다. 점차 자릿값으로 아무것도 받지 않아도 될 만큼 그가 좋아졌다. 앞으로 어떤 사람을 만나도 다시는 이런 감정을 느끼지 못할 거라고 직감했다.

외딴섬 같은 현주가 크나큰 외로움을 품고 있다는 진실과 진성이 미용실에서 아르바이트를 할 수밖에 없는 가정 형편의 비밀을 학교 밖에서 몰래 공유하며 둘은 가장 친한 친구이자 연인이 됐다. 현주는 진성 덕분에 다시 돌아오지 않을 그 시절을 외롭지 않게 보냈다.

❧

진성은 장례식장으로 선뜻 들어오지 못하고 복도에서 서성이고 있었다. 그녀가 다가갔지만 그는 그녀를 보지 못하고 화장실로 들어갔다. 아버지의 회사 사람들이 한차례 단체로 빠져나갔고, 그녀는 인사를 하러 가야 했다. 그 후 호주에서 오느라 장례식에 늦게 도착한 언니들, 파란 눈의 형부들과 꽤 긴 대화를 나눴다. 그리고 나서도 한참 후에야 진성이 식장으로 들어왔다. 식장은 여전히 많은 사람들로 혼잡했고 어쩐지 쾌활했다. 그러나 현주 어머니의 존재감은 희박했다. 어머니의 지인보다 아버지의 지인이 훨씬 많아서인지도 몰랐다. 현주는 어머니의 지나온 삶이 안개처럼 뿌옇다고 느꼈다. 이런 날까지도.

인사를 마치고 그녀는 어두운 밤 숲속의 들개처럼 방황하는 진성에게 다가갔다.

"왔구나."

그는 약간 멋쩍어 했지만, 꾹 다물린 입술에서 도망치지 않겠다는 결연한 의지가 엿보였다.

"응, 오랜만이야."

오랜만에 보는 옛 애인이 낯선 남자처럼 느껴졌다. 손끝으로 그의 가는 얼굴선을 망설임 없이 매만지던 시절을 잠시 떠올렸다. 그때의 친밀함은 진즉에 휘발됐는데도 진성을 향한 소유욕이 손끝에 남아 있다는 걸 깨닫자, 현주는 스스로를 졸렬하다고 느꼈다.

"와줘서 고마워."

"정신없어 보인다. 괜찮아?"

"응, 어느 정도 예상한 일이야. 엄마랑 충분히 작별 인사를 나눴고. 지금은… 둘째 날이라 손님이 많을 뿐이야."

현주는 검은 옷을 입은 사람들로 가득 찬 주위를 빙 둘러보며 한숨과 함께 답했다.

그녀가 아무 일도 겪지 않은 듯 괜찮아 보였기에 진성은 뒤늦게 장례식에 도착한 느낌이 들어 마음이 불편해졌다. 그녀 어머니의 투병 사실을 어렴풋이 들은 건 그들이 헤어진 스물두 살 때였으므로 벌써 5년 전 일이었다. 진성은 그동안 그녀가 속으로 몇 번이고 이 장례식을 치러봤을 거라고 짐작했다. 그가 아는 현주는 그랬다. 늘 불행을 앞서가려고 했다. 그렇지만 불행은 새들의 이동처럼 늘 제때 온다. 결국 그녀는 불행을 두 번 겪는 꼴이 된다.

진성은 영정 앞에 무릎 꿇고 앉아 분향했다. 이어서 두 번 절을 하고 옆에 서 있는 현주의 어깨를 가만히 토닥였다. 그녀에게서 희미하게 인공의 과일 향이 났다. 처음 그녀를 봤던 고등학생 시절 선크림이 군데군데 뭉친 하얗고 토실했던 얼굴이 생각나지 않을 만큼 외모가 성숙해졌다.

현주는 조문객 접대를 잠시 두 언니에게 맡기고 그를 빈자리로 안내했다. 그녀의 회사 사람들과 유일한 친구인 상희는 진즉에 돌아갔다. 그녀는 새로 지은 밥을 옛 연인 앞으로 내밀었다.

"술은?"

진성은 고개를 가로저었다. "나 술 안 마시잖아. 아예."

"아, 맞다."

진성은 당황해 눈길을 피하며 아랫입술을 살짝 깨물었다. 현주는 그가 술을 마시지 않는다는 사실을 잊지 않았지만, 형식상 물었을 뿐이었다. 술에 대한 진성의 신념은 아마 죽을 때까지 지속될 것이다. 함께 스무 살을 맞이하던 날, 그녀의 요구로 입에 적셔본 것이 전부였다. 종교적 이유는 아니었다. 진성은 중독의 위험이 있는 것에 늘 거리를 두었다. 태풍에 휘둘리지 않으려 맑은 날에도 지붕과 창문을 보수하며 노심초사하는 바다 마을의 어부처럼.

그녀가 육개장과 육전을 받아 왔다. 그런데 전이 식었다며 그릇을 들고 다시 일어났다. 그녀의 행동이 다소 부산스러워 진성은 아무 말 없이 잠자코 앉아 있었다.

"올 거라고 생각을 못 해서 좀 놀랐어."

김이 올라오는 따끈한 육전 그릇을 들고 그녀가 자리에 앉으며 말했다. 현주는 그의 전화번호가 아직 유효한지 반신반의하며 부고 문자를 보냈었다. 연락을 안 한 지 너무 오래된 번호였다.

"당연히 와야 한다고 생각했어."

"그래? 어쨌든 고마워, 정말."

진성이 숟가락을 들었다. 눈앞에 옛 애인이 있다는 사실이 그를 조금 긴장하게 했다. 밥 먹는 내내 연기를 하는 것 같았다. 젓가락을 들고, 다른 손으로 밥그릇을 잡고, 입을 벌려 먹는 것까지 전부 연극적이라는 느낌이 들었다. 그녀의 작은 움직임 하나하나를 눈으로 좇기에 바빴다. 그러면서도 혹여나 그녀를 측은하게 바라보게 될까 봐 조심했다.

"어디서 온 거야?"

입술만 달싹이는 그 대신 현주가 먼저 대화를 시도했다.

"학교에서. 대학원 다니거든. 학부와 그대로 붙어."

"정말? 멀지 않아?"

지방의 국립대학교에 다닌 그가 같은 대학원에 진학했다는 말로 이해한 현주가 다소 놀라며 물었다.

"대학원은 서울에서 다녀. 학벌 세탁인 셈이지. 그리고 나 여기 동네로 다시 올라왔어. 너는?"

"돌아왔구나, 여기로…. 나야 뭐, 계속 여기 살고 있어. 지하철을 운행하고 있고."

"지하철?"

진성이 되물었다.

"응, 왜? 의외야?"

"너는 명성을 얻을 수 있는 직업을 선택하지 않을까 했어. 워낙에 명석했으니까. 사실 가끔 네 이름을 포털 창에 검색해보기도 했고. 그런데 생각해보니 너답네. 늘 탈것과 운전에 관심이 많았잖아."

진성은 그녀와 지하철이라는 공간이 잘 어울린다고 생각했다. 어두운 굴속에서 절제된 소음을 내지르는 철마의 속도감도. 학창 시절 진성은 학교에 걸어서 다녔지만, 현주는 버스를 타야 했다. 언젠가 함께 버스를 타고 그녀의 집에 갈 때, 현주는 버스 기사가 되고 싶다고 했다. 고등학교 일 학년이었고, 아직 문과 이과를 정하기 전이었다. 진성은 그녀가 기사가 돼 기다란 버스를 운전하는 게 상상이 되지 않았다. 여성 버스 기사가 흔치 않은 시절이었다. 그녀는 두껍고 빨간 표지 때문에 마치 벽돌 같았던 체 게바라 평전을 자주 읽었기에 그때만 해도 정치나 역사 쪽으로 진로를 고민하는 줄 알았다. 그런데 그녀는 이과를 택했고, 대학에서도 기계공학을 전공했다. 이제 그녀는 버스보다 더 길고 육중한 지하철을 움직이는 기관사가 됐다. 어쩌면 가장 그녀다웠다.

"몇 호선?"

진성은 서울에서 그녀와 스쳤을지도 모를 우연을 기대했다.

"7호선을 운행해. 의정부시에서 출발해 서울, 광명, 다시 서울 그리고 부천을 지나 인천까지. 긴 노선이지."

진성이 짧게 탄성을 질렀다. 7호선은 그가 타본 적 없는 호선이었으며, 그의 행동반경에 미치지 않는 지역들을 곶감처럼 꿰어 둔 호선이었다.

서로의 근황을 파악하자 둘의 대화는 잠시 중단됐다. 현주가 눈썹을 치켜뜨면서 어색하지 않은 척하려고 했다. 목이 건조한 듯 진성이 물을 한 모금 머금고는 천천히 삼켰다. 여기저기서 막내딸을 부르는 소리가 들렸다. 하나둘 자리에서 일어나 돌아갈 채비를 하는 테이블이 많아졌고, 그에 따라 현주는 그들을 배웅하기 위해 일어나고 다시 돌아오길 반복했다. 진성은 그녀가 자리를 비운 사이 몇 번 육개장 국물을 떠먹곤 이내 숟가락을 내려놓았다.

한 테이블의 배웅을 끝내고 돌아온 현주가 멀뚱히 앉아 있는 그에게 누구든 함께 오지 그랬냐며 장난스럽게 타박했다.

"우리가 공유할 수 있는 친구가 있기나 해?"

그가 한쪽 눈썹을 이맛살로 짓누르며 익살맞게 되받아쳤다.

"아무도 없지."

그와 달리 그녀의 말투는 자조적이었다. 둘이 공유할 수 있는 것에는 제한이 있었다. 현주는 바로 이것이 그와의 관계에서 피할 수 없는 한계점이라고 생각했다. 둘은, 오직 둘뿐이었다. 둘만의 경험과 시간으로만 꼬아진 굵은 밧줄이었다. 주변의 다른 실타래와 어떠한 서사나 연결성도 갖지 못하고 동떨어져 있었다. 이것은 둘을 더욱 결속시켰지만, 동시에 한 번 끊어지면 의지할 곳 없이 곧바로 완전한 단절로 이어지게 했다.

"아, 그래도 상희가 다녀갔어." 그녀가 말했다. "기억나지? 목소리 큰 애."

"당연하지. 학생회 임원에다 선도부원이었잖아. 그런데 의외네. 둘이 친했었나?"

"걔도 아직 여기 살고, 근처에서 직장 다니거든. 요가 강사인데 실력이 꽤 좋아. 우연히 동네 카페에서 마주쳤다가 뒤늦게 친해졌어. 옛날엔 답을 맞춰보려고 모의고사 때나 말을 주고받는 사이였는데 말이야."

"아직도 여기 사는 고등학교 친구들이 꽤 있더라. 떠났다 다시 돌아온 친구들도 있고."

"고등학교 시절을 떠올리니 네 시에 씌어 있던 많은 인사말이 생각나네. 우리 엄마에겐 어떤 인사를 해야 할까…."

현주의 눈에서 조용히 눈물이 흘렀다. 그녀는 탁자 위에 놓인 곽에서 휴지를 뽑아 고개를 숙이고 눈물을 닦았다. 시 이야기에 진성이 얼굴을 붉혔고 현주는 민망해하며 휴지들을 뭉쳐서 테이블 아래의 쓰레기통에 버렸다.

"시간이 늦었네." 현주가 대화를 마무리 짓기 위해 먼저 운을 뗐다.

"응. 나도 이제 가봐야 할 것 같아."

"그래도 다시 올라왔다니 언제든 편하게 볼 수 있겠네."

"그래. 다음엔 좀 더 캐주얼하게 보자."

"좋지."

진성이 양복 재킷을 쓸어내리며 허탈하게 웃어 보였다. 빳빳한 양복을 입은 그의 몸은 동네에 있던 뒷산의 능선 같았다. 야트막하고 유연한 능선. 검은 양복이 어울리기에는 그가 아직 어려 보였다. 열여섯 살에 그를 처음 봤으니, 그때의 이미지가 짙게 남아 있어서 그럴 터였다.

현주는 출구까지 진성을 배웅했다. 그녀는 귀가 먹먹해지는 것을 느꼈다. 잠을 너무 오랫동안 설쳤다. 지하의 한기가 온몸을 파고들었고 피부에 소름이 돋았다. 그녀는 다시 계단을 내려가 자신이 있어야 하는 애도의 장으로 돌아갔다.

🐾

아무런 새로움 없이 해가 넘어갔다. 두 언니는 남편들과 얼마간 한국에 머물다가 다시 멜버른으로 돌아갔다. 먼 타국에서 새 삶을 개척한 언니들을 배웅하고 나자 현주는 자신이 이 집에 홀로 남겨진 망령 같다고 생각했다. 부모님과 세 자매 그리고 이모가 함께 살던 큰 집을 하나둘 떠났다. 이제 붉은 집에는 그녀와 아버지만 남았다.

　신년에 현주의 아버지가 가장 먼저 한 일은 주민센터에 가서 운전면허증을 반납한 것이었다. 그는 예순여덟 살이었고 매일 러닝을 할 정도로 건강했다. 면허 반납을 권장하는 나이는 예순다섯이었다. 그 기준에 맞출 이유는 없다고 현주는 아버지를 설득했지만, 고집을 꺾을 수는 없었다.

　아버지는 운전면허 졸업증서를 들고 인증사진을 찍어 달라고 했다. 앞에서 휴대폰으로 사진을 찍던 현주가 아무리 웃으라고 해도 그의 입꼬리는 직선을 유지했다. 하관은 움직이지 않았지만, 그는 내내 만감이 교차하는 듯 뭐라 형용할 수 없는 표정을 짓고 있었다. 집으로 돌아오는 길, 조수석에 앉은 아버지는 소리 없이 눈물을 흘렸다. 현주는 아버지의 눈물을 처음 봤다. 감정의 과잉 표출이라기보다 마음 밑바닥에 얇게 남아 있는 감정마저 털어내려는 담백한 눈물이었다. 태어나 처음 가지게 된 기술이라 부를 만한 것을 영영 포기한다는 건 어떤 기분일까. 주름 사이사이로 속절없이 스며 나오는 눈물을 어쩔 줄 몰라 하는 아버지를 그녀는 모른 척해주었다.

　한참 후 아버지가 씁쓸한 어조로 말했다. "혹시 지금 나 조금 작아지지 않았냐?"

　"그대로인걸요, 아빠."

　현주가 아버지에게 휴지를 건넸다.

"키가 작아진 기분이다. 페달에 다리가 닿지 않을 것같이 말이다."

그는 싱겁게 웃곤 휴지로 눈가를 꾹꾹 눌렀다. 더는 눈물이 나오지 않는다는 걸 확인하듯 손으로 눈가를 쓸어내렸다.

"그래도 이제 나는 더 자유로워졌다."

현주는 그의 목덜미에 부드럽게 내려앉은 햇살을 바라보다 문득, 그녀가 태어났을 때부터 지금까지 평생을 함께 산 남자가 아닌 것 같다는 위화감을 느꼈다. 눈 바로 아래에 있는 작은 점과 나른한 표정은 여전했지만, 아버지는 소년의 미소를 갖게 됐다. 아니, 되찾게 됐다. 그 싱그러움이 보기 좋았다. 아버지답지 않은 표정. 아버지는, 아버지 이전 그러니까 세 자매가 태어나기도 전의 '아직 무엇도 되지 않은 시절'로 돌아간 것 같았다. 아버지의 변화에 그녀는 어찌할 도리가 없다는 것을 받아들여야 했다. 그러나 그가 선언한 자유에 대해선 알지 못했다.

🐾

장례식 이후 아버지는 처음으로 어머니에 관해 이야기를 꺼냈다. "네 엄마는 어떤 사람인 것 같으냐?" 재봉틀 앞에 앉은 아버지는 거울 속 현주를 가만히 바라보고 있었다. 현주는 아버지에게 밑단 수선을 맡겼던 면바지를 입고 거울 앞에 서 있었다.

작은아버지가 협회 일을 도맡게 된 후 아버지는 일선에서 물러났고 미싱에 취미를 붙이기 시작했다. 실력은 금방 늘어 어느새 겨울 코트까지 수선할 수준이 됐다. 물론 어떤 옷이든 기장을 더 짧게 수선하는 것이 기술의 전부였지만.

"글쎄요."

그녀는 태평스럽게 답했다. 아버지보다 세 살 연상이었던 어머니는 같은 여자인 현주가 봐도 사랑하기 쉽지 않은 유형이었다. 돈이든 애정이든 자신이 가진 걸 과시하는 사람이었다. 현주도 딸들이 으레 그러하듯 늘 어머니 편에서 지나치게 과묵한 아버지를 흉보는 쪽이었지만, 어느 시점을 기점으로 공평해졌다. 둘은 노력해도 사랑할 수 없는 남녀일 뿐이었다.

어머니는 아이를 낳음으로써 자신이 사랑받고 있다는 걸 증명하고자 했다. 세 번이나. 하지만 그건 아버지의 부단한 노력이 요구되는 일이었고, 어머니는 세 번째로 임신했을 때에야 저 남자에게서 자신이 받을 수 있는 감정이 측은함뿐이라는 걸 인정해야 했다. 현주는 부모님의 서로 다른 애정의 양을 예민하게 느끼며 자랐다.

바지는 여전히 현주에게 길었다. 170센티미터에 가까운 훤칠한 엄마를 닮은 두 언니와 달리 자신만 아담한 아버지를 닮은 것을 원망하며 밑단을 한 마디 정도 접고 옷핀으로 고정했다.

현주는 몸을 일으켜 다시 한 번 바짓단을 확인하곤 풍성하고 새하얀 머리카락을 포마드로 정갈하게 넘긴 아버지에게 "조금만 더 짧게 해줄 수 있어요?"라고 물었다.

　대답이 없던 그는 돋보기를 올려 이마 위에 걸치며 바지를 다시 달라고 손짓했다. 현주는 잠시 방 밖으로 나가 바지를 갈아입고 계절에 맞지 않는 얇은 올리브색 면바지를 아버지에게 건넸다. 그는 딸이 꽂아둔 옷핀의 위치를 초크로 표시하고 "넌 늘 내 생각보다 키가 작아"라고 흘리듯 말했다. 그가 오른손에 가지각색의 단추들을 쥐고 엄지를 비벼 잘그락 소리를 냈다. 조개껍질을 비빌 때 나는 맑고 균일한 소리와 유사했다.

　"아줌마와 같이 살고 싶어, 이 집에서."

　"경아 아줌마?"

　"응."

　요즘 아버지는 캐시미어 담요를 둘둘 두르고 안락의자에 앉아서 매일 아침 포털 사이트에 올라오는 기사를 전부 읽었다. 그리고 애인 경아를 만나 긴 산책을 하거나 소소한 데이트를 즐겼다. 아버지의 자유란, 여자친구를 만나기 위해 더 이상 운전을 하지 않아도 된다는 의미였다는 걸 현주는 그제야 깨달았다.

　그는 격자무늬 책상보 위에 단추 여덟 개를 양쪽에 색깔별로 반씩 나눠 올리더니 알까기를 시작했다. 오직 자신의 공격 차례만 있는 게임이었다. 자세를 틀어 한 번씩 교대로 단추를 튕겼다. 점차 단추를 튕기는 속도가 빨라졌다. 초록색 단추가 판 위에서 끝까지 살아남았다.

"그렇게 해요. 아버지 마음이죠. 전 신경 쓰지 마요."

"너도 이젠 독립해도 좋을 거야. 돌봐야 할 사람이 없으니."

"그렇잖아도 고민하고 있어요."

현주는 고개를 내저으며 휴대폰을 만지작거렸다. 혹시라도 진성에게 연락이 올까 봐 늘 무음으로 해놓은 휴대폰을 진동으로 설정했다. 하지만 엄마의 장례식 이후 두 달이 넘도록 그에게서 연락은 없었다. 현주는 짧은 한숨과 함께 작업 테이블 위에 올려진 빈 찻잔과 찹쌀떡 가루만 남은 접시를 치웠다. 아버지는 직접 덖은 오가피 차를 즐겨 마셨다.

"전 곧 오후 출근 준비를 해야 해요. 바지 좀 부탁해요."

"가기 전에 커피 찌꺼기 좀 채워둬라. 방에서 쿰쿰한 냄새가 스멀스멀 난다."

현주는 어머니가 돌아가신 지 얼마 되지 않았다는 사실을 다시금 상기했다. 살아생전 어머니는 남편의 서재에 가득한 꿉꿉한 냄새에 몸서리치며 늘 화병에 커피 찌꺼기를 채워 넣곤 했다.

🐾

경아 아줌마가 집에 들어온 날은 아주 맑았다. 그녀를 반기듯, 집 외벽이 햇빛을 잔뜩 받아 화사한 벚꽃색으로 물들었다. 그녀는 이전부터 현주가 막차와 첫차 운행을 하는 주박지 근무를 하는 날에 이 집을 곧잘 드나들었다. 그래서 그녀가 1층 거실 소파에 앉아 있는 모습이 무척 자연스러웠다. 현주는 아버지가 이 장면을 오랫동안 소원했다는 걸 알 수 있었다.

경아 아줌마는 현명한 어른이었고 다정한 사람이었다. 과시하지 않아도 사랑이 넘친다는 것을 알 수 있었다. 그녀는 한평생 혼자 살며 누렸던 자유와 편안함을 애인과 함께 살면서도 포기하지 않는 법을 알았다. 이제 커피 찌꺼기를 채워 넣는 일은 그녀가 도맡게 됐다. 그 일이 싫지 않냐는 현주의 물음에 그녀는 "애도에는 아주 긴 시간이 필요한 법이니까. 이런 걸로 네 아버지를 향한 내 마음이 훼손되진 않아"라고 답했다.

경아 아줌마가 집에 들어오고 아버지는 일요일마다 교회를 다니기 시작했다. 그녀는 서울 성북동의 대형 교회에서 '임 장로'로 불리는 착실한 신도였다. 그녀가 아버지를 전도했는데, 아버지가 정말 예수의 존재를 믿어서 자의로 교회에 나가는 건지는 알 수 없었다. 현주는 임 장로가 자신에게까지 '주일'을 강요하지 않는 것을 다행으로 여겼다. 그녀에게 일요일은 유일한 자유였다. 그들이 예수를 찬양하는 동안, 현주는 2층 거실에 누워 책을 읽는 데 많은 시간을 보냈다.

늦추위를 머금은 날카로운 바람이 창문을 두들겼다. 아직 싹을 틔우지 못한 거무죽죽한 나무들이 골목 바깥까지 길게 그림자를 드리웠다. 길고양이들을 위한 합판 타워는 여전했지만, 어느 순간부터 고양이의 개체 수가 많이 줄었다. 아마 절반은 제 살

길을 찾아 어디론가 떠났을 것이고, 나머지는 겨우내 살길을 찾지 못해 허망하게 죽었을 것이다.

3

"큐 하면 사라졌다가 다시 큐 하면 나타났으면 좋겠어. 남자친구 말이야. 필요한 경우가 더 많기야 하지만, 성가실 땐 진짜 말도 안 되게 성가시니까."

상희가 '큐'에 맞춰 손가락 팝을 하며 딱딱 소리를 냈다. 그녀는 얼굴이 반반한 연하의 호텔 주차 요원과의 열애를 막 끝내고, 목소리가 얇아서 아쉽다는 한의사와 몇 주 전부터 만나기 시작했다.

"어느 정도 동의해."

현주는 간단히 답했지만 진심으로 동의하는 바였다. 그녀는 사귀기 전에 남자를 알아가는 과정이 재미없었다. 어차피 끝끝내 진정으로 친해지지 못할 것이니, 본론으로 바로 들어가는 게 낫다는 생각을 늘 품고 있었다.

상희는 한참 남자에 관해 말을 쏟아내더니 곧 흥미를 잃은 표정을 하고 강냉이만 축냈다. 기름 냄새가 심하게 나는 통닭은 절반도 먹지 않았다. 반 잔도 마시지 못한 맥주는 이미 미지근해져 더는 마시고 싶은 욕구를 불러일으키지 못했다. 턱을 괴고 벽걸이 텔레비전에 나오는 관찰 예능을 보며 치킨 무를 까득까득 씹어 먹던 상희가 갑자기 움찔하며 자세를 고쳐 앉았다. 현주가 그녀의 시선을 좇으니, 진성과 운기가 막 포차 안으로 들어오고 있었다. 봄기운을 자꾸만 뒷걸음질 치게 만드는 애매한 온도의 바람이 그들 뒤를 쫓아 들어왔다.

장례식 이후 계절이 바뀌는 동안 누구도 연락하지 않았다. 현주는 그의 연락을 일방적으로 기다렸다. 스물두 살에 진성이 그녀를 먼저 떠났으므로 그에게 주도권이 있다고 생각했다. 그러나 재회의 방식이 이러할 줄은 예상하지 못했다. 그는 털이 달린 플리스에 운동복 바지를 입고 있었다. 그녀도 폴로셔츠에 퀼팅 패딩을 걸친 차림이어서 일전에 그가 말한 대로 캐주얼한 만남이 성사됐다. 무엇보다 진성이 들고 온 에코백에 눈길이 갔다. 그녀가 들고 온 에코백과 글씨 색깔만 다를 뿐 같은 디자인이었다. 고등학교 때 함께 즐겨 들었던, 사랑이 아닌 우정을 주제로 노래하는 영국 밴드의 공연 굿즈였다. 그 당시만 해도 그 밴드는 내한을 기대하기 힘든 무명에 가까운 밴드였다. 그런데 이 년 전 월드 투어를 시작하더니, 스탠딩 삼백 석의 작은 무대에서 첫 내한 공연을 했다. 에코백은 그때 판매했던 굿즈로, 현주는 그날 현장에 있었다. 진성도 그날 공연에 갔던 걸까? 아니면 중고 거래로 구매한 걸까? 현주는 그가 그 밴드의 노래를 아직 기억하고 있는 것 같아 목구멍에 사탕이 걸린 것처럼 목 언저리가 간지러웠다.

현주는 이 우연한 조우가 극적이지 않아 조금 아쉬웠지만, 어쩌면 무미건조한 마주침이 더 잘 된 일이라고 생각했다. 첫사랑은, 첫사랑이라는 것만으로도 충분히 극적이라 평정심을 단숨에 무너뜨리기 때문이다.

운기가 동창들을 향해 "아, 이 동네엔 술집이 여기밖에 없나?"라면서 너스레를 떨었다. 거침없이 테이블로 걸어와 진성의 어깨를 툭 치며 "문제없지?"라고 물었다. 결막에 난 염증처럼 그가 현주의 눈에 거슬렸다. '운기, 저 자식을 아직도 달고 다니는구나.' 그녀의 눈에 진성은 그 자신과 어울리지 않는 친구와 어울리느라 너무 많은 시간을 허비하는 것 같았다.

그들 넷은 같은 중학교와 고등학교에 다녔다. 현주는 진성을 고등학교 때 처음 알았지만, 상희와 운기는 중학교 때부터 알았다. 상희는 그때부터 교내 활동이란 활동은 가리지 않고 참여했다. 무엇보다 아이들의 불량한 교복을 눈감아주는 선도부원으로 유명했다. 반면에 운기는 학교 활동에 단 하나도 참여하지 않으면서도 가장 소란스러운 아이였다. 그 아이는 삼 년 내내 겨울이면 모자에 누르스름한 털이 달린 카키색 야상 패딩을 입었고, 여름 내내 하복 셔츠 대신 검은색 반소매를 입었다.

현주가 중학생 시절의 운기에 대해 아는 건 어깨가 자신만큼 좁았다는 것과 한 여자아이를 유독 괴롭혔다는 것이다. 왜 하필 그 여자아이였는지는 알 수 없었다. 아마 운기 자신도 몰랐을 것이다. 자신을 질 나쁜 학생으로 보는 주변의 기대에 부응하며 힘을 과시하기 위해서였으니 사실 대상이 누구든 상관없었을 것이다. 그 여자아이가 복도 음수대에서 물을 마시고 있으면 어깨를 치고 간다거나 체육복 바지를 훔친 다음 사타구니 부분을 물에 적신 후 보란 듯이 책상 위에 펼쳐 올려놓곤 했다. 고약한 몇몇 아이들은 그것이 정액이라느니 소변이라느니 추악한 말을 귓속말로 부지런히 옮겼다. 그런 말은 가해자를 더 자극했고, 재미가 들린 운기는 다음부터 수돗물이 아닌 급식으로 나온 흰 우유를 붓기 시작했다. 괴롭힘을 당하는 여자아이를 옹호하던 정의로운 몇 명의 학우들이 체육복 사타구니 부분에 코를 박고 냄새를 맡아봤고, 액체의 정체가 우유라는 걸 알게 됐다. 그러나 소문을 속살거리는 것으로 재미를 보고 있는 아이들에게 진실은 중요하지 않았다. 어찌 되었든 그건 정액이 아니었다. 현주는 그런 운기가 가소로웠고 한심했다.

그 도시는 고교 평준화 지역이었고, 추첨으로 고등학교가 결정됐다. 진성은 외고 입시에 실패한 후 내신이라도 잘 받자는 생각으로 미술부 말고는 딱히 내세울 게 없는 변두리 고등학교를 1지망으로 썼고 이변 없이 합격했다. 현주는 어느 학교든 버스를 타고 통학해야 했는데, 환승 없이 하나의 버스로 통학할 수 있는 곳은 그 학교뿐이었다. 그녀 역시 내신을 잘 받아 수시로 대학을 가려고 했다.

운기는 함께 다니던 친구들과 떨어져 혼자 그 학교에 오게 됐다. 산 아래, 마룻바닥이 자주 삐걱거리던 고등학교에서 전혀 접점이 없던 진성과 운기가 함께 다니기 시작했다. 운기는 고등학생이 되면서 추잡한 짓을 그만두었지만, 자의는 아니었다. 광대 짓을 해도 그에게 관심을 주는 아이들이 없었을 뿐이었다. 운기는 무대만 만들어지면 또 누구나 붙잡고 무대 위로 끌어내 잔혹한 쇼를 할지도 모르는 아이라고 현주는 생각했다. 그녀와 진성이 아이들의 눈을 피해 만나기 시작했을 때, 그녀는 진성에게 운기와 어울리는 게 보기 좋지 않다고 말했지만 그는 친구를 끊어내지 않았다. 운기는 별로 중요한 사람이 아니기 때문에 곁에 두어도 자신에게 아무런 영향을 끼치지 못한다고 응수했다. 그저 어울려 다니는 애들 중 하나일 뿐이라고.

어쩌면 열여섯 살의 진성은 그것이 자신과 주변을 지키는 방법이라고 판단했을 것이다. 확실히 운기는 상대편으로 만들고 싶지 않은 인물이었으니까. 그럼에도 현주는 진성과 운기가 함께 농구하는 것을 5층 창문을 통해 보고 있으면 늑골 부근이 조여

오는 것만 같았다.

　미리 약속이라도 한 듯 자연스러운 합석이었다. 자리에 앉은
진성은 현주와 길게 눈을 맞췄는데, 당혹감을 숨기지 못해 덜떨
어져 보이는 표정을 짓고 있었다. 운기는 진성이 술을 마시지 않
아 답답하던 차에 술친구를 만나 다행이라며 맥주와 소주 한 병
씩 그리고 진성의 몫으로 병 콜라를 냉장고에서 직접 꺼내 왔다.
　두 남자가 합석한 후로 술 마시는 속도가 기하급수적으로 빨라
졌다. 운기는 특유의 과장된 몸짓과 표정으로 땅콩을 하나씩 주
워 먹듯 추억을 팔았다. 세 사람은 참을성 있게 과거가 미화되길
기다렸지만, 그런 순간은 내내 오지 않았다. 그 시절의 추억을 애
틋하게만 여기기엔 스물여덟이라는 나이가 아직 어린 것 같았다.
　그들은 국민연금과 이민 그리고 노동에 대해 많은 이야기를
나눴다. 운기는 지방에서 대학을 졸업한 후 다시 이 동네로 돌아
왔다고 했다. 그는 옆 동네의 공립 특수학교 교사로 재직 중이었
다. 서른을 앞둔 나이, 다들 사회생활에 적응해 나가는 때였기에
각자의 직업에 대해서 하고 싶은 이야기가 많은 눈치였다.
　"일하다가 죽을 수도 있다고 생각해? 우리 모두 목숨을 걸고
일해야 하는 직종은 아니지만 말이야. 직장에서 살아 있는 것 같
지 않은 스트레스와 중압감을 느낄 때가 있잖아."
　현주가 불쑥 모두에게 물었다.

"그것에 대해서라면 할 말이 있지. 저번 주에 한 애가 흥분해서 다른 교사를 밀쳤는데 책상 모서리에 찍혀서 갈비뼈에 금이 갔어. 내가 오기 전에 또 다른 선생님은 커터 칼에 팔을 찔렸대. 내 직장은 유혈 사태가 흔한 곳이라 늘 긴장해야 해."

운기는 심각한 주제를 가볍게 만드는 재주가 있었다. 만사 무게감 없는 태도와 말투 때문인지도 몰랐다.

"무섭다." 상희가 어깨를 떨었다.

"그래도 아이들이 귀여워. 학교가 좋아, 난."

현주는 중학생 때 남을 괴롭혔던 운기가 선생이 됐다는 게 믿기지 않았다. 십 대 때의 일을 과연 치기 어린 실수로 치부할 수 있을까?

"너는 있어?"

진성이 그녀에게 처음 말을 걸었다.

"어… 아무래도 기관사는 앞 칸에 혼자 있으니까 문득문득 외로운 순간이 찾아와. 업무 중에 사람하고 부딪칠 일이 전혀 없어. 그렇게 많은 사람이 타는데도 말이야."

"그게 네 직업의 좋은 점이라 생각하는데? 석사 과정 들어가기 전에 작은 잡지사에 잠깐 다녔는데, 차라리 혼자 일하고 싶다는 생각을 많이 했어. 작은 사무실에서 부대끼며 일하는 게 정말 싫었거든."

진성이 얼음 잔에 남은 콜라를 마저 따라 마셨다. 얼음이 녹으며 콜라 맛이 약해졌다.

"곧 재미난 모임이 있을 건데 너희들이 와도 괜찮겠다."

상희가 뜬금없이 '그 모임'에 대해 말을 꺼냈지만 현주는 예상하고 있었기에 코웃음이 나왔다.

"무슨 모임?"

운기가 호기심 어린 표정으로 물었다.

"대학 때 어울려 다녔던 애들끼리 일 년에 한 번씩 정기적으로 모이는 자리가 있어. 와인 바를 통째로 빌리는 큰 행사인데, 그때마다 다양한 직업을 가진 자기 친구들을 초대하는 거야."

"일정한 금액을 걷어서 테이블에 술과 안주, 사람 수를 똑같이 배분하는 친구 소개팅이야." 작년에 참여해본 적이 있는 현주가 거들었다.

"내가 안 갈 수가 없겠구먼? 나 초면인 사람들하고 노는 거 좋아하잖아."

운기가 과한 흥미를 보이며 몸을 테이블 앞으로 기울였다.

"자리 배치가 어떻게 되느냐에 따라 재미있을 수도 있고 지옥일 수도 있어."

상희가 현주를 쳐다보며 야릇한 미소를 지었다.

"나는 그 마술사랑 또 앉게 되면 다시는 안 갈 거야."

현주가 진절머리 난다는 듯 몸을 살짝 떨었다.

"마술사?" 진성이 되물었다.

"응, 있어. 로스쿨 준비생이 매년 데려오는 친구. 얼빠진 남자인데, 현주를 되게 마음에 들어 했거든."

"그때 네가 그 사람을 다른 테이블로 보내지 않았다면 난 중간에 뛰쳐나갔을 거야."

"그 사람 나랑 있을 땐 지극히 정상이었는데, 이상해. 네게 마술사를 미치게 만드는 뭔가가 있는 거 아니야?"

"그 사람이 정상이라고? 야, 말이 되는….."

"현주에겐 순진한 아이 같은 분위기가 있지. 편견 없이 사람을 보기도 하고. 잘 속을 것 같고 마음이 맑은 사람을 선호하잖아, 마술사란 직업은."

진성이 현주의 말허리를 잘랐다. 그의 말에 모두가 일제히 현주의 얼굴을 쳐다봤다. 백화점 진열대에 놓인 모형같이 깨끗하고 둥근 모양의 과일을 구경하듯이. 그러곤 동의한다는 듯 웃음을 터뜨렸다. 분명 둘이 연인인 시절에 진성에게 많이 들었던 말이었다. 그런 말을 속삭이는 경우는 보통 둘만 있을 때였다. 그런데 이렇게 다른 친구들이 있는 자리에서 공개적으로 말하니, 현주는 진성에게 자신이 그저 그런 동창으로 취급되는 것 같아 비참한 기분이 들었고 그가 세심하지 못하다는 생각에 불쾌했다. 하지만 아무 말도 못 하고 술잔을 손톱으로 두들기기만 했다.

"진성아, 너도 초대하면 올 거야?"

끊긴 대화 사이를 상희가 파고들었다.

"응, 좀 흥미가 생기네. 그 마술사 얘기를 들으니까." 진성이 강냉이를 먹으며 "와인은 좀 아깝겠지만"이라고 덧붙였다.

"술 안 먹는 너랑 같은 테이블에 앉으면 운이 좋은 거지. 네 명분의 와인을 세 명이 마실 테니까."

현주가 일부러 가볍게 말했다.

"그런 식으로 인기를 얻는 건 썩 반갑지 않은데 말이지."

"새 얼굴을 많이 데리고 가야 재미있으니까 나쁘지 않네. 모임 날짜 정해지면 연락해도 되지?"

상희는 예상치 못하게 꽤 괜찮은 파트너들을 꾸린 것이 마음에 드는 눈치였다. 운기가 흔쾌히 동의하며 자신의 휴대폰을 상희에게 내밀어 번호를 받아 갔다.

자정이 넘어가자 상희와 운기는 원래부터 절친이었던 것처럼 굴었다. 대화엔 어색함이 없었고, 거리낌 없이 손을 잡고 가게 스피커에서 흘러나오는 옛날 아이돌의 노래를 함께 흥얼거렸다. 반면에 현주와 진성은 아까의 짧은 대화 이후 내내 말이 없었다.

취기가 오를수록 설익은 파스타 면처럼 뚝뚝 끊기던 진성을 향한 시선이 점점 노골적으로 바뀌었다. 그녀 자신조차 인지하지 못한 강렬한 시선이었다. 진성은 그 시선을 피하지 않았지만, 무언가 마음에 들지 않는 듯 표정이 좋지 않았다.

"야, 그때 미안했어."

운기가 현주의 맨 무릎에 손을 올리며 말했다. 대화를 따라가고 있지 않던 현주는 왜 주제가 이쪽으로 뛴 것인지 알 도리가 없었지만, 운기의 손이 주는 불쾌한 감각만큼은 선명했다.

"나는 너같이 공부는 잘하는데 귀에 구멍을 여러 개 낸 오만한 여자애들을 싫어했거든."

현주는 치마를 줄이거나 교칙에 어긋나는 살색 스타킹을 신지 않았지만, 시험이 끝날 때마다 귀를 하나씩 뚫었다. 마지막으로 귀를 뚫은 건 아마 삼 학년 때 6월 모의고사를 본 직후였을 것이다. 혈 자리를 잘못 찔렸는지 피가 멈추지 않았고 어지럼증이 느껴져 피어싱 가게에서 털썩 주저앉고 말았다. 그 후로 귀에 구멍을 내는 걸 멈췄다. 하지만 피어싱이 운기의 선 넘는 행동에 대한 충분한 이유가 되는지, 또 타당한 구실이 되는지 의문이 갔다.

현주는 귀를 매만졌다. 이제 귓불을 제외하고 귀걸이와 피어싱을 전부 빼 대부분 막혔지만, 아직 구멍 자국이 남아 크레이터처럼 움푹 들어간 데가 곳곳에서 만져졌다.

"그때 내가 신발 던진 건 너무했어."

테이블 밑의 사정을 알 리 없는 상희는 둘 사이에 무슨 일이 있었느냐고 설명을 재촉했다.

언젠가 이동 수업을 하러 가는데 진성과 현주가 어쩌다 나란히 걷게 됐다. 그들은 주변을 의식하며 데면데면하게 짧은 대화를 나눴다. 그런데 갑자기 그들을 향해 신발 한 짝이 날아왔다.

운기가 몰래 집어던진 것이었다. 빨간색 컨버스 하이는 현주의 눈에 명중했다. 그녀의 눈두덩에 푸르스름한 멍이 들었다. "무슨 짓이야?" 진성이 벌컥 화를 냈지만, 운기는 하얗고 큰 이를 드러내며 짓궂게 웃었다. 그 순간 진성은 운기가 둘 사이를 알고 있을지도 모른다는 불길한 예감이 들었다. 또 복도의 아이들이 쳐다보고 있다는 걸 의식했다. 현주는 연애라는 주제로 자신의 이름이 입방아에 오르는 게 싫었고, 진성은 자신이 가난한 미용실 집 아들이라는 사실이 알려지는 게 싫었다. 안 그래도 그는 친구들에게 사회 배려자 전형으로 외고를 지원했다는 게 알려져 한차례 창피함을 당했었다.

"괜찮다고 말해줘, 응? 이제 동네에서 오가며 자주 마주칠지 모르는데 껄끄러우면 안 되잖아. 나도 진성이도 돌아왔으니까."

운기는 나머지 손으로 잔을 들어 그녀의 얼굴 앞에 부담스럽게 들이밀었다.

그녀의 무릎에서 손바닥의 뜨끈함이 느껴졌다. 운기의 손이 땀으로 끈적거렸다.

"아, 그럼 괜찮지."

현주는 아무렇지 않은 척 잔을 들어 건배에 응했다. 그러면서 그의 손을 슬쩍 밀쳐 무릎에서 털어냈다. 운기는 현주의 무릎에 손을 올렸다는 사실을 인지하지도 못한 듯 싱글벙글대며 잔을 부딪쳤다. 얼굴이 상기된 것으로 보아 그가 완전히 취했다는 걸 알 수 있었다.

　현주는 조용히 자리에서 일어나 화장실로 갔다. 손을 씻고 거울을 보면서 귀가 빨개질 때까지 매만졌다. 과민한 거라고 스스로를 달랬다. 그때 화장실 문을 두들기는 소리가 났다.

　"나가요."

　건물의 공용 화장실은 한 칸짜리였다. 문을 열자 진성이 서 있었다. 진성은 얼마나 취기가 가셨는지 파악하려는 듯 잠시 그녀를 물끄러미 쳐다봤다.

　"술도 안 마시면서 자리 지키는 거, 재미없지?"

　현주의 입에서 술 냄새가 풍겼다. 남자 사이즈인 듯 셔츠의 어깨선이 팔뚝까지 내려와 있었다. 어벙한 옷 위로 어깨의 실루엣이 드러났는데, 진성은 두 달 전 장례식장에서 봤던 것보다 그녀가 더 야위었다는 걸 알 수 있었다.

　"뭐, 익숙하니까. 술을 마시든 안 마시든 어울리는 걸 잘 못하잖아."

　거짓말. 그는 사람들과 잘 어울렸다. 사람들 속에서 중심축은 아니더라도 그가 가진 편안한 평범함으로 어떤 성격의 무리에든 잘 녹아들었다. 그녀는 진성의 자조적인 말투에 힘이 빠져 "아, 그래"라고 대꾸했다.

　"화장실 가려던 거 아니었어? 들어가 봐."

현주가 몸을 비스듬히 비켜서며 말했다. 진성이 입을 앙다물어 입술을 일자로 만들곤 고개를 가로저었다.

"오랜만에 미용실 가볼래? 이제 완전히 문 닫거든."

그가 바지 주머니에서 열쇠를 꺼내 왼손 검지에 걸어 보였다.

"오가면서 몇 번 봤는데 거의 문이 닫혀 있더라. 불도 꺼져 있고."

"정리하려고 준비 중이야."

"그래?" 그녀가 잠시 망설였다. "가보고 싶어. 그럼 가볼래. 마지막이라니 아쉽네."

진성이 앞장서 걸어가 출입구의 유리문을 열고 팔등으로 받쳤다. 현주가 익숙하게 그의 팔등 아래로 걸어 나왔다. 문. 그때도 문이었다. 그녀가 흑백 증명사진으로만 알던 그를 실제로 처음 본 것은.

❧

고등학교의 교실 문은 여닫이문이었다. 이동 수업을 위해 9반이었던 그녀가 아래층에 있는 2반 교실로 갔다. 그녀가 문을 열려고 하는데 안쪽에서 노크 소리가 들렸다. 그녀는 물러섰고, 남자아이가 문을 열었다. 게시판에서 본 시의 지은이였다. 그는 그녀보다 머리 하나가 더 컸기에 가슴팍의 명찰을 훔쳐보는 것은 어렵지 않았다. 사진으로 봤을 땐 약간 새침해 보였는데, 실제로 보니 누가 보지 않을 때도 바닥에 껌이나 침을 뱉지 않을 것 같은 온순한 인상이었다. 다른 남자아이들과 달리 부드러워 보이는 살결과 누구에게도 상처를 줄 수 없을 것 같은 둥근 눈이 그녀를 안심시켰다.

진성은 그녀를 힐끗 보고는 문을 열어둔 채 교실을 나갔다. 그가 검지의 두 번째 마디로 가장자리가 군데군데 허물어진 나무 문을 두들기는 소리와 진동이 그녀의 작은 가슴을 관통했다. 한동안 관찰한 결과, 그 아이는 반대편에 사람이 있건 없건 노크로 신호를 준다는 걸 알아냈다. 그 자신이 교실 밖에 있건 안에 있건 마찬가지였다. 그녀는 그가 문을 여는 방식이 마음에 들었다. 이동 수업 시간마다 그 아이가 문을 열어주길 바랐다. 그런데 곧 그를 미용실에서 만나게 됐고, 진성은 문을 두들기던 그 상냥한 손으로 그녀의 머리를 감겨주었다.

겨울방학 때 교실 문을 미닫이문으로 교체하는 공사가 이뤄졌다. 그 후로 진성은 더 이상 문을 두들기지 않았다. 그녀도 그 습관을 따라해 보려 애썼지만, 누군가를 배려한다는 이유만으로도 민망해져 괜히 더 세게 문을 열었다. 몸에 밴 그런 상냥함은 쉽게 흉내 낼 수 있는 것이 아니었다. 나중에 현주는 왜 그런 습관을 갖게 됐는지 그에게 물었다. "나도 누군가를 따라서 시작했을걸? 기억은 잘 안 나는데 엄청 멋지고 점잖은 어른이었어." 진성이 대수롭지 않게 말했다. 그의 작은 행동이 그녀에게는 너무나 크게 다가왔다. 그녀는 사랑의 신이 개입했다고 믿었다. 문과 노크가 있기 전에 사랑의 신이 그녀의 가슴에 그가 들어올 자리를 미리 만들어둔 게 분명했다.

❧

유리문의 아귀가 맞지 않아 진성은 몇 번 힘을 줘 닫아야 했다. 돌아서서 포차로 되돌아가려는 현주를 뒤따르며 진성이 "그냥 가자. 말하지 말고"라고 속삭였다.

"쟤네 취했어. 그냥 가기엔 좀 그렇지 않아?"

"네가 불편해 보여서…. 그리고 여긴 우리 동네잖아. 사장님도 우리 얼굴 아는데, 뭐. 너 안 챙긴 물건 있어? 이것들은 나한테 있는데."

어느새 그의 손에는 그녀의 에코백과 외투가 들려 있었다.

"없어. 그냥 가면 돼."

그녀가 자꾸 볼을 간지럽히는 옆머리를 한쪽 귀에 꽂으며, 조금 긴장한 말투로 말했다. "그런데 이 에코백, 너 설마 갔던 거야?"

진성이 가방을 높이 올려 달랑거렸다.

"아니. 중고 거래로 샀어. 한국에선 아직 인지도가 낮은데도 티켓 값이 비싸더라. 너는?"

현주가 그에게서 에코백을 받아 들며 말했다.

"나는 갔지. 아쉽네. 마지막에 앙코르 곡을 보컬이 아니라 기타리스트가 불렀어. 비발매 곡이었는데 정말 좋았거든."

"나도 그 노래 알아. 유튜브에 그날 공연 영상이 고화질로 올라와 있더라고."

그는 콘서트 현장에서 무대를 즐기는 현주와 콘서트를 집에서 영상으로 시청하는 자신의 차이를 새삼스럽게 느꼈다.

"그 곡이 발매되길 기다리고 있어. 그런데 그 밴드, 요즘 활동을 안 하더라. 아마 마지막 내한이었을 거야."

"아니야, 곧 새 앨범을 내고 또 올 거야."

진성은 확신에 차 미소를 지었다. 그녀는 그의 얼굴 표정을 보고 어떤 장벽을 뛰어넘는 듯한 기분을 느꼈다.

미용실은 시장 쪽 상가 안에 자리 잡고 있었다. 거기까지 족히 이십 분은 걸어야 했다. 뿌연 안개 때문에 둘의 앞 머리카락이 조금 젖었다. 언젠가 교복을 입고 걸은 적이 있는 길이었다. 진성은 시장 입구 쪽의 낡은 아파트를 가리키며 "지금 저기서 살고 있어"라고 말했다. 예전에 진성은 고등학교를 바로 마주 보는 낡은 아파트에 살았었다.

"어머니는?"

현주는 진성의 어머니 얼굴을 떠올리려 애썼지만, 전혀 기억나지 않았다. 그녀의 목소리와, 현주의 머리카락을 잘라주던 손톱이 단정한 그녀의 손이 현주가 떠올릴 수 있는 전부였다.

"시골에 아주 내려가셨어. 일이 조금 빠르게 진행돼서 가게 정리를 내가 하게 된 거야. 작년 초에 석사 과정 시작하면서 여기 살게 됐으니 뭐, 겸사겸사지."

"장례식 훨씬 전부터 여기에 계속 있었던 거구나."

"응."

"그런데 서울에서 자취하는 게 편할 텐데. 너희 학교는 서울에서도 동쪽이잖아. 여긴 서쪽이고."

"혼잡한 대도시에서는 못 살겠더라. 그리고 내 돈으로 구할 수 있는 건 4평짜리 원룸밖에 없었어. 잡지사 다닐 때도 고시원이나 다름없는 집에서 살았거든. 여긴 친척 집인데 비어 있어서 월세로 살게 됐어. 잘된 일이지."

"나도 아파트에 살고 싶어. 주택은 신경 쓸 게 너무 많거든."

그녀는 속으로 경아 아줌마를 떠올렸다. 지금이 독립할 적기였다.

"회사 근처에 오피스텔을 구해도 괜찮을 텐데."

"일주일 중 반은 회사에서 제공하는 숙소에서 자. 스케줄이 들쭉날쭉이라 기숙사에서 지내는 게 편해. 아예 회사 근처에서 자취하고 싶은데… 막상 집을 나가기가 쉽지 않아. 이 지겨운 동네를 떠나는 게 왜 어려운 걸까. 고양이들이 눈에 밟히는 것도 있지만 말이야."

현주가 셔츠 소매 안으로 손을 집어넣고 입김을 불어 넣었다. 이상하게 긴장돼 손이 차가워졌다. 그녀는 진성이 이 동네에 다시 돌아왔다는 것을 알게 된 후 이사 준비를 뒤로 미뤘다. 혹시라도 그와 다시 엮일 수 있지 않을까 하는 기대감 때문이었다.

"옛날에 너희 집 마당을 들락거리는 고양이들이 정말 많았잖아. 아직도 많은가 봐?"

진성은 그녀가 하루에 한 번 등교를 하기 전에 사료 통에 로얄캐닌을 채워 넣고 물을 갈아주던 것을 기억해냈다.

"예전만큼 자주 찾아오진 않아. 많이 사라졌거든."

진성은 그녀의 말이 씁쓸하게 들렸다. 그는 현주를 닮은 작고 눈빛이 애처로운 고양이를 상상하며 고개를 끄덕였다.

미용실에 들어서자, 현주는 너무 쉽게 과거로 돌아와버린 것 같았다. 손쉽게 돌아온 만큼이나 빠르게, 천장 모서리에서부터 벽지가 돌돌 말리며 하나의 소실점을 향해서 사라질 것 같았다. 서먹하게 거리를 두고 서 있는 그녀 자신과 진성도 함께.

진성이 조명 스위치를 눌렀다. 오렌지빛의 조명이 반 박자 느리게 켜졌다.

"하얀 전등도 켜지긴 하는데, 그건 깜빡거려서."

진성의 어머니는 주말에 가끔 가게 마감을 진성에게 맡기고 치매에 걸린 외할머니가 계신 요양병원에 찾아가곤 했다. 그러면 진성은 현주를 불렀고 둘은 미용실에서 함께 시간을 보냈다. 손님이 들어오면 곤란할 테니, 진성은 가게 마감의 의미로 커튼을 치고 주황빛 조명만 켜두었다. 진성의 연락을 받고 저녁에 미용실에 올 때면, 현주는 미용실이 꼭 정육점 같다고 생각했다.

현주는 의자에 앉아 거울에 비친 진성을 바라봤다. 진성은 종이컵에 찬물을 받아 난꽃 향의 티백을 휘저었다. 사탕과 각종 믹스커피 그리고 한쪽 면이 노랗게 바랜 정수기만 덩그러니 있었다. 진성은 멋쩍어 하며 현주에게 종이컵을 내밀었다.

"뜨거운 물이 안 나오네."

"됐어. 고마워."

티가 거의 우러나지 않아 맹물에 가까웠다. 그녀는 차를 마시며 미용실을 둘러보다가 안쪽에 있는 샴푸실로 들어갔다. 커튼이 반만 쳐져 있고, 세발기는 여전히 두 구였다. 이 좁은 미용실에서 유일하게 CCTV에 잡히지 않는 공간이었다. 현주가 안쪽의 세발기 위에 앉으며 말했다.

"우리 옛날에도 밤에 몰래 여기 들어와 놀았잖아."

"도둑고양이 속성은 여전하고 말이야."

진성도 그녀 옆의 세발기에 앉으며 얼굴을 살짝 붉혔다. 아마도 그들은 같은 생각을 하고 있을 것이다.

그들은 세발기 의자 위에서 섹스를 하곤 했다. 그걸 진성은

'시늉'이라고 말했고, 현주는 '놀이'라고 다르게 표현했다. 마치 곡예와 같았다. 그들은 힘의 분산을 이용해 서로를 지탱했고 신체의 균형을 탐구해야만 했다. 물론 단 한 번도 끝까지 가지 못한 서툰 섹스였다. 애초에 그 행위를 완결하려고 노력하지도 않았다. 서로의 혈관이 엉킬 것 같다고 느낄 때까지 아주 세게 포옹하고 마무리하는 것만이 규칙이라면 규칙이었다. 어린 시절 몸을 섞는 건 최상의 친밀함을 표현하는 방법이라고 생각했기에 관계의 깊이를 증명하는 과제라고 여겼을 뿐이었다. 무엇보다 현주는 궁금했다. 저 아이와 몸이 섞이면 어떻게 될까. 목욕이 하고 싶을까. 아스팔트 위의 아이스크림처럼 뇌가 녹아 아무 생각도 들지 않을까. 혹은 지뢰를 밟은 것처럼 호르몬이 파방— 하고 터지며 미쳐버릴까. 그녀는 그런 호기심을 해소하고 싶었다.

비밀스럽게 사귀었던 어린 연인들에게 늦은 밤 문을 닫은 미용실만큼 적당한 장소는 없었다.

둘은 크쥐시토프 키에슬로프스키 감독의 '세 가지 색' 삼부작을 함께 보곤 했다. 진성은 현주를 만나며 고전 영화를 즐겨보기 시작했다. 그녀의 취미가 옮겨 간 것이다. 그는 고전 영화 감상이나 희곡 읽기와 같이 또래와 쉽게 나눌 수 없는 희소성 있는 취미를 가지면 특별한 사람이 된 것 같은 기분을 느낄 수 있다는 걸 알게 됐다. 진성은 현주를 통해 자신과 전혀 맞닿아 있지 않다고 생각했던 세계로 진입하는 경험을 했다. 아직 넷플릭스가 없던 시절이었기에 현주의 집에서 편당 몇천 원씩 결제하고 다운 받아서 보곤 했다.

둘은 어떤 영화도 이만큼 아름답고 인상적이지 못할 거라는 데 이견이 없었다. 대화가 통한다는 것이 이렇게 흥분되는 일인지 처음 알았다. 마치 폭신한 들판에 둘만 오롯이 누워 있는 기분이었다. 그녀는 열여섯 살에 이런 기분을 느낄 수 있는 건 세상에서 가장 불공평한 특권이라고 생각했다. 누군가는 이런 기분을 한평생 못 느끼기도 하니까. 현주는 〈화이트〉를 가장 좋아했지만, 진성은 〈레드〉를 가장 좋아했다. 그녀는 우연과 필연에 대해 논하는 〈레드〉가 뻔하다고 생각했다. 진성은 〈화이트〉 속에 나오는 사랑의 질문에 답하길 어려워했다. 그래도 그는 줄리 델피의 오랜 팬이었기에 가끔은 현주에게 져주며 그 배우가 주인공으로 나오는 〈화이트〉를 1위로 뽑기도 했다. 그들이 겁 없이 미용실에서 섹스를 감행하게 된 것도 〈화이트〉를 함께 본 직후였다. 영화의 주인공 도미니크와 카롤은 이발소에서 관계를 하지만 카롤의 발기부전으로 실패한다. 그들은 오랜 냉담의 시간 끝에 만족스러운 관계를 한다. 현주는 그 결말이 마음에 들었다.

그러나 그들의 놀이 혹은 시늉은 얼마 가지 않아 끝나게 됐다. 진성이 그 행위를 버거워했다. 현주는 자신의 애무가 잘못됐는지 물었다. 젖꼭지를 깨무는 게 싫었냐고. 그는 그런 문제가 아니라고 했다. 현주는 하지 않아도 괜찮다고, 꼭 해야만 하는 건 아니라고 그를 다독였다. 그녀 위에 있을 때 평소와 달리 우람하게 느껴지는 그의 몸을 감상한 것만으로도 충분하다고. 미안해하는 진성에게 현주는 마지막으로 덧붙였다.

"너는 관상용 물고기 같았어. 고양이가 심심해하지 않도록 금붕어를 키우는 사람들이 있잖아. 나는 고양이고, 너는 물고기야. 그러니까 너를 바라보는 것만으로도 나는 꽤 즐거워."

현주가 손을 뻗어 수도꼭지를 틀었다. 온도를 조절해봤지만 찬물만 나왔다.

"오천 원 줄 테니 머리 감겨줄래?"

수도꼭지를 잠그며 현주가 짓궂게 물었다.

"기꺼이."

진성은 서서 뒤로 고개를 젖힌 현주를 마주했다. 실로 오랜만이었다. 수전의 수압은 강했고 헤드가 미세하게 떨렸다. 손바닥을 대보며 온도를 확인했다. 수많은 얇은 물줄기가 손바닥 안쪽의 여린 살을 두들겨 간지러움이 피어났다. 마사지하듯 손가락 끝에 힘을 주고 그녀의 목덜미부터 뒤통수까지 문질러 머리카락을 쓸어 올린 후 끄트머리부터 적셨다. 그녀는 턱선이 드러나는 짧은 단발머리임에도 숱이 풍성하고 두꺼워 끌어모은 머리카락이 한 손에 가득 찼다.

"정말 타고난 머릿결이야."

비단보다는 판판한 소가죽 같은 탄력과 두꺼운 모발. 진성은 사람들의 머리카락을 감겨주며 진정한 품위는 머릿결과 피부에서 나온다는 걸 깨달았다. 그는 현주의 머리를 손으로 쓸어내릴 때마다 부드러움에 감탄하곤 했다.

"머리를 자르는 것 말곤 머리에 아무것도 안 하니까."

현주가 대수롭지 않다는 듯 말했다.

진성이 젖은 머리 위로 샴푸 거품을 잔뜩 냈다. 귀 뒤를 손가락 관절로 꾹꾹 누르고 뒤통수부터 정수리까지 손바닥으로 압박을 주며 쓸어 올렸다. 뒤통수에 손을 넣고 머리카락을 조물거리며 꼼꼼하게 헹궜다. 머리카락 위로 솟아오른 하얀 거품들이 미끄럼틀을 타듯 매끄럽게 떨어졌다.

어렸을 때부터 진성은 거꾸로 보는 그녀의 얼굴을 좋아했다. 무게감 있는 입술과 얇은 콧대, 그리고 눈꼬리가 올라간 쌍꺼풀 없는 눈이지만 날카로운 느낌을 완화해주는 커다란 동공, 그 눈 위에 얹힌 연한 눈썹까지…. 특출 나게 예쁘진 않아도 이목구비의 균형이 훌륭했다. 턱 끝과 이마 가운데를 연결해 접으면 데칼코마니처럼 딱 겹칠 것 같은 대칭이었다. 그는 어머니를 도와 많은 사람의 머리를 감기며 얼굴을 거꾸로 봤지만, 이목구비가 적당한 비율로 자리 잡혀 있는 얼굴은 생각보다 흔치 않았다.

나른한 표정의 현주가 눈을 게슴츠레 뜨고 진성을 바라봤다. 진성은 부끄러움에 시선을 피해버렸다.

"이제 가운데 의자에 가서 앉아."

진성이 능숙하게 젖은 머리를 수건으로 말아 올려주곤 앞장 섰다. 현주가 의자에 앉자 진성이 수건으로 머리의 물기를 먼저 털어냈다. 젖은 구레나룻이 얼굴에 다닥다닥 붙어 간지러웠다. 그녀가 볼을 씰룩거리는 걸 보고 진성이 손가락으로 머리카락을 하나하나 떼어주었다. 뜨거운 바람을 내뿜는 드라이기 때문에 대화가 잠시 끊겼다.

"머리카락 끝이 조금 자랐네. 다듬어줄까? 이 정도는 할 수 있 거든."

"괜찮아. 지금이 좋아."

그의 말이 끝나기 무섭게 그녀가 단호하게 말했다. 그녀의 방 어적인 태도에 진성은 조금 어리둥절했다. 대신 롤빗을 꺼내 머 리카락 끝을 동그랗게 말았다.

"무슨 드라이야? 이 시간에 어딜 간다고."

현주는 갑자기 진성이 머리카락을 만지는 게 불쾌하다는 듯 굴었다.

"가서 바로 자더라도 기분은 좋잖아."

현주는 얼굴을 감싸는 머리카락의 열기를 상상했다. 그의 말 대로 상당히 기분이 좋을 것이다. 어깨에 힘을 풀고 그의 손길에 조금 더 머리카락을 맡기기로 했다.

"나 피곤해 보여?"

그녀가 거울 속 자신을 바라보며 물었다.

"글쎄."

"오늘 오후에 퇴근하고 상희를 만났거든."

진성이 드라이기를 떼고 지그시 현주를 바라보더니 "그보다는 위축돼 보여"라고 말했다.

"듣기 좋은 말은 아니네."

현주는 자신도 모르게 미간을 찌푸렸다. 둥글게 말린 어깨를 괜히 펴보았다. 진성이 그녀의 어깨가 꿈틀거리는 걸 보며 슬며시 미소 지었다.

"일이 힘들어? 아까 그런 주제를 꺼내서 좀 놀랐어. 외로움 같은 거, 겉으로 잘 안 드러냈잖아. 약점이 된다면서."

"지하의 먼지 구덩이를 매일 달리잖아. 쉽지 않은 일이야. 만만하게 보고 시작한 건 아니지만." 현주가 한 박자 쉬고 이어 말했다. "무엇보다 지금의 일이 내 자존감에 도움이 된다고 생각하지 않아."

"아, 그건 좀 다른 문제지."

진성은 다른 말을 덧붙이려다 말았다. 그 역시 딱히 프랑스어를 배우고 싶어서가 아니라 어문 계열이 다른 학과보다 입학 점수가 낮았기 때문에 지원한 것이었다. 유일하게 흥미를 느끼는 문학과 맞닿아 있고 싶은 마음도 있었다. 뒤늦게 번역 일에 매력을 느껴 무리해서 대학원까지 갔다. 번역 일에 대학원 학벌을 요구하는 건 아니었지만, 학부 생활을 어영부영했기에 좀 더 제대로 공부하고 싶었고 학벌도 높이고 싶었다. 그렇지만 그도 지금 공부가 자존감을 키우는 데 도움이 된다고는 생각하지 않았다.

진성이 일부러 발랄한 말투로 말했다.

"앞으로는 다르게 환승해서 학교에 가볼까 봐. 안내 방송에 네 목소리가 나오면 맞혀보게."

"그거 비효율적인데?"

그가 어깨를 으쓱해 보이곤 거울 속 현주를 보며 "예쁘다"고 말했다. 현주는 그가 진심임을 알았다.

그는 드라이기 선을 돌돌 말아 정리하고 나서 옆 의자에 앉았다. 손으로 머리를 빗는 현주의 옆얼굴을 바라보다가 "그런데 왜 연락 안 했어?"라고 물었다.

현주가 동작을 멈추고 어리둥절한 표정으로 그를 쳐다보며 말했다.

"난 네가 연락할 줄 알았어."

"둘 다 기다렸다는 말이네."

"우린 맨날 그랬어. 생각하는 게 비슷해." 현주가 곧바로 말을 정정했다. "음, 아니지. 우린 다른 부류지."

"다른 부류…."

진성이 그녀의 말이 거슬린다는 투로 복창했다.

"혹시 그 후로 넌 정말 비슷하다고 생각되는 사람을 만났어?"

스물두 살, 그들이 헤어졌을 때 진성은 이렇게 말했다. 우리가 비슷한 사람이라고 느낄 수 있었던 이유는 도시 외곽의 작은 학교를 함께 다녔기 때문이야, 라고.

"못 만났어. 비슷한 사람, 그런 건 없더라. 다 제각기일 뿐이야."

진성은 오른손으로 자신의 왼 손목을 잡았다. 맥박이 너무 빨리 뛰어서 동맥이 피부를 뚫고 나올 것 같았다. 그는 피상적인 대화만 나누었던 몇 시간 전으로 돌아가고 싶었다. 미세한 두통과 함께 이윽고 저녁의 먹색 바다와 하얀 병실 같던 펜션 방이 떠올랐다.

❧

스무 살 봄, 진성은 축구를 하다 다쳐 무릎 인대 수술을 받았고 공익 근무 판정을 받았다. 다음 학기를 휴학한 뒤 행정기관에 출퇴근을 시작했다. 스물두 살 여름에야 진성의 근무가 끝났다. 그즈음 현주는 달라져 있었다. 술을 좋아하게 됐고, 이런저런 친구들과 어울렸으며, 크고 작은 모임들로 바빴다. 책을 읽지 않았고, 고등학교 때 즐겨 봤던 영화들에 대해 이야기하는 걸 지루해했다. 진성과 있을 때는 술을 마시지 않았던 예전과 달리, 앞에 진성을 앉혀놓고 그녀 혼자 술을 마시는 일이 잦아졌다. 진성은 현주를 보고 있으면 불혹을 넘겨 알코올 중독 치료를 받는 여자의 모습이 구체적으로 상상됐다. 그는 볼이 빨개져 평정심을 잃은 사람들을 보는 게 불편했다. 술에 취해 들뜨는 사람들을 보면 이상하게 자신이 수치심을 느꼈다. 그러나 그녀는 자주 취했고, 그때마다 휘청거리며 그에게 매달려 그의 몸을 구석구석 만지고 싶어 했다. 그래도 진성은 그녀를 이해하려 노력했다.

그들은 섹스의 방식에 대해 적당한 합의를 이끌어냈다. 삽입 없이 진성이 그녀를 손가락으로만 만져주는 것이었다. 그건 나름대로 훌륭한 방식이었다. 그녀가 속이 빈 나무로 된 악기라고 한다면 그는 악기가 낼 수 있는 가장 아름다운 소리로 재간 있게 연주하는 법을 아는 섬세한 활이었다. 거친 애무는 생략했으며, 아주 부드럽고 조심스러운 방식으로 쓰다듬었고, 오직 그가 그녀에게 일방적으로 해주었다. 침대에서 그녀의 기분을 좋게 해주는 모든 것이 그의 기분을 안 좋게 만들었지만, 진성은 현주를 사랑했기에 그녀를 어떻게든 즐겁게 해주고 싶었다. 그러나 듣기 좋은 연주도 가끔은 변주가 필요한 법이다. 간혹 그녀가 삽입을 원하면 그는 최대한 노력해 보였다. 마지막에는 늘 진성이 숨을 헐떡거리며 멈춰버려서 싱겁게 끝나고 말았지만.

여름방학의 끝 무렵, 진성은 복학을 앞두고 밤낮없이 아르바이트를 했다. 한 부모 가정이었기에 학비는 국가장학금으로 충당할 수 있었지만, 다음 학기 기숙사 신청에 떨어져서 자취를 해야 했다. 방학이 끝나기 전에 서둘러 월세방의 보증금 5백만 원을 마련해야 했다. 어머니의 지원을 기대하긴 어려웠다. 그는 진짜 고된 삶이 어떤 것인지 알게 됐고, 어른들이 돈 때문에 비굴한 짓을 하는 것이 조금은 이해됐다. 이제 진성에게 현주는 너무 먼 행성의 사람이 돼버렸다.

여름방학 마지막 주, 진성은 현주의 대학 친구들과 함께 삼척으로 여행을 가게 됐다. 현주가 먼저 진성에게 제안했다. 여행 경비를 여섯 명이 나누니 크게 부담되지 않을 거라면서. 남자친구와 제대로 여행 한 번 가보지 못했다며 투정을 부리던 현주였기에 그는 그녀의 제안을 거절할 수 없었다.

현주와 진성, 그리고 남자 둘과 여자 둘 총 여섯 명이었다. 가는 길에 운전대를 잡은 남자애와 현주 사이에 갈등이 있었다. 운전을 거칠게 한다는 이유였다. 현주가 대신 운전하겠다고 나섰지만, 결국 운전대를 넘겨받지 못했다. 현주와 그 아이는 그 후에도 계속 자잘한 문제로 부딪혔고 분위기를 험악하게 만들었다.

펜션에 도착하고 모두 스노클링을 하러 갈 때 진성은 가지 않겠다고 했다. 바다에서 논 지 삼십 분도 되지 않아 현주가 돌아와 진성 옆에 비치타월을 깔고 앉았다. 그녀는 얼굴에 수건을 두르고 줄곧 아무 말도 하지 않다가 문득 여행이 어떤지 물었다. 그리고 그녀의 친구들이 어때 보이는지도. 진성은 다들 발랄해 보여 좋다고 거짓된 답을 했다. 어차피 그는 곧 지방으로 내려갈 것이다. 그들은 현주의 친구지 그의 친구가 아니라고 진즉에 마음속으로 선을 그었다.

펜션으로 돌아가 각자 방에서 쉰 후, 그 남자애와 키 작은 여자애가 차를 끌고 장을 보러 갔다. 현주는 펜션 앞 정자에 앉아 자두를 먹고 있었다. 진성은 다른 남자애와 부엌에서 아이스티를 만들었다. 진성이 현주에게 다가가 아이스티를 건넸다. 그녀는 훨씬 전에 자두를 다 먹었지만, 씨를 계속 입 안에서 굴리며 빨아 먹고 있었다. 현주는 그 씨를 손바닥에 뱉었다. 씨에는 과육 한 점 묻어 있지 않았다. 그녀는 씨를 멀리 풀숲에 던진 후 잔을 받았다.

"방금 나간 둘 있잖아."

그녀가 손차양을 하고 그를 바라봤다. 진성 뒤로 해가 빛을 발산하고 있었다.

"응?" 진성이 그녀 옆에 앉았다.

"자는 사이야. 눈치챘어?"

"그런 낌새는 못 느꼈는데."

그녀는 앞에 동그란 단추가 장식된 하얀색 반소매 원피스를 입고 있었다. 초록색 꽃 패턴이 자잘하게 프린트돼 있어 싱그럽고 청량했다. 브이넥으로 깊게 파여 있었는데, 햇빛을 받아 얇은 피부 아래로 가로 줄무늬 모양의 위 늑골이 약간 드러났다. 그는 그녀의 작은 골격과 뼈가 잘 드러나는 얇은 피부가 좋았다.

"여자애는 하고 나서 꼭 그걸 누군가에게 말해야 직성이 풀리는 애야. 그러면 나는 그 묘사를 들어야 해. 정말 지겨워. 꼭 내가 그 장면을 보길 바랐다는 것처럼 구체적으로 말하곤 해. 실제로 관음증일 수도 있어. 요즘에 흔한 병이니까."

"쓸데없는 걸 꼭 말하고 다니는 부류구나."

현주는 아이스티를 한 모금 마시더니 너무 달다고 했다. 대신 정자 위에 있던 미지근한 맥주 캔을 땄다.

저녁을 먹은 후 술을 마시기 전에 바닷가에 한 번 더 갔다. 모두 물에 들어가기 편하도록 수영복을 입고 위에 반소매 셔츠와 반바지를 걸쳤다. 진성은 여행 내내 물에 들어가길 거부했다. 현주가 잠깐 수영을 하고 돌아와 그에게서 수건을 건네받아 몸을 닦았다. 그가 차에 가서 다른 아이들의 몫까지 수건을 가져오겠다고 했다. 그러자 그녀가 그에게 지금 차에 가서 자신을 만져줄 수 있는지 물었다. 렌터카는 주차장 구석에 주차돼 있었고 주변에 다른 차는 없었다. 차창은 선팅이 잘 돼 있었다. 손으로만 하니 티가 나지 않을 것이다. 그렇지만 진성은 거절했다. 오로지 스트레스를 풀기 위해 그의 손을 이용하려는 그녀의 속내가 들여다보여서였다.

"왜? 저 차에서 걔네가 했을 거라서?"

"여기서 걔네 이야기가 왜 나와? 지금 너는 그걸 진짜로 원하는 게 아니잖아."

"내가 진짜로 원하는 거…" 그녀가 말을 되풀이했다. "그게 뭔데?"

"어쨌든 지금은 아니야. 너 술도 마셨잖아."

"넌 안 되는 게 뭐가 그렇게 많아?"

진성이 가만히 그녀의 어깨 너머로 보이는 바다를 응시했다. 그러고는 길게 한숨을 쉬고 이내 혼자 차로 걸어갔다.

그날 저녁, 술이 부족해졌다. 유일하게 술을 마시지 않은 진성이 자진해서 술을 사러 가겠다고 했다. 현주는 혼자 보내는 게 예의가 아니라고 생각해서 그와 같이 가겠다고 했다. 진성은 그녀의 어깨를 가볍게 눌러 다시 앉혔다. 현주는 친구들 몰래 그에게 신용카드를 내밀었다.

"나중에 정산할 테니까 우선 이걸로 해." 그녀가 속삭였다.

진성은 주저하다 신용카드를 받고 차 키를 챙겨 나갔다. 차에 타려는데 현주와 사이가 좋지 않던 남자애가 따라 나와 그를 불러 세웠다.

"같이 가자."

남자애는 조수석에 탔고 진성은 차를 출발시켰다. 둘은 말없이 가까운 편의점에 가 술을 샀다. 돌아오는 길에 남자애가 먼저 입을 뗐다.

"현주랑 너, 사귀는 거 맞아?"

"뭐?"

"너희는 연인이라기보다 오래된 친구 같아."

"왜 그렇게 느끼는데?"

"글쎄 왜일까?"

그가 입을 양쪽으로 쭉 찢으며 음흉하게 웃었다. 그는 진성과 현주의 관계에 대해 많은 것을 알고 있는 것처럼 굴었다. 관음증에 걸린 것 같다는 그 여자애에게 현주가 자신과의 잠자리에 대해서 말한 걸까.

"현주랑 여행 오는 것도 처음이라며? 현주가 그러던데, 남자친구가 아르바이트하느라 너무 바빠서 자기랑 안 놀아준다고. 여자친구를 너무 방치하는 거 아니야?"

"참견하지 마."

"나도 들은 얘기야. 현주가 외로워한다는 말을 너무 많이 들었거든."

진성은 아무 말도 하지 못하고 핸들을 꽉 쥐었다.

그들이 숙소로 돌아오고 머지않아 모두들 취해 하나씩 방으로 들어갔다. 진성도 현주를 방으로 데려가 세수와 양치를 시켰다. 그녀의 지갑을 열어 아까 받았던 신용카드를 넣어뒀다. 그녀를 먼저 침대에 눕히고 그도 씻고 옆에 나란히 누웠다. 잠깐 잠들었던 현주가 그가 침대로 들어오는 소리에 깼고, 그를 껴안았다.

"머리 아파?"

자신의 품에서 미간을 찌푸리는 현주를 보고 진성이 물었다.

"아니."

"물 줄까?"

"괜찮아."

그가 그녀의 등에 팔을 둘렀다.

그녀가 잠들기 전 고양이가 내쉬는 한숨 같은 소리를 내더니 입을 뗐다.

"그거 알아? 넌 여기 와서 전혀 즐겁지 않아 보여. 친구들이 다들 네가 어렵대. 표정은 굳어 있고 말도 없고. 왜 그래? 돈 때문이야?"

"너야말로 내내 화난 사람처럼 굴고 있어."

사실 그는 자신도 현주만큼 무언가에 화난 것 같은 표정을 내내 짓고 있었다는 걸 알았다. 그는 현주의 친구들에게 한 번도 먼저 말을 걸지 않았고 어울리려 노력하지도 않았다. 고야드 클러치와 생로랑 지갑을 아무렇게나 던져두는 그들과 여행을 오는 바람에 받지 못할 이틀 치 수당과 주휴 수당을 계산하고 있는 자신은 너무 달랐다.

"언젠가부터 네 눈치가 보여서 미칠 것 같아. 내가 네 시간을 뺏는 것 같아. 너는 나랑 보내는 시간마저 돈으로 환산하고 있을 거야, 그렇지? 너는 우리 관계에 지쳐 보여."

진성은 그녀의 말을 부정하고 싶었지만 부정할 수 없었고 그래서 슬펐다. 그의 머릿속에는 항상 계산기가 있었다. 하루의 시간을 아르바이트 시급으로 전부 환산해버리는 계산기다. 그가 현주를 사랑하는 것과 무관하게 계산기는 멋대로 숫자를 계산했다. 사랑하는 사람에게 절대 돈을 아끼지 않는 그녀는 결코 믿지 않겠지만.

"너도 나에게 질린 것 아니야? 침대에서 나한테 항상 불만이 많아. 네 친구들한테도 말했니? 그 관음증에 걸린 여자애처럼 다 말한 것 아니야? 나랑 헤어지고 싶은데 헤어지자고 먼저 말하기 꺼려지니까, 우리가 헤어져야 할 마땅한 이유를 내게서 찾고 있는 거야, 넌."

진성은 자신도 모르게 현주에게 화를 내고 말았다. 그녀가 말하는 진실을 인정하고 싶지 않았다. 가장 소중한 사람인 현주와 함께하는 시간마저 돈으로 환산하는 자신이 너무 꼴사나워서 참을 수가 없었다.

"내 감정에 대해 멋대로 말하지 마. 넌 남의 마음에 대해 지나치게 확신해."

현주는 주먹을 꼭 쥐고 부들부들 떨고 있었다.

"언제는 나한테 네 마음을 알려 달라고 했으면서…."

그 순간 진성은 현주와 자신이 이제 함께 어울리기에는 너무나 다른 사람들이 돼버렸다고 느꼈다. 아니, 애초에 자신과 그녀는 달라도 아주 다른 사람이었다는 걸 알게 됐다. 극명하게 다른 그들이 서로 결속할 수 있었던 건 같은 교복을 입고 같은 과목을 공부하고 같은 동네에 살았기 때문일 뿐이었다. 둘은 서로에게서 떨어져 마치 관에 누운 사람처럼 천장을 보고 누웠고, 그 상태로 오래도록 잠들지 못했다.

진성은 복학 후 낮에는 수업을 듣고 밤에는 아르바이트를 하며 쉴 틈 없이 하루하루를 보냈다. 그러다 한 달 만에 본가에 가 그녀에게 연락했다. 돌아가는 기차 시간은 두 시간 후로 예매해 두었다. 역 앞에서 현주를 만나 진성은 그녀에게 이별을 고했다.

❀

"우리 서로를 오해해서 헤어진 것 같아."

옛날 생각에 잠긴 진성을 깨우듯 현주가 나긋하게 말했다.

"아니야. 우리는 진실을 마주해서 헤어진 거야. 우리가 계속 마주하길 피했던 서로의 진실을."

진성이 담담하게 말했다.

"네 말이 맞을지도 모르겠네." 현주가 몸에 힘을 빼고 물속에 잠기듯 엉덩이를 의자 깊숙이 집어넣었다. "그런데 나는 너와 헤어지고 더 엉망이 됐어."

이별 후 현주는 우스갯소리를 할 줄 아는 남자들과 만나기 시작했다. 친밀함을 따지지 않고 단순하게 유희를 추구했다. 어머니가 투병을 시작해 마음이 산란한 시기였기에 복잡한 건 되도록이면 피하고 싶기도 했다. 그렇지만 친밀한 대화가 생략된 그런 밋밋한 연애에서 위안이라는 단어는 지워졌다. 진성과 사귀며 그녀는 매일 조금씩 1센티미터씩 위로 손을 뻗는 듯한 기분을 느꼈지만, 다른 남자와의 관계에서는 그런 성장을 한 번도 느끼지 못했다.

"지금도 우리가 다른 부류의 사람이라고 느껴?"

현주가 그의 눈을 곁눈질하며 조심스럽게 물었다.

"어느 정도는."

"그런데 진성아, 전에 네가 했던 말이 맞는다면, 우리 관계는 이 도시에서 유효한 거잖아. 우리 지금 둘 다 이곳에 있어. 난 늘 있었고, 넌 돌아왔어."

"…정말 이상해."

"뭐가?"

"너를 다시 마주하니까 또 동질감이 들고 말아."

그녀가 아무 말도 못 하는 사이에 진성이 그만 집에 가자며 일어났다. 현주도 별말 없이 그를 따랐다. 현주의 집까지 차로는 너무 가까운 거리여서 택시가 잡히지 않았다. 그가 밤 산책을 하고 싶다고 해서 세 번째 택시를 잡는 시도는 하지 않았다.

애써 드라이를 해 머리에 감돌던 열기는 미용실을 나서자마자 식어버렸다. 둘은 주택가까지 삼십 분 넘게 걸었다. 또다시 그다지 중요하지 않은 것들에 관해서만 이야기를 나눴다. 외상 후 스트레스 장애를 호소하며 후방으로 물러난 병사처럼 멍한 표정을 하고서. 중간에 파란 간판을 내건 편의점에 들어가 국물 라면을 하나 끓여서 나눠 먹었는데, 절반 이상을 현주가 먹었다. 그녀는 어쩌면 자기가 계속 술에 취해 있는지도 모르겠다고 생각했다. 편의점을 나와 주택가 입구로 들어섰을 때 진성이 주저하다 "운기 때문에 불편했지? 미안해"라고 말했다.

"네가 미안해할 필요 없어."

그녀는 무릎에 닿은 운기의 끈적한 손바닥이 주던 불쾌한 감각을 떠올렸다.

"나도 알고 있었어. 운기 녀석 술만 마시면 실수하니까 술자리에선 항상 걔를 예의 주시하거든."

그러나 진성은 친구의 실수에 대해 그녀에게 어떤 말도 해줄 수 없었다. 운기에게 단단히 경고하겠다와 같은 위압적인 말을 그는 할 수 없었다. 지금의 관계에서 자신이 그녀의 일에 분개할 권리가 있는지 자기 검열을 했지만, 그럴 수 없다는 결론이 나왔다. 그래서 그녀의 얇은 패딩과 가방을 들고 포차를 나왔다. 이런 게 그의 방식이었다.

"안 그래도 오늘 운기가 너무 빨리 취해서 영 불안했어. 운기가 실수하기 훨씬 전부터 밖으로 나가자고 네게 꽤 많은 신호를 보냈다고 생각했는데, 눈치채지 못하더라."

"너는… 늘 너만 아는 신호를 보내니까."

"내가 더 사려 깊었다면 좋았을 텐데."

현주는 그가 충분히 사려 깊으며, 단지 자신감의 문제라고 생각했지만 입을 그만 다물었다. 빈정거리는 말로 들릴 것 같아서였다.

진성은 익숙하게 현주의 집을 찾아냈다. 주택은 외관이 잘 관리된 듯 그의 마지막 기억과 똑같았다. 진성이 그녀가 들어가는 걸 보고 가려는지 손을 휘휘 저으며 계속 서 있었다. 현주가 대문을 열고 마당을 가로질렀다. 불현듯 진성과 대화를 한 후에 느끼곤 했던 끝내주는 개운함을 오늘은 느끼지 못했다는 사실을 깨달았다. 그럼에도 공회전만 하는 것 같던 그녀 삶의 방향이 아예 다른 쪽으로 뻗어 나가기 시작했다는 걸 느낄 수 있었다. 진성은 그녀에게 그만큼 위력을 행사할 수 있는 유일한 사람이었다. 도어락이 잠기는 소리가 나고, 현주는 마치 잠에서 깨어나듯 천천히 눈을 감았다 떴다. 온몸이 습기 때문에 축 처졌지만, 샤워할 힘이 남아 있지 않았다.

4

멀리 청담대교로 이어지는 선로가 보였다. 한순간에 세상이 밝아지자 현주의 눈이 저절로 찌푸려졌다. 열차는 지상에 올라올 때마다 잠시 생명을 부여받고 생의 의지를 갖는 것 같았다. 열차의 기분 좋은 신음소리가 귀를 울렸다. 열차가 지하에서 지상으로 올라갈 때마다 그녀는 아무것도 하지 않았음에도 무언가를 극복한 것처럼 흐뭇했다. 7호선은 운행 중 두 번 햇빛을 마주할 수 있다. 편도 1시간 45분 중 십 분 남짓 햇빛을 보는 이 시간이 매번 반갑고 새로웠다.

철마의 진동이 느껴졌다. 뒤이어 한강 위로 얇게 퍼지는 파동까지. 맨 앞 칸에 혼자 앉아 사방으로 펼쳐지는 서울의 풍광을 즐기는 순간은 대교 위뿐이었다. 다리를 지나자마자 시커먼 지하 입구가 나타났다. 현주는 마이크를 켜고 손바닥만 한 스프링 노트를 꺼냈다. 방송 멘트를 미리 적어둔 노트였다. 그녀는 입 안에서 살살 녹여 먹던 체리 맛 사탕을 이로 깨서 한입에 삼키고 목소리를 가다듬었다.

현주가 운행을 끝마치고 휴대폰 전원을 켰다. 진성에게 문자 한 통이 와 있었다.

—멘트 좋더라. 내내 음악도 듣지 않았어. 네 목소리가 한 번 더 나올까 해서.

진성이 말한 건 안내 방송이었다. 현주는 민망함에 잠시 고민하다가 고마워, 라고 짧게 답을 보냈다. 대화가 끊길세라 곧바로 무슨 일 때문에 7호선을 타게 됐는지 물어봤다. 금방 답이 왔다.

—요즘 7호선 타고 등하교해. 매번 첫 번째 플랫폼에 서 있었는데 늘 다른 기관사였어. 그런데 오늘은 네가 앉아 있더라.

—정말? 너도 대단하네.

—일주일 넘게 성공하지 못했는걸. 드디어 현주 너였는데 네 목소리를 놓칠 수 없었지.

그녀는 창밖으로 한강을 시원스레 내다볼 수 있는 청담역과 자양역 사이에서는 안내 방송을 하곤 했다. 흔히 행복 방송이라고 불렸다. 매일 지하철에 어깨를 접어 몸을 욱여넣고, 서로의 체취와 향수가 뒤섞인 냄새 때문에 머리가 지끈거리는 대도시의 사람들을 격려하기 위해서였다. 의무는 아니었지만, 어느 순간 유행처럼 기관사들이 하나둘 자신만의 멘트를 만들어 자유롭게 방송을 하기 시작했다. 회사에서도 이를 장려했다. 승객들의 칭찬 민원을 가장 많이 받은 기관사를 선정해 상을 주기도 했다. 다른 7호선 기관사들도 대부분 청담대교 위에서 방송을 했다. 그만큼 청담대교는 7호선이 지나는 노선에서 서울을 가장 아름답게 볼 수 있는 곳이었다.

수만 명의 사람들에게 위로의 말을 건네는 것이 현주에게는 쑥스럽고 낯간지러운 일이었다. 그렇지만 황 선배가 행복 방송을 적극적으로 권했다. 그녀는 이곳 사업소에 입사한 현주에게 어미 새 같은 선배였다. 부리로 새끼들에게 애벌레를 하나하나 먹여주듯, 지하철 기관사로서 알아야 할 모든 것을 가르쳐줬다. 현주는 그녀에게서 기관사는 버티는 직업이라는 것을 배웠다. 7호선은 차장이 없는 호선이기에 오롯이 혼자서 지나야 하는 어둠을 버티는 법과 운행 중 화장실에 가고 싶을 때 참는 방법, 대화를 나눌 동료를 찾는 법과 같이 실질적인 요령들을 전수받았다. 현주가 입사했을 당시 황 선배는 이미 행복 방송으로 승객들에게 칭찬 민원을 일정 개수 이상 받아야 가입할 수 있는 센트리 클럽에 이름을 올린 우수 기관사였다. 그녀는 고전적인 위로의 말을 건네는 이 방송이 왜 중요한지 신입 기관사에게 진지하게 설명하곤 했다.

"버스와 달리 지하철은 기관사가 승객들과 직접 대면하지 않으니 존재감이 희미하잖아. 그래서 이 일을 하다 보면 내가 하나의 기계처럼 느껴지거든. 열차의 부속품처럼. 그래서 내가 여기 첫 번째 칸에 있다고, 내 존재를 인식해 달라고 알리고 싶었어. 솔직히 말하면 난 사람들을 위로하고 싶어서 방송하는 게 아니야. 내가 위로받고 싶어서 하는 거야. 그런데 이 이유가 좀 커. 일 끝나면 칭찬 민원 들어왔나 확인하는 게 내가 일하면서 느끼는 유일한 기쁨이야. 이게 아니었으면 이 일 지금까지 못 했을 거야."

거짓말이 아니었다. 황 선배가 기관사 일을 계속할 수 있는 건 정말 사람들이 주는 칭찬 때문인지도 몰랐다. 사회 초년생이었을 때 황 선배는 끔찍한 사고를 겪었다.

여름 평일의 한낮, 지하철 안은 한산했다. 지하철 여행을 하는 나이 지긋한 어르신들과 아이의 손을 잡은 젊은 엄마들, 느지막이 등교하는 대학생들이 듬성듬성 앉아 있었다. 그녀가 지하의 어둠을 지나 지상 역에 정차하기 위해 감속하는 순간, 시커먼 무언가가 선로로 뛰어들었다. 젊은 남자였다. 당시 그 역에는 스크린도어가 없었다. 육중한 철마는 멈추지 못하고 그대로 남자를 깔아뭉갰다.

그녀는 그 사건 이후로 지하철이 공동묘지같이 느껴졌다. 그렇지만 행복 방송을 통해 남을 위로하는 것보다 자신을 위로하는 것에 더 유능해지는 중이었다. 모두가 버티지 못할 거라고 우려했지만, 그녀는 지금 우수 기관사가 됐다.

선배의 등쌀에 시작했지만, 얼굴도 모르는 사람들이 적어준 칭찬 몇 자의 힘은 강력했다. 등을 곧추세우고 어깨를 펴게 했다. 이 직업의 외로움을 알게 되면서 현주는 그녀처럼 끝없이 사람들의 관심을 고파하게 됐다. 먼지만이 부유하는 어두운 통로를 달리는 일은 좀처럼 적응되지 않았다. 첫 번째 칸과 승객의 칸이 연결되어 있다는 걸 잊지 않으려고, 물에 빠지지 않으려 허우적대는 것처럼 간절하게 멘트를 노트에 쓰곤 했다.

그 후로 첫 번째 플랫폼에서 진성과 눈을 마주치는 일이 종종 있었다. 그럴 때마다 진성은 문자를 보냈고, 현주는 짧게 답했다. 때로 그는 멘트를 짜는 데 도움이 될 만한 시나 에세이를 추천해 주기도 했다. 그러나 연락은 단속적이었다. 퇴근 후 휴대폰 전원을 켜는 순간을 고대하며 출근했다가 결국 문자를 주고받는 것 외에는 그와의 관계에서 아무 일도 일어나지 않는다는 걸 깨달으며 지친 표정으로 퇴근하는 일상이 반복됐다.

🐾

바람 한 점 없는 잔잔한 바다 한가운데에 떠 있는 보트 같은 나날의 흐름을 깬 것은 상희의 연락이었다. 올해도 모임에 참석할 거냐고 전화가 왔다. 현주는 고민 없이 가겠다고 답했다. 그

자리에 진성이 갈 것이므로.

이틀 연속 쉬는 스케줄이었다. 현주는 카페에서 멕시칸 랩과 커피로 간단히 점심을 해결하고 상희 집으로 향했다. 약속 시간 전까지 그녀의 집에서 쉴 생각이었다.

상희는 소파 위에 누워 있었고, 현주는 소파에 등을 기댄 채 텔레비전으로 범죄 누아르 영화를 보고 있었다. 작은 플라스틱 소쿠리에 물기가 다 마르지 않은 방울토마토가 담겨 있었다. 현주는 느린 속도로 토마토를 앞니로 터트리며 먹었다. 그때 상희가 술집에서 윤기와 자신을 버려두고 왜 사라진 거냐고 따졌다. 그날 밤 둘에게 무슨 일이 있었던 거냐고.

"아무 일도. 편의점에서 라면 먹고 집에 갔어."

"싱겁네. 근데 다시 보니까 어때? 진성이 걔 분위기가 바뀌었던데." 상희가 현주 쪽으로 돌아눕자 소파 가죽이 마찰되는 소리가 났다. 상희는 진성과 현주가 예전에 사귀었다는 걸 알지 못할 테지만, 현주는 괜히 움찔했다.

"진성이? 옛날하고 똑같아. 그리고 그날 처음 본 게 아니야. 작년 말에 장례식장에 왔어. 너 가고 밤늦게."

"정말? 너희 둘 고등학교 때 서로에게 살갑다고 느꼈는데, 내 생각보다 훨씬 더 친했구나?"

"살갑다니?"

"그냥 느껴졌어. 둘이 무언가를 공유하고 있다고."

"헛다리 짚은 거야."

현주는 일부러 무신경하게 대꾸했다.

상희는 아니면 말고, 라고 말하면서도 얄궂게 그녀를 흘겨봤다. "그 뒤로 연락한 적 있어?"

"가끔."

현주는 차고지에서 진성의 문자에 답하던 흥분의 시간을 더듬었다. 진성과의 관계에 진전이 있다고 착각하며 섣부르게 설렌 것에 부끄러움이 밀려왔다. 고작 몇 번의 연락뿐이었는데….

"너희 둘 진짜 그런 사이였던 것 아니야? 혹은 곧 그런 사이가 될 예정이라거나."

"심문은 이제 그만해. 전혀 아니야."

"어머, 미간 주름 먼저 펴고 거짓말해라, 애." 상희가 앞으로 고개를 쑥 내밀어 현주의 얼굴을 보며 말했다. "분명한 건, 그날 넌 진성이한테 설렜다는 거야. 표정을 못 숨겨, 넌."

"아니래도."

"싱겁긴."

"그러는 넌, 운기랑 잘 맞더라?"

"운기? 예상을 깨고 건실하게 살고 있다는 게 반전이긴 하지만 이성으로서의 매력은 부족해."

"그사이에 그걸 잰 거야? 네 애인이 울겠다."

"뭐 어때."

"아아, 불쌍한 한의사 선생님."

상희가 괜히 큼큼 헛기침을 했다.

현주가 방울토마토 한 주먹을 상희에게 내밀었다. 상희가 고개를 젓자 현주는 주먹에 쥔 토마토를 전부 입에 욱여넣었다. 침샘이 팽창하는 느낌이 들었다. 거울을 봤다면 귀밑에 청록색 모세혈관이 엷게 보였을 것이다. 고장 난 호두까기 인형처럼 부자연스럽게 턱관절을 크게 움직여 이를 수직으로 맞부딪혔다. 토도독, 하며 토마토들이 터졌고 입술의 틈 사이로 즙이 여기저기 튀었다.

현주가 무릎으로 기어가 손바닥으로 대충 바닥을 닦으며 "그건 그렇고 나는 운기와 다른 테이블에 배치해주는 거, 잊지 않았지?"라고 물었다. 사실 그녀는 운기를 부르지 말라고 완강하게 말하고 싶었다. 그날 운기는 무척 취했고, 자신이 한 행동을 기억하지 못했다. 기억해야 할 사람이 기억하지 못하는 건 애석한 일이다.

"당연하지. 미리 수를 써놨어."

약속 시간이 가까워지자 둘은 외출 준비를 했다. 현주는 어깨가 드러나는 밤색 긴소매와 옅은 베이지색 슬랙스를 입었다. 장소는 작년과 마찬가지로 서울 번화가에 있는 와인 바였다. 8시가 되기 사십 분 전에 딱 맞춰 택시를 호출했다.

진성과 운기가 바 앞에 먼저 도착해 있었다. 운기는 걸을 때 무릎에 반동을 강하게 주어 어깨를 흔들거리기 때문에 아무 말 하지 않아도 그에게서 고조된 텐션을 느낄 수 있었다. 진성과 현주는 아무 일도 없었던 것처럼 친구들 앞에서 천연덕스럽게 굴었다. 현주는 그와의 거리감에 못내 익숙한 척을 해야 했다.

운기와 상희가 앞서서 지하 계단으로 내려가고, 진성이 낮은 볼륨으로 현주에게 속삭였다. "오늘 근사하네."

얼굴을 현주의 귓가에 붙였다가 떼며 진성의 시선이 그녀에게 머물렀다. 그녀의 매끈한 어깨 끝이 달걀을 세운 것같이 솟아 있어 정말 아름다워 보였다.

"고마워. 너도 그래."

"추리닝이 아닌 게 이것뿐이었어."

현주는 "추리닝 입어도 상관없긴 해"라고 말하며 여유로운 척 웃어 보이고 먼저 바로 들어갔다.

4인석 테이블이 여섯 개 있었다. 상희는 2번, 진성과 운기는 5번 그리고 현주가 6번 테이블에 배정받았다. 마술사는 올해도 참석했다. 그는 진성과 같은 테이블에 배정돼 현주와는 대각선 자리에 앉게 됐다. 마술사를 초대한 이는 로스쿨 준비생으로, 대학 시절 상희와 함께 이 모임을 만든 남자였다. 전해 듣기로 그는 삼 년째 로스쿨을 준비하고 있었다.

진성은 마술사의 얼굴을 보고 조금 놀랐는데, 그가 무척 앳됐기 때문이었다. 스물두세 살로 보였다. 큰 키에 비해 얼굴이 몹시 작았고, 어깨가 굽은 데다 솟아 있기까지 해서 자세가 어정쩡했다. 말을 할 때 계속 고개를 흔드는 모습이 산만해 보였고, 자신이 주목받지 않으면 불안한 듯 자꾸만 주제에 어긋나는 뜬금없는 말을 꺼내 대화의 흐름을 깼다. 진성은 지난번 포차에서 들은 마술사에 관한 이야기는 하나도 믿지 않았다. 기껏 주말에 부업으로 마술 버스킹을 하는 거라고 짐작했다. 꿈이나 로망 같은 주제에 과장된 연극 톤으로 말하며 눈을 반짝인다는 점에서 철들지 않은 천진함이 느껴졌다. 그래서 그가 마술사라는 꿈을 좇고 있는 것이 허위가 아닐지도 모른다고 진성은 생각했다.

상희는 연신 테이블을 옮겨 다니며 사람들과 스몰 토크를 나눴다. 주최자로서 분위기를 이끌어야 하는 의무감 때문이 아니라 그녀 자체가 더 많은 사람과 이야기를 나누고 술잔을 부딪치는 걸 즐기는 성격이었다. 그녀는 애인이 없는 척하는 데 능숙했다. 그런 가식에 죄책감을 느끼지도 않았다. 오히려 애인이 있다는 사실이 밝혀지면 미묘하게 장벽을 치고 태도가 일변하는 남자들에게 불쾌함을 느꼈다. 그녀는 편의에 따라 애인의 유무를 달리 답하는 것을 여자의 특권이라고 생각했다. 어쨌든 그녀 덕분에 모임의 분위기가 빠르게 달아올랐다.

한 시간이 조금 지났을 때 운기와 진성, 마술사 그리고 올림머리를 한 여자가 앉은 5번 테이블은 벌써 할당된 와인을 다 비

웠다. 메리 픽포드 한 잔씩을 다 마시자 대화도 소진 상태가 됐
다. 다른 테이블도 마찬가지였다. 그러자 서로 입을 맞추기라도
한 것처럼 흡연자들이 하나둘 밖으로 나갔다. 운기와 함께 올림
머리 여자도 의자에 걸쳐둔 작은 크로스백에서 전자담배를 꺼내
들고 자리에서 일어섰다.

마술사가 현주에게 그쪽 테이블의 분위기가 어떤지 물었다.

"그저 그래요."

"이쪽도 마찬가지." 그러고는 빈 와인 잔을 내밀며 조금 따라
달라고 애교를 섞어 부탁했다. 현주는 와인 병을 흔들어 얼마나
남았는지 확인했다. 딱 한 잔이 나올 만큼이었다. 마술사의 잔에
와인을 따라주려는 순간 진성이 끼어들었다.

"다른 테이블 와인이잖아요. 저희 테이블 몫으로 와인 한 병
더 주문하죠."

"한 잔 정돈데 뭐 어때요."

마술사가 현주에게 몸을 기울이며 더 가까이 잔을 들이밀었
다. 현주가 와인을 따라줬고 예의상 눈웃음을 지었다. 마술사가
현주와 진성을 번갈아 쳐다보며 둘 관계에 흥미를 보였다.

"두 분 아는 사이라고 하셨죠? 동창이라고."

"네, 중고등학교를 같이 나왔어요. 서로 알게 된 건 고등학교
때지만."

현주가 진성과 마술사를 동시에 바라보기 편하도록 의자를

뒤로 뺐다.

"그런데 진성 님은 분위기를 너무 못 타시는 것 아닌가. 술을
안 드시니까."

마술사는 진성이 이 모임에 어울리는 사람이 아니라는 듯 고
개를 내저었다.

"분위기를 못 타는 건 마찬가지인 것 같은데요?"

진성은 자신도 모르게 입심이 세게 나갔다. 그는 처음부터 마
술사가 마음에 들지 않았다. 저번 모임에서 그가 현주에게 추근
거렸다는 상희의 말이 생각났다.

흡연자들이 돌아오며 주변이 잠시 소란해지자 마술사가 대꾸
하려다 말았다. 운기가 자리에 앉으며 무슨 대화 중이었냐고 물
었다. 마술사는 "진성 님과 대화를 많이 못 나눈 것 같아서요. 진
성 님에 관해 알아가는 중이었어요"라고 말하며 현주가 채워준
와인 잔을 단숨에 비웠다. 5번 테이블은 와인 대신 칵테일을 한
잔씩 추가로 주문했다. 진성만 논 알코올 칵테일을 시켰다. 다른
테이블들도 술을 더 주문했고 잔을 비우는 속도가 빨라지며 다
시 바 안은 활기가 돌았다.

"술이 몸에 안 받으세요?"

마술사가 연구 대상을 더 자세히 보려는 듯 왼쪽 눈 밑을 비비
며 진성을 바라봤다.

"그건 아니에요."

진성은 별로 상대하고 싶지 않아서 심드렁하게 답했다.

"드셔본 적은 있으세요? 설마 종교적인 이유 때문인가?"

마술사가 두 손을 모아 깍지를 껴 기도 자세를 만들어 보였다. 진성은 그런 깐족거림으로는 쉽게 불편해지지 않는다.

"몇 번 입에 대본 적은 있죠. 그리고 예수는 안 믿어요. 불자입니다. 집안 대대로요."

"아쉽네요. 예수를 안 믿다니."

"아, 교회를 다니시나 봐요."

진성이 한쪽 입꼬리를 끌어올리며 말끝에 아멘 하고 추임새를 붙였다. 짐짓 위악적으로 보였다. 평소답지 않은 진성의 모습에 현주는 약간 놀랐고 그런 그가 신경 쓰였다.

"그런 편이죠. 사실 마술사는 성경을 곧잘 읽는 편이에요. 그쪽과 통하는 부분이 있거든요."

"뭐가요?"

"예수의 탄생에 대해서 아시죠? 거기 나오는 동방박사들이 마술사거든요. 그 외에도 종교의 마술적 면모에 대해 말하자면 끝도 없고요."

"제가 성경을 안 읽어서." 무언가를 생각하는 듯 진성이 잠시 입을 다물었다. "그 시절엔 마술사가 예수의 탄생을 도왔다고 쳐요. 그러면 현시대에 마술사는 무얼 하며 먹고살아요?"

진성이 유쾌하게 물었기 때문에 마술사도 적절히 미소를 보이며 답했다.

"뭐 이것저것. 요즘 주 수입은 오늘의 별자리 운세와 띠 운세 쓰는 일이에요."

"그게 마술과 무슨 상관이 있는데요?"

"하루 운이 진짜 그러하도록 기를 불어넣는 거예요."

"우와, 믿기지 않네요."

이제 마술사는 불편한 심기를 숨기지 않으며 아아, 하고 신음을 토했다.

진성의 일격에 운기는 웃음을 참지 못하고 낄낄거렸다.

"허우대가 좋으니 영화관이나 판촉 매장 같은 데서 선호할 텐데. 마술은 취미로 하세요. 마술 일은 수명도 짧지 않아요?"

운기가 기본 안주로 나온 프레첼을 씹으며 말했다. 그는 아까부터 과자를 네 번이나 리필했다. 진성은 친구가 말을 가려 할 수 없을 만큼 취했다는 것을 알아채고 찬물을 따라 그의 앞에 두었다. 물론 자신은 개운하게 잠에서 깬 아침처럼 맨정신 상태였음에도 일부러 말을 안 가리고 있었지만.

"선생님이 그렇게 말씀하시니까 반박을 못 하겠네요. 그런데 진성 님은 대학원생이라고 하셨죠? 이 모임에 대학원생은 이미 있는데. 직업 겹치면 참석 못 하잖아요, 여긴."

"진성이요?" 운기가 기분 나쁘게 킥킥대며 진성의 눈을 바라봤다. 운기의 실눈이 뱀처럼 간사하게 느껴졌다.

"얘는 애 아빠로 나온 거예요. 여기에 부모라는 직업 가진 사람 없잖아요?"

운기가 꽤 큰 소리로 말하는 바람에 입 안에 있던 과자 조각들이 튀어 나왔다. 진성은 눈을 질끈 감았다 떴다.

"그만해. 너 많이 취했어."

"애 아빠요? 아, 결혼하셨어요?"

마술사는 흥미롭다는 듯이 몸을 앞으로 쭉 뺐다.

"으응, 결혼은 안 했어요. 복잡하죠. 야, 지오가 몇 살이지?"

"그만하라고!"

진성이 무의식적으로 현주를 바라봤다. 그녀 역시 그를 보고 있었다. 서로의 시선이 정통으로 맞닿자 진성은 갑자기 참을 수 없는 분노와 수치심이 밀려왔다. 그는 자리에서 벌떡 일어나 바를 나갔다. 그의 등 뒤로 문이 굳게 닫혔다.

🐾

진성은 바 앞 골목을 빠져나가자마자 현주에게 팔을 붙잡혔다.

"어디 가?"

"재미없어서 집에 가려고."

"그럼 너도 술을 마셔."

"내가 답답해?"

"그럼 안 답답하겠어?"

"너도 취했어. 저기 있는 모두가 다 취했지, 나 빼고."

진성은 지겹다는 듯 미간을 찌푸렸다. 장례식은 예외로 하더라도 다시 만난 이후로 현주는 매번 술에 취한 모습이었다. 잠시 정적이 흘렀다.

"그러는 넌 왜 나왔는데?"

그녀는 가방을 한쪽 어깨에 멘 채였다.

"네가 나와서." 현주가 말했다. "왜 그래? 뭐가 문젠데?"

진성은 아까 마술사와 운기가 자신에 대해 지껄이던 장면이 떠올랐다. 운기에게 지오에 대해 말한 건 실수였다. 아니, 애초에 운기와 어울려선 안 됐다는 생각까지 들었다.

"네가 곧바로 날 따라 나오면 분위기가 이상해질 거라는 생각은 못 했어?"

"그게 뭐가 중요해? 나는 나오고 싶어서 나온 것뿐이야. 너에 대해 아무 말도 하지 않았어. 네 말대로 모두가 취해서 너한테 신경도 안 쓰던데, 뭐. 자기들끼리 떠들기 바쁘지."

지나가는 사람들이 힐끗힐끗 쳐다보는 것이 느껴졌다. 모두가 바삐 걸음을 움직이는 번화가에서 멈춰 선 것은 둘뿐이었다.

"여기서 목소리 높일 일은 아닌 것 같다. 일단 가자."

"어디로?"

진성은 현주의 팔을 붙잡고 서서 택시를 부르려고 앱을 실행시켰다.

"지금 차 타면 토할 것 같아."

"그럼?"

진성이 휴대폰 화면을 보다 말고 건조한 눈빛으로 현주를 쳐다봤다. 그의 눈빛이 사납게 느껴져 현주는 "아니야, 우선 우리 동네로 돌아가자"라고 답하며 한 발 물러섰다. 택시가 도착하자 진성은 현주의 팔을 끌어 뒷좌석에 먼저 태웠다. 그러고는 앞자리에 탄 다음 아무 말 없이 내비게이션만 바라봤다.

현주는 창밖으로 쌩쌩 달리는 차들과 저 멀리 보이는 한강을 바라봤다. 차의 창문을 모두 뜯어버릴 듯한 기세로 바람이 불었다. 그녀는 창문을 조금 열어 바람이 머리카락을 헝클어놓도록 내버려두었다.

집 앞에 도착했지만 현주는 차에서 내리지 않았다. 집에 들어가고 싶지 않았다. 그녀가 고집을 피우자 진성은 할 수 없이 운전기사에게 자기 집 주소를 불러주었다. 기사는 묵묵히 기어를 바꿔 다시 차를 출발시켰다. 그제야 현주가 왜 집에 들어가기 싫은지 설명했다.

집에 개가 있다. 그녀의 아버지와 애인이 얼마 전 여행을 갔다 돌아오는 길에 주유소에 유기된 하얀 개 한 마리를 데려왔다. 외형은 화이트 테리어를 닮았지만, 갈색 얼룩으로 보아 다른 중형견이 섞인 잡종 같았다. 아버지의 애인은 보름달이 뜬 수요일에 데려왔다고 해서 개에게 '수름'이라는 이름을 붙여주었다. 샤워를 시켜주고 나니 꼬질꼬질한 회색 털이 흰 털로 바뀌었다. 아버지는 수름이를 집 안에 들이지 않고 마당에서 키웠다. 녀석은 원체 사람을 좋아하고 활발한 성격이어서 현주에게도 곧잘 다가왔다. 하지만 그녀는 개가 테니스공을 입에 물고 두 귀를 펄럭거리며 마당을 가로질러 뛰어갈 때 말고는 귀엽지 않았다. 그녀는 개를 싫어했다. 개 특유의 털 기름 냄새가 고약하게 느껴졌다. 무엇보다 개의 등장으로 더 이상 마당에 고양이들이 출입하지 않게 됐다는 게 못마땅했다. 수름이는 성대가 상하지 않을까 걱정될 정도로 크게 짖었다. 개가 울어대면 두 늙은 연인은 각자 울음의 의미를 해석했으며, 서로의 주장이 옳다는 걸 보여주기 위해 다시 수름이에게 말을 걸었다. 그러면 개는 또 짖었다. 집에서 말이 없는 건 현주뿐이었다. 그녀는 개가 들어온 이후로 집에서 딱히 말하고 싶은 마음이 생기지 않았다.

진성은 하얗고 털이 복슬복슬한 그 개가 정말로 마당에 있는지, 현주가 괜히 둘러대는 건 아닌지 잠시 의심했지만, 이내 의심을 거두었다. 그녀는 진성에게만큼은 더없이 솔직한 사람이었다.

"그런데 아버지의 애인이라니?"

"얼마 전부터 같이 살고 있어."

단지 입구에서 내려 그의 집까지 걸어가는 동안 그녀는 그간의 일을 짧게 설명했다.

"좋은 분이야, 아줌마는. 정말 어른 같달까. 그렇게 늙고 싶다는 생각이 들 정도야."

"그래도 불편하겠네."

"아줌마보다 개 때문에 불편하지."

진성은 종종 그녀의 집에서 벌어졌던, 혹은 벌어지고 있는 일에 대해 자신이 이해할 수 없는 영역이 존재한다고 느꼈다. 그리고 그 영역이 다른 사람과 구분 짓는 그녀만의 높고 견고한 벽을 구축했다고 믿었다. 그런 벽은 뚫을 수 있는 게 아니었다. 개구멍 같은 작은 문을 찾을 때까지 그 벽을 따라 걷는 것이 최선이었다. 다른 사람들은 벽을 뚫으려고만 하기에 그녀를 이해하지 못하는 것이다.

"엘리베이터 공사 중이야. 13층까지 걸어 올라가야 해."

낡은 아파트의 입구로 들어서며 진성이 말했다.

아니나 다를까 엘리베이터에 '공사 중'이라고 커다란 현수막이 붙어 있었다. 아파트가 디지털 엘리베이터로 교체해주는 사업에 선정돼 대대적인 공사가 시작됐다고 그가 설명했다.

"너희 집에 가는 게 나을 뻔했지?"

"그러게. 살짝 후회되네."

아파트 바깥으로 노출돼 있는 나선형 계단의 턱은 높았고 조붓했다. 둘은 말없이 계단을 올랐다.

13층에 이르러 복도 끝으로 걸어간 진성이 도어락 비밀번호를 눌렀다.

"여기야."

진성은 현주를 먼저 들이고 뒤따라 들어갔다. 문이 닫히며 시원한 바람이 일었다. 오래된 집 특유의 쿰쿰한 곰팡내가 콧속으로 훅 끼쳤다. 진성의 집은 16평으로 다른 집에 비해 두 평이 작았다. 군데군데 색이 바랜 벽지는 연한 버터 색을 띠었고, 유독 추웠던 지난겨울의 흔적으로 결로로 피어난 곰팡이와 가스레인지에 더덕더덕 붙은 찌든 때가 이 집을 더 초라하게 만들었다. 집상태가 신경 쓰였는지 진성이 "말했다시피 작은아버지 명의의 남는 집이야"라고 묻지도 않은 말을 했다.

"좋네. 아늑하다."

진성이 민망하지 않도록 현주가 일부러 밝게 말하며 거실 소파로 가 앉았다.

진성이 옆에 앉으며 리모컨을 눌러 에어컨을 작동시켰다. 시원한 바람이 얼굴을 덮쳐오자 현주는 숨통이 트이는 것 같았다.

"운기한테 연락 안 와?"

그녀가 소파에 걸터앉으며 물었다.

"응, 아마 내일 오후쯤 연락 오겠지. 아니면 기억조차 못 하고 아예 안 오거나."

"이해가 안 돼. 걔랑 네가 아직도 친구로 지내는 게."

"그냥 동네 친구지. 언제든 만만하게 불러내기 좋은."

"너에게 어울리는 친구는 아니야."

진성이 화장실을 손으로 가리켰다. "자, 먼저 씻어. 갈아입을 만한 옷을 화장실 문 앞에 놔둘게. 그리고 아이스크림을 먹자."

그녀는 씻은 후 목이 늘어난 회색 티셔츠와 줄무늬가 새겨진 파자마 반바지로 갈아입었다. 진성이 바로 아이스크림을 먹을 건지 물었다. 그녀는 고개를 가로저으며 그가 씻고 나오면 함께 먹겠다고 했다.

화장실에서 새어 나오는 물소리를 들으며 그녀는 침대에 엎드려 누웠다. 장식등만 켜둔 방 안이 어두워서 물소리가 더 잘 들리는 것 같았다. 고층인데도 아파트가 4차선 도로와 마주하고 있어 간간이 소음이 들렸다. 그러나 물소리는 외부의 소음을 전부 무시하게 만들었다. 현주는 졸린 와중에도 샤워기에서 내뿜어진 물줄기가 그의 몸에 닿아 사방으로 튕기는 상상을 멈추기가 어려웠다.

씻고 나온 진성이 냉장고에서 호두 맛 아이스바를 꺼냈다. 방으로 들어와 그녀 옆에 앉으며 아이스바를 건넸다. 어느새 반수면 상태에 빠져 있던 그녀가 몸을 일으켜 침대 위에 책상다리를 하고 앉아 아이스바를 먹기 시작했다. 진성의 것은 없었다.

"너는?"

"찬물로 씻으니 더위가 가셨어."

현주는 아이스바의 삼분의 이 정도만 먹고 진성에게 내밀었다. 진성이 남은 부분을 한입에 먹어버리곤 막대를 침대 옆 협탁 위에 올려두었다.

진성이 자신이 누울 토퍼를 깔겠다고 하자 현주는 잠시만 이 대로 있고 싶어 그의 손목을 잡았다. 둘은 얇은 이불 위에 나란 히 누웠다. 현주가 그를 향해 몸을 돌렸다. 약간의 시차를 두고 그도 그녀를 바라봤다. 얼마간 서로를 바라보기만 하다 그녀가 얼굴을 만져도 되는지 물었다. 그가 고개를 끄덕였다. 그의 볼을 매만지며 현주가 눈을 감았다. 그가 긴장하는 것이 또렷이 느껴 졌다. 반대편 손으로 그의 속옷 위에서 페니스를 매만졌다. 고양 이의 꼬리가 떠올랐다. 정확히는 기분이 좋을 때 끝이 미세하게 안쪽으로 휘어지는 고양이의 꼬리가. 잡힐 듯 잡히지 않는, 나불 거리는 털에 뒤덮인 귀여운 꼬리가. 마침내 그 모양을 닮은 완만 한 곡선의 선로가 연상되자 그녀는 마치 빠른 속도로 달리는 열 차 안에 있는 것만 같았다.

현주가 작게 탄성을 질렀다. 몸이 기억하는 감각이 너무나 생 생해서 이것이 과거의 일인지, 현재의 일인지 혹은 그녀가 머릿 속으로 그리곤 했던 미래인지 분간할 수 없어서 약간 무섭기까 지 했다. 콘돔이 없었지만 그녀는 개의치 않았다. 그가 만지는 것 이상의 접촉은 원하지 않는다는 걸 알았지만, 상관없었다. 촛농 처럼 몸이 저항 없이 녹아내리는 것 같았다. 그녀는 그의 몸 위로 올라가 움직이기 시작했다. 그가 망설이다가 양손으로 그녀의 엉덩이를 잡고 움직임을 보조했다. 그러다 갑자기 그녀가 서둘러 그의 몸에서 떨어졌다. 진성이 아이처럼 울고 있었다.

"힘들었어?"

그녀가 천장을 바라보며 물었다.

"미안. 나도 내가 왜 이러는지 모르겠어."

그가 두 손으로 얼굴을 비비며 눈물을 닦아냈다. 현주에게 자신의 공포증을 처음 들킨 것처럼 허둥거렸다.

"아니야. 내가 미안해." 현주가 말했다. "혹시 손수건 필요해? 오늘 입은 바지, 오랜만에 꺼내 입었는데 주머니에서 잘 다려진 손수건이 나왔어."

진성이 바람 빠지는 소리를 내며 웃었다. 그제야 현주도 표정을 풀었다.

"여름옷들을 하나하나 꺼내는데 주머니에서 작년의 흔적이 발견되곤 한단 말이지. 시간이 흘렀다는 걸 실감해."

"있잖아, 현주야."

"말하고 싶지 않으면 안 해도 돼. 나 지금 집에 가도 돼."

"여기 있어줘. 그리고 들어줘. 어렸을 때보다 내 공포에 대해 더 잘 설명할 수 있게 됐거든."

현주가 긍정의 뜻으로 말없이 그의 다음 말을 기다렸다.

"나는 여전히 섹스가 싫어. 통제력을 잃는 게 나에겐 너무 무서운 일이야. 하나도 변하지 않았어, 나."

진성은 섹스를 할 때면 가슴이 조이듯이 숨이 막혀왔다. 성기 능에는 이상이 없었다. 그래서 그는 흥분을 느끼는 방식이 다른 사람과 다른 것은 아닌지 의심하기도 했다. 일반적인 방식의 섹스가 아닌, 간접적인 방식으로 불안에 떨지 않고 흥분을 즐길 수 있는 방법이 있지 않을까. 하지만 그건 답이 아니었다. 본질적인 문제는 그의 감정이었다. 그는 늘 브레이크에 발을 올려두고 살아왔다. 신체적으로나 감정적으로나 자신이 핸들링하지 못한다고 느껴질 땐 몸에 딱 맞는 관 속에 갇힌 것만 같은 공포심을 느꼈다. 섹스와 마찬가지로 그가 술과 담배를 하지 않는 이유였다.

"그걸 하는 내가 싫어. 할 때마다 삼인칭의 시점으로 나를 바라보는 상상이 멈추지 않아. 그걸 보고 있으면, 내가 지나치게 폭력적인 것처럼 느껴져. 상대에게 못할 짓을 하고 있다는 생각에 무서워. 기분이 좋아지고 흥분되면 또 다른 자아가 나를 조종하는 것 같은 느낌도 싫어. 가끔 내가 전염병의 시대에서 온 사람 같다고 생각해. 삽입만으로도 전염되는 성병이 유행하는 시대에서 현대로 넘어왔고, 그 결과 지금처럼 섹스만 하면 기겁하며 벌벌 떠는 거야. 이상하지?"

"지금까지 단 한 번도 네가 이상하다고 생각하지 않았어."

"…내가 어렸을 때 어머니의 애인이 집에서 자고 가곤 했어. 그때 내가 실수로 문을 열어서 보면 안 될 걸 봤거든. 그 뒤로 관계라는 것 자체가 불편해졌어."

현주가 누운 채로 그를 바라봤다. "그런 이야기 한 적 없었잖아."

"어떤 이야기는 다른 사람에게 들려주기까지 오랜 시간이 걸리기도 하잖아."

"미안해. 이제야 그런 이야기를 알게 돼서. 이제야 너를 이해하게 돼서."

"내가 말하지 않았는걸."

둘은 잠시 그렇게 나란히 누워 같은 천장을 바라봤다.

"최근에 내가 성관계를 하는 방식이 아주 잘못됐다는 걸 깨달았어." 현주의 목소리가 고요를 깼다. "솔직히 말하면 당위성 때문에 잠자리를 할 때가 종종 있어."

"방금도?"

"아니야. 방금은 아니야." 그녀가 말했다. "상대가 욕구를 느끼는 걸 감지했는데도 그가 나를 만지지 않으면 초조하거든. 상대에게 사랑받지 못할까 봐 불안한 거야, 나는."

"그러니까 네 말은, 남자가 원하는 것 같으면 마지못해 한다는 거야?"

"마지못해는 아니고. 그런 식으로 나를 학대하며 즐거움을 얻는 것 같아."

진성이 잠시 뜸을 들이더니 말했다. "혹시 우리가 어렸을 때 했던 것도 그런 이유였어?"

현주는 그렇지만은 않다고 말하며 한 손을 들어 그와 닿아 있는 쪽의 어깨를 쓰다듬었다.

"그런데 그때의 난 이유 없이 너를 원했어. 너와 할 때는 다른 생각이 들지 않을 정도로 좋았어. 확실해. 이 마음이 더 컸어. 그런데 왜 이렇게 돼버린 걸까? 이런 나를 가벼운 여자라고 생각하고 있을 거야, 넌."

"그렇지 않아. 왜 그렇게 말하는 거야."

진성이 침대 헤드에 등을 살짝 기대며 그녀의 손을 잡았다.

그녀는 지난 연애에 관해 털어놓았다. 진성과 헤어지고 재작년까지 만났던 여섯 살 연상의 남자였다. 그의 섹스 방식은 일방적이고 거칠었고, 그녀는 수동적이었다. 관계를 할 것인지 말 것인지의 선택권도 그녀에게 없었다. 아니, 정확하게는 그녀가 그에게 위임한 것이었다. 이런 점에서 그와 성향이 꽤 잘 맞았다.

가만히 듣고만 있던 진성이 불만스럽게 한숨을 내쉬었다.

"그 남자를 이상한 사람으로 몰아갈 건 없어. 왜냐하면 내가 원한 것이기도 하니까. 만약 내가 그 사람에게 거절 의사를 표시했다면, 그는 충분히 행위를 그만둘 정도로 이성적인 사람이었어. 그렇지만 나는 그 사람이 나를 괴롭히게 놔두면서 역으로 내가 그를 마음대로 부리고 있다고 느꼈어. 나는 나를 함부로 대해줄 사람을 늘 필요로 했으니까."

"그리고 상처받았겠지."

진성이 단호하게 말했다.

"아니야."

그녀가 외쳤다. 그러곤 맞잡은 손을 꽉 쥐며 몸을 일으켜 침대 헤드에 기대앉았다.

"다시 잘 생각해봐."

진성이 잘못을 저지른 아이를 타이르듯 말했다.

그녀는 침을 꼴깍 삼키고 침대 앞의 옷장을 바라봤다. 미처 예열되지 않은 상태에서 그의 것을 넣은 탓인지 질 입구가 기분 나쁘게 저렸다. 그래서 발목을 꼬아 허벅지로 질에 압박을 줘 가랑이의 감각을 무디게 만들었다.

"그 사람과 점심을 먹으려고 낮에 만난 적이 있었어. 내가 오랜만에 생리 중이란 걸 알고 기분 나빠했을 땐, 나도 감정이 상했어. 아, 난 늘 생리불순에 시달려. 전에 말했던가? 기관사 일 시작하고 더 심해졌어. 어쨌든 그때는 기분이 정말 안 좋았어. 하지만 잠자리에서만은 동등했다고 생각해. 둘 다 다른 방식으로 각자의 욕망을 채웠던 것뿐이야. 나는 사랑만 받으면 기분이 안 좋아. 뒤가 구린 것 같거든. 적절한 미움이 동반될 때 안정감을 느껴. 그는 내가 원하는 걸 줬을 뿐이야."

진성은 그녀의 손을 얼굴로 가져가 손등에 가볍게 입술을 대며 생각에 잠겼다. 그녀는 왜 자신이 그런 대접을 받도록 내버려두는 걸까. 그러면서도 등을 꼿꼿이 세우고 자신이 그것을 원해서라고 자신 있게 말하는 걸까.

"이해가 안 되나 보구나. 그 사람이랑 할 때 사타구니에 오물이 가득 찬 기분이었어. 그게 골반을 짓누르는 것만 같았어. 이렇게 말해주길 원하는 거지?"

현주는 방금 자신이 뱉은 말에 진심이 조금이라도 묻어 있는지 알 수 없었다. 정말 되는 대로 내뱉고 있었다.

"아니야. 제발 그렇게 말하지 마."

현주가 약간 거칠어진 숨을 가다듬었다. 진성이 맞잡은 손을 이불 위에 살포시 놓았다.

"그 사람과는 왜 헤어졌어?"

"워킹홀리데이를 가기 전에 선택하라고 했어. 출국 전까지 사귈지, 아니면 지금 헤어질지."

"그러니까 헤어짐은 자기가 정해놓고 부차적인 걸 너한테 고르라고 한 거네." 진성이 흐음 하고 바람 빠지는 소리를 냈다. "그 사람 사진 있어?"

"휴대폰에 몇 장 있을 거야. 그런 걸 꼼꼼하게 지우는 편은 아니라서."

"나한테 보여주지 마. 이름도 알려주지 마. 인스타그램이나 페이스북에 검색해볼 것만 같아. 또 우연히 마주치면 패버릴 수도 있으니까. 정말이야."

현주가 재미있다는 듯 웃으며 기독교적인 이름이었다고 힌트를 줬다.

"마술사에 이어 너까지 기독교에 대한 편견을 굳어지게 해줘서 고마워."

그의 옆에 있으면 그녀는 특별한 감정을 느꼈다. 지켜지고 배려받길 바라는 평범한 사람이 된 것만 같았다.

그녀는 웃음을 멈추고 진성의 눈을 바라봤다.

"자, 너도 말해줘."

"뭘?"

"나 들었어. 아까 술자리에서."

진성은 현주가 생략한 말이 무엇인지 대번에 알아챘다.

"…아들 말이지?"

"응. 달리 말하면 네가 아빠가 된 이유에 대해."

성관계가 싫다는 그에게, 그녀와는 항상 끝까지 가지 못하고 나가떨어지던 그에게 어떻게 아들이 생긴 걸까. 자신과는 느껴보지 못한 오르가슴을 다른 여자와 느꼈다는 배신감에 그가 '아들'이라는 단어를 발음하는 것만으로도 현주는 지독한 쓰라림이 느껴졌지만, 그걸 견디고서라도 이유를 듣고 싶었다. 진성은 현주가 자기 삶에서 사라졌던 시간 동안 어떻게 이지오라는 여섯 살짜리 남자아이가 생겨났는지 설명하기 시작했다.

스물두 살, 현주와 헤어지고 반년이 지났을 무렵 진성은 현주와의 이별을 후회하고 있었다. 그녀에게 다시 연락하고 싶었지만, 그는 자신이 안고 있는 문제, 즉 돈과 섹스 둘 중 하나도 해결하지 못한 상태였다. 그 상태로 현주에게 받아들여진다고 해도 결국 아무것도 달라질 게 없을 것 같았다. 돈은 범죄를 저지르지 않는 이상 해결되지 않을 문제였다. 그러나 섹스는 감정적인 문제였으므로 노력한다면 바뀔 수 있을 거라는 희망을 품고 그는 전공 수업에서 만난 네 살 연상의 이솔과 잤다. 진성이 그녀를 만난 것은 일종의 '실험'이었다. 진성이 침대에서 벅차한다는 걸 감지하면 이솔은 끝까지 몰아붙였다. 그가 그렇게 해 달라고 부탁했다. 이솔 또한 늘 여자와만 관계해왔기 때문에 남자와도 잠자리가 가능한지 테스트해보고 싶어 했다.

실험은 실패했다. 끝까지 갔을 때 진성은 한없이 울었고 더없이 슬펐다. 어쩌면 자신의 몸 위에 있는 여자가 현주가 아니었기 때문인지도 몰랐다. 실패를 거듭하면서도 주기적으로 실험을 이어갔다. 이 공포심을 극복하면 현주와의 관계를 되돌릴 수 있으리라는 기대감 때문이었다. 이솔과의 관계는 연인이라기보다 기간제 파트너십에 가까웠다. 그러나 결국 그는 아무것도 극복하지 못했다. 이솔 역시 남자와의 관계에 재미를 붙이지 못했다. 결국 반년도 지나지 않아 둘은 상호 합의하에 파트너십을 해지하기로 했다.

그로부터 삼 년이 지나 진성이 잡지사에 취업한 직후였다. 이솔에게 연락이 왔다. 그는 그녀 이후로 아무와도 만나지 않았다. 그는 돈과 섹스 중 하나라도 해결되지 않는다면, 연애 같은 건 다시는 하지 않겠다고 다짐한 터였다. 처음에 그녀의 이름이 휴대폰 액정에 떴을 땐 꽤 반가웠다. 진성은 그녀를 침대 위에서 고민을 나누고 실험을 함께한 동료로 기억했다.

이솔은 어색한 안부 인사와 함께 자신이 프랑스어 번역가로 정식 데뷔했다는 소식을 알린 후 "때로 콘돔은 무용지물이야"라고 힘겹게 이야기를 꺼냈다. 이어진 말은 충격적이었다. 진성의 아이를 키우고 있다고 했다. 진성은 왜 자신에게 알리지도 않고 아이를 낳았는지 물었다. 낙태가 불법인 시절이었다. 그녀의 어머니가 정보를 수집해 불법 시술을 해주는 병원을 찾아냈으나, 그녀는 망설였다. 임신 사실을 늦게 알아차린 탓에 시간이 많지 않았다. 이솔은 남자와 다시는 관계를 맺지 못할 거라는 두려움을 갖고 있었다. 어린 나이였지만 아이를 원했다. 남편은 딱히 필요 없다고 늘 생각했다. 고민하는 사이에 중절이 가능한 시기가 지났다. 그렇지만 이솔은 지오를 낳은 걸 결코 후회하지 않으며, 옳은 선택을 했다고 믿었다.

이솔은 진성에게 말하지 않으려고 했지만, 아이에게 아버지가 아예 없는 게 아니라는 걸 알려주고 싶었다. 가능하다면 초등학교에 입학하기 전까지 몇 번 아이를 만나줄 수 있냐고 그에게 물었다. 딱 아버지를 흐릿하게 기억할 만큼만. 주기적으로 만나 달라거나, 동반자가 돼 달라거나, 양육비를 달라는 요구는 하지 않을 거라는 이솔의 말에도 진성은 안심이 되지 않았다. 고민해보고 연락해 달라는 말을 끝으로 이솔은 전화를 끊었다. 몇 분 뒤 지오의 사진과 함께 '미안해'라는 짧은 문자가 왔다.

진성은 모든 게 거짓말이라고 생각했다. 그러나 아이의 사진을 보자 궁금증에 가만히 있을 수 없었다. 이솔에게 아이를 한번 보고 싶다고 했다. 성은 엄마 쪽을 따랐기에 이지오였다. 실제로 아이를 만나니 알 수 없는 느낌에 흥분됐고 자꾸 보고 싶어졌다. 그 뒤로 진성은 이솔이 부탁하지 않아도 종종 아이를 만났다. 그럴수록 이솔은 자신이 지오의 존재를 애초에 알리지 않았어야 했다며, 후회하고 또 미안해했다. 그렇지만 진성은 아이에게 깊은 애착을 느꼈다.

진성은 이마를 짚은 채 정면만 응시하고 있었다.

"그 여자가 싫지 않아? 그 여자가 낳은 아이가 밉지 않아?"

"처음에는 미워했어. 차라리 내게 말하지 않았어야지, 평생 비밀로 하고 살았어야지, 낳지 말고 지웠어야지, 하고 지쳐 쓰러질 때까지 화를 냈어. 소리 지르느라 힘이 다 빠졌을 땐 엉엉 울었고. 무슨 일이 일어난 건지 제대로 이해하는 데 정말 오래 걸렸어. 그런데 나의 터무니없는 실험에 의한 결과이기도 하잖아. 나를 혼자 낳아 기른 우리 엄마가 생각났어. 아버지에 대한 증오를 품고 살아서 그런지 이솔의 상황을 알고도 모른 척하기가 어려웠어. 경우가 다르긴 하지만 말이야. 무엇보다 아이를 실제로 보니까 마음이 움직였어. 지오를 보면 어린 시절의 내가 생각나. 아마도 부성애를 느꼈나 봐. 그 여자랑 아이는 다른 영역이랄까. 알코올 중독에다 가정 폭력범인 남편을 꼭 닮은 아들이어도 엄마들은 사랑하잖아. 이렇게 설명하는 게 맞는지 모르겠지만."

그의 이야기를 들으며, 현주는 자신과 달리 그가 훌쩍 어른이 돼버렸다고 느꼈다. 부성. 그녀에게 돋아난 적 없는 감정을 진성은 이미 온몸으로 느끼고 있는 게 신기했다. 진성은 늘 그녀보다 앞서갔다. 십 대 시절에도 그가 그녀보다 세상사를 더 잘 안다고 생각했다. 그 나이 때는 친구 얼굴에 때때로 보이는 어른스러운 표정이 무척 근사하게 다가왔다. 너도 나도 그런 표정을 누구보다 빨리 짓고 싶어 했다. 결국 시간이 흐르면 인생사에 닳고 닳아 짓고 싶지 않아도 짓게 될 표정이지만. 진성은 학교에서 그 표정을 가장 먼저 보여준 아이였다. 언젠가 현주는 그에게 이렇게 물었다.

"그런 표정은 도대체 어디서 나오는 거야? 모든 게 지루하지만 귀엽게 봐주고 있다는 표정 말이야."

"실제로 모든 게 지루하지만 제각기 나름의 귀여운 면모가 있다고 느낄 뿐이야."

"시를 써서 그런가, 심오하네. 나를 볼 때도 그래?"

"냉소적인 척하는 넌 가끔 지루하지만 그렇게 보이려고 애쓰는 건 귀여워. 그리고 매 순간 세상과 낯가리는 어린아이 같은 면이 있어, 넌."

현주는 가슴이 간지러워 더 이상 말꼬리를 잡지 않았다.

"솔직히 말해도 돼?"

"뭐든."

"질투를 느꼈어. 널 몰아붙이던 침대 위의 그녀가 나였다면, 하고 생각했어."

진성이 선선히 미소 지었다. "넌 이기적인 사람이 아니잖아. 내가 힘들어하는 걸 못 보잖아. 그래서 너한테 그런 실험을 제안하지 못했어. 그리고 무엇보다 넌 소중했거든."

달빛이 얇은 커튼을 뚫고 들어와 침대 주위는 그다지 어둡지 않았다. 그가 웃음을 짓자 벌어진 입술 사이로 이가 보였다. 작고 촘촘한 초식 공룡 같은 치열이었다.

"음, 한꺼번에 너무 많은 정보가 입력돼 버겁네. 궁금한 게 많지만 참아야 할 것 같아."

"질투가 나서?"

진성이 짓궂게 물었다. 현주가 저항 없이 웃었다. 그녀가 웃을 때면 어른이 되길 영원히 거부하는 소녀의 아름다운 생기와 열기가 몸 실루엣을 따라 하얗고 투명한 띠처럼 둘러져 있는 것 같다고 진성은 생각했다.

"너는 나를 절제하게 만들어. 남을 무시하며 우월감을 느끼고 싶은 욕구나 반대로 나를 파괴하고 싶은 욕망, 둘 다를." 현주가 말했다.

"반면에 너는 나를 제어할 수 없게 만들어. 절제가 미덕인 나를 말이야."

"지금 다시 날 만나니까 어때?" 현주의 목소리가 살짝 떨렸다.

"아무것도 모르겠지만, 지금 기분은 꽤 좋아. 근래에 가장 괜찮은 날인 것 같아."

진성이 몸을 뱀처럼 스르륵 내려 침대에 드러누웠다.

그녀도 그를 바라보고 누웠다.

"나도 모르겠어. 하지만 너랑 같이 있는 지금이 정말 좋아." 현주가 혼잣말처럼 중얼거렸다. "우리 조금만 있다 씻자. 조금 더 이렇게 있자."

질의 통증은 사라진 지 오래였다. 그들은 온몸의 힘을 전부 뺀 아주 가벼운 상태에서 깊고 나른한 잠에 빠져들었다.

5

열차는 멀리 빛이 보인다고 조급해하거나 망설이는 기색 없이 일정한 속도로 철로 위를 달렸다. 그런 것에 의미 부여를 하지 않는 딱딱하고 정확한 기계니까. 옹색한 첫 번째 칸에는 인간인 현주를 제외하고 전부 기계로 채워져 있다. 그것들은 그녀가 감정적으로 변하지 않도록 막아주는 보호 장치 같았다.

진성의 아파트에서 함께 자고 난 후 현주는 방광염에 시달렸다. 그와의 관계가 짧고 온전치 않았음에도 방광염이 찾아왔다. 하긴 세균에 감염되는 데 관계의 정도나 지속 시간은 중요치 않다. 그녀는 잔뇨감 때문에 계속 화장실을 들락거렸다. 소변을 참으면 염증에 더 해로운데 지하철을 운행하는 동안은 어쩔 수 없이 참아야 했다. 결국 그녀는 생리대를 차고 출근했다. 지하철 운행을 시작한 후로 생리불순이 더욱 심해졌다. 기관사의 불규칙한 생활 습관과 긴장감 탓이었다. 마지막으로 생리를 한 지 반년이 넘었다. 그렇지만 치료할 의지가 생기지 않았다. 생리를 하지 않으니 편했다. 게다가 그녀는 진즉에 아이를 갖지 않겠다고 결심했다.

찔끔찔끔 소변이 나올 때마다 오금이 저렸고 손끝까지 힘이 쭉 빠지는 것 같았다. 종점에 도착하지도 않았는데 생리대는 이미 축축해져 있었다.

"우리 열차, 장암행 열차입니다. 우리 열차, 곧 정차합니다."

안내 멘트가 끝나기 무섭게 열차는 개미구멍에 빨려 들어가듯 지하로 들어갔다. 오늘은 행복 방송을 하지 않았다. 아랫도리에서 통증이 계속 느껴졌다. 가랑이 사이가 저릴 때마다 진성이 생각났다. 자동적인 연상이었다.

컨디션 난조에 시달리며 그녀는 운행 내내 안 좋은 예감을 받았다. 결국 상봉역에서 작은 사고가 터지고 말았다. 스크린 도어가 닫히는 순간 지하철에 타고 있던 남자가 장우산을 밀어 넣으며 문을 열어 달라고 소리 질렀다. 순간 안전사고가 난 줄 알고 식겁한 현주는 서둘러 문을 열었다. 졸다가 내릴 타이밍을 놓친 게 분명했다. 남자는 아무렇지 않게 다홍과 검정의 줄무늬 장우산을 앞뒤로 흔들며 걸어갔다. 감사의 말은 고사하고 목례조차 없이. 부정적인 예감은 생각하는 것만으로도 실제로 그런 일이 생기게끔 만드는 힘이 있는 것만 같았다.

열차 정비를 마치고 숙소에 들어갔다. 여성 승무원이 늘었다고 하지만 여전히 그 수가 남성 승무원에 비해 현저히 적었다. 샤워실에 들어가 생리대를 확인했다. 혈뇨 때문에 맑은 핏자국이 낭자했다. 항생제 효과가 드디어 나타난 듯 통증은 거의 없었다. 그녀는 삼십 분이 넘도록 오래오래 씻었다. 그러자 기분이 한결 나아졌다.

씻고 나왔을 때도 숙소에는 아무도 없었다. 마음 편히 침대에 늘어졌다. 다음 날 첫차 운행까지 많게는 세 시간을 잘 수 있었다. 진성에게 전화를 걸었다. 이미 잠들었는지 받지 않았다. 함께한 밤 이후로 현주와 진성은 전화를 자주 주고받았다. 통화가 끊기는 것에 두려움을 느끼기까지 했는데, 화장실에 갈 때도 휴대폰을 들고 갈 정도였다. 세수할 땐 스피커폰으로 통화를 했다. 볼일을 볼 때조차 잠시 '소리 끔' 버튼을 누른 후, 변기 물을 내리고 손을 닦은 다음 다시 말을 이어갔다. 마치 무언가에 홀린 것처럼 말이 끊임없이 쏟아져 나왔다. 하루의 일과를 낱낱이 보고해야 직성이 풀렸다. 여태껏 그와 떨어져 있었으면서 이제 와 조금의 단절도 참을 수 없게 됐다. 끝난 관계를 다시 시작하는 게 아니라 아직 끝맺지 못한 관계라는 것을 뒤늦게 깨달은 느낌이었다. 그만큼 연인이었던 시절의 감각을 다시 생생하게 느끼고 있었다.

갑자기 휴대폰이 울렸다. 그녀가 화들짝 놀라며 발신자를 확인했다. 진성이 아니라 상희였다. 그녀는 맥이 빠진 채 전화를 받았다.

"여보세요?"

"나, 상희! 너 요즘 연락이 없기에 무슨 일 있나 해서."

현주는 자신이 몇 주간 진성과의 연락에 푹 빠져서 친구 생각을 한 번도 하지 못했다는 걸 깨달았다.

"일은 무슨, 매일 출근의 연속이야."

둘은 짧게 근황을 이야기했다.

"그런데… 너 진성이하고 연락해?"

상희가 머뭇거리며 물었다.

"응."

"이제 숨기지도 않는구나?"

"숨겨도 다 티 난다면서…"

상희가 깔깔 웃었다. "그건 맞아. 그래서 사귀니?"

"아니, 아직."

"아직? 곧이란 소리네."

"됐고. 그런데 진성인 왜?"

"사실 운기가 진성이한테 사과하고 싶어 해."

"너 운기랑 연락해?"

"뭐, 어쩌다 보니. 저번에 술자리에서 너희들이 먼저 가버리는 바람에 걔랑 단둘이 택시 타고 돌아왔거든. 해장하고 집에 들어가겠다고 생떼를 부려서 국밥집에 갔어. 국물을 들이켜더니 운기가 좀 술이 깨더라고. 그런데 자기가 술 먹고 무슨 말을 했는지 아무것도 기억 못 하더라. 생긴 거랑 달리 술도 약하고 취하면 필름이 잘 끊긴대. 실수도 많이 하고. 그래서 걔가 진성이한테 무슨 짓을 저질렀는지 전부 설명해줬지. 식겁하며 안절부절못하더라. 그 뒤로 사과하고 싶은데 진성이가 전화를 안 받는다며 나한테 도움을 요청했어. 그런데 내가 진성이한테 연락하는 것도 뭣하잖아. 진성이는 내가 그 사실에 대해 안다는 것 자체를 싫어할 테니 말이야. 너도 알긴 다 알지? 그래서 그때 진성이를 따라 나간 거잖아."

현주는 운기가 진성에게 사과하고 싶어 하는 것이 의외라고 생각했다.

"나도 알지. 그런데 진성이가 운기를 꼭 받아줘야 해?"

"응?"

"진성이 입장에선 사과를 받는 일이 버거울 수도 있으니까."

그녀는 진성의 마음이 덜 다쳤으면 했다. 그가 그녀를 지켰던 것처럼 자신도 그를 위해주고 싶었다. 무엇보다 그녀는 운기를 신뢰하지 못했다. 같은 실수를 반복할 수 있는 사람을 그의 옆에 두고 싶지 않았다.

"그런가? 그 둘이 해결할 문제긴 하지만…. 운기가 생각보다 진성이를 소중하게 여기는 것 같더라."

"믿을 수 없네. 소중한 친구한테 그런 실수나 하고."

"술이 원수지."

그녀는 상희와의 통화를 끝낸 후 희미한 주황빛의 무드 등을 끄고 머리끝까지 이불을 덮었다. 이렇게 계속 숙소에 아무도 들어오지 않길 바라며 눈을 꼭 감았다. 남자가 들이민 줄무늬 장우산을 떠올리며 잠이 들었다. 스크린 도어가 열렸다 닫혔다 반복하며, 스크린 도어에 걸린 우산 끝 부분이 발로, 팔로, 머리로 계속 바뀌었다. 문틈에 끼인 남자의 신체는 웨하스처럼 힘없이 부스러지길 반복했다. 깨고 나니 딱히 악몽이었다는 생각이 들진 않았다. 방광염에 시달렸던 요 며칠이 악몽만큼 괴로웠기 때문인지도 몰랐다.

—미안, 자고 있었어.

진성에게 문자가 와 있었다. 부재중 전화는 없었다. 장우산 남자 사고가 난 그다음 날에도 진성은 그녀의 전화를 받지 않았고, 먼저 전화를 걸지도 않았다. 다만 자꾸 '미안'으로 시작하는 문자만 남길 뿐이었다. 그 짧은 문자로는 진성의 머릿속을 들여다볼 수 없었다. 어렸을 때부터 그는 생각을 읽을 수 없는 고양이 같은 남자였다. 예민하게 주변의 변화를 알아채고, 사람과 거리를 둠으로써 자신을 지킬 줄 알았다. 그는 어렸을 때부터 자기 자신에 대해 잘 알았다. 그녀는 언제 찾아올지 모르는 길고양이를 기다리는 마음이 돼 애가 탔다. 지금의 진성은 도대체 무슨 생각인 걸까.

그들이 함께한 밤, 자신에 대해 너무 많은 이야기를 한 것을 후회하고 있는지도 몰랐다. 그렇지만 현주는 그런 그를 기다리고 싶었다. 기다릴 자신이 있었다. 매일 아침 언제 올지 모르는 동네 고양이들을 위해 사료와 깨끗한 물을 그릇에 채워두는 건, 그녀가 이제껏 해온 일이었다.

현주는 내내 숙소에서 지내다 사흘 만에 집에 들어갔다. 집은 깨끗했고, 2층 거실 테이블에 못 보던 책들이 놓여 있었다. 마당을 지키는 수름이 때문에 고양이 사료를 채워 넣은 그릇을 집 밖으로 두기 시작했다. 그녀는 본격적으로 독립을 준비하고 있었다. 집을 나가기 전까지 길고양이들을 잘 챙겨주고 싶었다. 다행히 아침마다 그릇은 전부 깨끗이 비어 있었다.

6월, 수컷을 부르는 고양이들의 메이팅 콜이 시작됐다. 통절하게까지 들리는 그 울음은 간혹 동물을 싫어하는 사람들의 악취미를 유발하곤 했다. 시끄럽고 거슬린다는 이유로 길고양이들을 괴롭히는 악취미를. 그러나 동시다발적으로 울어대는 바람에 합창처럼 들리던 예전과 달리 이제 초여름 고양이들의 울음소리는 희미해졌다.

🐾

동네에 대형 식료품 할인점이 새로 문을 열었다. 현주는 진녹색 플라스틱 장바구니를 팔에 걸고 저녁거리로 파스타 면을 고르고 있었다. 장바구니에는 경아 아줌마의 부탁으로 담은 레몬 두 개가 전부였다. 그녀는 가장 안쪽에 위치한 유제품 코너에서 체더치즈를 골랐다. 개에게 줄 간식도 사야 했다. 그 개는, 그러니까 수름이는 덩치만큼 먹는 양이 어마어마했다. 경아 아줌마는 개를 위해 늘 양질의 음식을 제공했고, 가족들이 식사를 할 때 의자에 함께 앉아 있는 걸 허락했다.

반려동물 용품은 반대편 코너의 구석 자리에 진열돼 있었다. 그 옆에는 즉석조리 식품 코너가 있었다. 거기에, 진성이 있었다. 무거워 보이는 카트에 팔뚝을 기대고 허리를 숙인 채. 카트 손잡이에는 남색 체크 남방이 걸쳐져 있었다. 서로 눈이 마주쳤다. 현주는 아무 생각 없이 방향을 틀어 그대로 그에게로 향했다. 반면에 진성은 당황한 기색을 보이며 그 자리에 멈춰 섰다.

"안녕?"

현주가 에어팟을 귀에서 빼며 인사했다.

"어, 있는 줄 몰랐네."

진성은 아랫입술을 깨물었다.

"방금 왔어. 좋은 위치에 마트가 생겼지?"

진성이 고개만 끄덕였다.

그녀가 힐긋 쳐다본 진성의 카트는 이미 가득 차 있었다. 인기 과자 번들과 스테이크용 고기, 포도 네 송이가 든 상자, 마감 세

일 딱지가 붙은 광어 초밥 열두 피스 팩 그리고 허브 솔트 같은 조미료와 채소가 보였다.

"집에 누가 놀러 오기라도 해?"

진성은 불안해하며 카트 손잡이를 손가락으로 톡톡 쳤다. 주위를 살피는 그의 표정은 경직돼 있었다.

"음… 혼자 온 게 아니라서."

"응?"

"애랑 애 엄마랑 같이 왔어."

진성이 마지못해 웃어 보였다.

"그래?"

현주는 위액이 역류하는 것 같은 매스꺼움을 느꼈다. 한순간도 빠짐없이, 그에게만은 자신이 가장 흥미롭고 눈길이 가는 여자이길 원했다. 그러나 지금 그녀는 장해물일 뿐이다.

"같은 동네에 사는 게 이럴 땐 참 좋은 것 같아."

그녀의 말에 진성이 한쪽 입꼬리를 비뚜름하게 올리고 다시한 번 주변을 살폈다.

"곤란한걸."

진성의 말이 더 이어지기 전에 그녀가 입을 뗐다.

"왜 갑자기 연락을 씹는 건지 생각해봤는데, 여러 가지로 정신없었겠다. 내가 잘못한 건 없는 것 같아서 다행이야."

"정말 미안해. 며칠 동안 애를 보살펴야 했거든."

"그럼 그렇다고 말하지."

현주는 패잔병 같은 표정을 짓고 있었다. 허무감에 젖은 표정을 어떻게 감춰야 할지 몰라 그대로 드러냈다.

"생각은 했지만, 여유가 없었어. 미안."

"아, 맞다. 상희한테 연락 왔어. 운기가 너한테 미안해한다는데…. 그날 너에 대해 함부로 말한 것에 대해."

진성이 그 이야기를 꼭 지금 해야 하냐는 듯 불편한 표정을 지었다. 그는 이미 운기에게 여러 번 연락을 받았을 것이다.

"그런데?"

"웬만하면 용서하지 말라고. 기다리겠다. 가봐."

"응, 연락할게."

진성은 팔에 힘을 잔뜩 주고 바퀴가 뻑뻑한 카트를 돌려 그녀에게 먼저 등을 보였다.

현주는 더 이상 살 게 없었음에도 과채 코너에서 서성였다. 다똑같아 보이는 샐러드 팩을 들었다 놨다 하며 카운터를 곁눈질했다. 과채 코너에서는 출구 쪽 카운터가 잘 보였다. 카트에 물건이 많았음에도 아이는 셀프 계산대를 고집했다. 바코드 찍는 것을 놀이라고 생각하는 듯 물건을 하나씩 찍어댔다. 멀리서 얼핏봐도 진성을 닮았다. 진성은 묵묵히 물건들을 다회용 장바구니에 담았다. 그의 옆에 서서 아이가 터치 패드로 두 번 찍은 물건의 수량을 고치고 있는 아이의 엄마는 작은 얼굴에 앞 광대가 도 드라져 보이는 것을 제외하면 개성이 부족했다. 얼굴을 그릴 때 애를 먹을 것만 같은, 무척이나 평범한 인상이었다. 그렇지만 피부가 얇아 주름이 잘 졌는데, 아이를 향해 웃을 땐 무척 귀여웠다. 현주는 그녀가 진성의 타입은 아니지만, 어쩌면 진성이 원하던 여자일지도 모르겠다고 생각했다. 복잡한 것을 단순하게 만들어주는 그런 여자.

현주는 순간 지금껏 진성을 그녀와 공유해왔던 것만 같은 느낌을 받았다. 진성의 일상은 6대 4 혹은 7대 3의 비율로 현주와 아이 엄마에게 분산됐을 것이다.

그들이 셀프 계산대를 빠져나가고 나서야 현주는 계산대 앞에 섰다. 바코드를 찍으며 그녀는 조용히 콧노래를 흥얼거렸다. 엔니오 모리코네의 〈The Crisis〉였다. 불안정한 음계가 연이어 나열돼서 콧노래로 따라 하기 어려웠지만, 현주는 최선을 다해 음을 짚어갔다. 혼란스러운 마음을 다잡는 데 조금 도움이 됐다.

🐾

그녀가 식곤증에 시달리고 있을 무렵 진성에게 전화가 왔다.
"지금 만날래? 피곤할 텐데 갑작스레 전화해서 미안해."
"아니야. 나 내일 쉬어."
진성은 잠시 말이 없었다. "그러면 집으로 올래?" 만날 장소에 대한 고민을 한 차례 한 모양이었다.

"알았어. 동 호수를 문자로 보내줘. 13층이라는 것만 기억나거든."

현관에서 하얀색 테니스화에 발을 대충 욱여넣자 그녀는 진실이든 아니든 오늘 저녁 안에 그에게 전화가 올 것이라는 걸 예상했다고 생각했다.

차를 몰아 아파트 입구에 도착했을 때 현주는 이상하게 숨을 헐떡이고 있었다. 엘리베이터는 여전히 공사 중이었다. 세 층 간격으로 쉴 수 있도록 파란 플라스틱 의자가 놓여 있었지만 현주는 한 번도 앉지 않았다. 복도 끝 진성의 집 앞에서 초인종을 누르지 못한 채 계속 숨을 골라야 했다. 문에 귀를 대봤지만, 옆집에서 나는 텔레비전 소리와 노인의 웃음소리밖에 들리지 않았다. 엿듣기를 포기하고 초인종을 눌렀다. 안에서 아무 소리도 나지 않았다. 그녀는 초인종이 고장 났다는 걸 깨닫고 문을 두 번 두들겼다. 진성이 곧바로 문을 열었다.

"빨리 왔네."

"응, 차로 왔거든."

"다들 갔어. 나 혼자야."

진성의 말에 현주는 맥이 풀려버렸다. 진성의 아이가 보고 싶었다.

현주는 낯선 기운을 느껴 집 안을 훑어봤다. 부엌에는 저녁 식사를 한 흔적이 그대로 남아 있었다. 접시에는 핏물과 갈색 육즙에 축축하게 적셔진 아스파라거스와 당근 몇 조각이 남아 있었다. 현주가 자연스럽게 소파에 앉았다.

"참, 집에 고양이가 있어."

"…고양이?"

이제 그녀에게 고양이라는 동물이 약간은 낯설게 느껴졌다. 지금 개와 살고 있는 탓인지도 몰랐다. 그렇지만 아직도 자신만의 고양이를 원하고 있다는 것에 의심의 여지는 없었다.

"응. 지오가 고양이를 갖고 싶다고 칭얼거려서 며칠 전에 입양했대. 그런데 애 엄마가 알레르기가 있더라고. 그것도 모르고 입양을 하다니…. 어쩔 도리가 없어서 내가 맡게 됐어. 지오가 고양이랑 헤어지기 아쉽다고 며칠 동안 내 집에 머문 거야. 오늘 애 엄마가 데리러 온 거고."

현주는 그의 집에 아들만 머물렀다는 사실에 안심이 됨과 동시에 서글퍼졌다. 열여섯 살 때처럼 짝사랑을 하고 있는 기분이었다.

"고양이 괜찮지?"

귀 근육을 움직여 찡긋거리면, 고양이 귀 같다며 그녀가 좋아했던 장면이 진성의 머릿속에 불현듯 떠올랐다. 이런 기억은 도대체 몸 어디에 각인돼 있다가 이렇게 갑자기 튀어나오는 걸까?

그는 겨드랑이로 이어지는 팔뚝 안쪽의 여린 살 언저리라고 생각했다. 현주의 어깨에 손을 올리고 걸을 때 그녀의 목덜미가 팔뚝 안쪽과 닿곤 했다. 그녀의 머리가 짧아서 가능한 긴밀한 접촉이었다.

"상관없어. 오히려 좋지. 나는 늘 고양이를 원했잖아."

그녀는 고양이와 함께했던 지난 삶을 짧게 회상했다. "좀 웃기긴 하다. 개를 피해서 왔더니 고양이를 만나네. 내게 동물을 끌어들이는 기운이라도 있는 건가?"

"그렇게 말하니까 그 마술사 같잖아."

현주가 얼굴을 찡그리며 웃었다.

"어쨌든 개보단 낫다는 거잖아?"

그녀가 고개를 모호하게 끄덕였다. "고양이를 집 안에 들여본 적은 없지만."

"어차피 못 볼 거야. 옷장에서 나오지 않거든. 오늘 애 엄마가 애를 다시 데리러 올 때까지 아들은 옷장 앞에서 모든 걸 해야 했어. 양치도 그렇고, 잠도 거기서 토퍼를 깔고 잤어. 끝끝내 나오지 않아서 무척 실망했지."

"겁먹은 고양이에게 다가가 봤자 더 겁만 줄 뿐인데."

"그건 그렇고, 잘 지냈어?" 진성이 물었다.

"그럭저럭. 집을 구하느라 나름 바빴어."

"이것저것 잘 따져보고 있지? 집 구하는 거 여간 피곤한 일이 아니니까."

"그런데 너 많이 지쳐 보인다."

사실 진성은 초조해 보이기까지 했다. 피부는 창백했고 턱수염이 거뭇거뭇하게 올라와 있었다. 눈썹 위까지 내려온 앞머리 끝이 젖어 있었는데, 그녀가 오기 전 세수를 한 건지, 고기를 굽기 위해 불 앞에 서 있느라 땀이 난 건지 알 수 없었다.

"애가 한사코 계단을 오르려 하지 않아서 내가 안아 들고 13층을 올라갔다가 내려가길 반복했거든. 근데 애가 더 이상 작고 가볍지 않았어. 아이는 계속 크고 있는 거야."

진성이 그녀의 옆에 풀썩 앉았다.

"궁금해. 사진 보고 싶어."

진성은 정말 궁금하냐는 듯 의아스러운 표정이었다. 현주는 그의 시선이 자신을 향하고 있다는 걸 알았지만 고집스럽게 정면만 바라봤다. 그가 혼자 애타게 응시하고 있다는 사실이 때때로 그녀를 기쁘게 만들었다.

진성이 휴대폰을 꺼내 갤러리 앱을 열곤 그녀에게 건넸다. 사진은 천 장 정도 저장돼 있었는데 휴대폰의 연식에 비하면 무척 적은 편이었다. 앨범에는 아들의 독사진이나 애 엄마와 아들이 함께 찍은 셀카 사진이 대부분이었다. 스크롤을 위로 세 번 넘게 올렸을 때야 셋의 사진을 찾을 수 있었다. 그녀는 사진을 터치해 찬찬히 들여다봤다. 모두 밝게 웃고 있었다. 사진 속에서 진성은 진회색 터틀넥을 입고 있었는데, 어깨가 유독 넓어 보였다.

"영락없는 가족 같아."

"뭐, 어쨌거나 가족이니까. 지오와 난 혈육이고…. 그렇지만 셋의 관계가 아리송하지."

진성은 '셋'을 강하게 발음했다. 마치 자신은 제삼자라는 듯.

"혈육."

현주는 마음에 걸리는 단어를 따라 말했다.

"오늘 내가 좀 이상한 것 같아." 진성이 말했다.

"아들과 함께 저녁을 먹은 좋은 날이니 그렇겠지. 그것도 푸짐하게."

현주는 부러 유쾌하게 답했다.

"저 식탁을 봐. 평소엔 먹지도 않는 스테이크용 고기에, 한 움큼에 거의 만 원이나 하는 가니시 채소…. 아이와 함께 있으면 나는 조금 달라지는 것 같아."

그는 취해 들뜬 사람처럼 말을 더듬었다. 아이홀에 깊은 주름이 생길 정도로 눈에 힘을 주며 감았다 뜨길 반복했다.

"들뜨는구나?"

"응. 해주고 싶은 게 많아. 이렇게 집에서 같이 지내본 건 처음인데, 기분이 색다르네."

"어땠어?"

"즐거웠어. 아이는 정말 순수하고 예뻐. 그리고… 너에겐 미안해하고 있어."

"버림받은 기분이었어. 한동안 연락을 자주 주고받았으니까. 허전하더라고."

그는 어린 시절 그녀의 마음을 움직이곤 했던, 예의 그 애처로운 표정을 지었다. 현주는 애써 못 본 척하며 계속 말했다.

"아이를 돌보고 있다고 말하면 됐을 텐데. 내가 그것도 이해하지 못할까 봐?"

"지금의 너에 대해 잘 모르니까."

"너는 늘 지나치게 조심성이 많아."

진성이 숨을 길게 내쉬고 말했다. "있잖아, 난 고양이에 대해 잘 몰라. 혼자 돌볼 자신이 없어. 네 도움이 필요해."

"너는 너무 바쁘고 돌봐야 할 것이 많네. 내가 도움이 될까?"

"옷장에서 유리알 같은 눈만 번뜩이고 있는 저 고양이를 어떻게 대해야 할지 모르겠어. 네가 필요해."

마지막 말을 할 때 진성의 목소리에 힘이 실렸다.

"나도 늘 네가 필요했어."

2부 ——————————— 합사

6

현주와 진성은 땀에 흠뻑 젖어 있었다. 그들은 오전에 집 두 곳을 보느라 지쳐서 카페에 막 들어온 참이었다. 진성은 현주가 독립할 집을 찾는 데 함께하고 있었다.

사실 얼마 전 현주는 투룸 신축 빌라를 전세로 계약했다. 그런데 바로 옆집이 심각한 쓰레기 집이었다. 악취가 그녀의 집까지 흘러들어왔다. 심지어 쓰레기 집에 사는 할머니는 자주 호수를 착각했고 그녀의 집 문을 열려고도 했다. 도어락에서 비상벨이 울릴 때까지 틀린 비밀번호를 계속해서 눌렀다. 옵션으로 설치돼 있는 에어컨을 사용했다가 급성 폐렴에 걸리기도 했다. 청소를 해두었다는 집주인의 말과 달리 에어컨에는 곰팡이가 가득했다. 현주는 다시 본가로 돌아갔다. 안 좋은 기억이 박힌 그 집에 돌아가고 싶지 않았고 결국 복비를 물어내고 3주 만에 집을 뺐다.

그 뒤로 진성은 현주의 부동산 투어에 동행하기 시작했다. 진성은 대학생 시절부터 혼자 부동산에 다니며 집을 구해 자취를 했기에 믿음직스러운 동행자였다.

현주는 따져봐야 할 것이 너무 많다며 불평을 늘어놓았다.

"집, 꼭 구해야 해?" 듣기만 하던 진성이 갑작스레 물었다.

"응?"

"우리 집에서 지내도 돼."

현주의 입술이 살짝 벌어졌다. 갑작스러운 제안에 어지럼증이 이는 것 같았다. 그녀는 정신을 집중하려고 미간에 힘을 주었다.

"정말? 그냥 해보는 말이 아니고?"

"응, 네가 괜찮다면. 이 근방에 네 마음에 들 만한 집은 없는 것 같아. 마음에 든다고 해도 다른 조건이 별로고. 저번처럼 3주 만에 집을 빼고 싶진 않잖아? 그리고 같이 살면 많은 게 절약될 거야. 이미 같이 사는 느낌이기도 하고."

현주는 고양이를 돌본다는 명목으로 퇴근하면 곧바로 진성의 집에 갔고, 일주일에 절반 이상을 그의 집에서 자곤 했다.

"그러면 네 집에서 살고 싶어. 네가 원할 때까지."

"현명한 선택인지 확신할 수 있어?"

곧바로 나온 현주의 대답에 진성이 약간 당황한 듯 물었다.

"인간은 매 순간 최선을 선택하도록 설계돼 있는걸. 선택지는 그것뿐이고, 옳았다고 생각하는 수밖에 없어."

진성은 이 대답만큼 그녀다울 수 없다고 생각하며 옅게 미소
지었다.

🐾

고양이를 돌보는 데 능숙한 여자와 고양이스러운 남자의 합
사는 순조로웠다. 여전히 유머 코드가 잘 맞았으며, 서로를 소중
히 여기고 있다는 확신을 주는 방법이 비슷했다. 로맨틱한 말이
나 행동을 하지 않아도, 함께 누워 영화를 볼 때 현주가 다리를
그의 허리에 감으며 느린 숨을 쉬거나, 장을 볼 때 그가 자연스럽
게 그녀의 손을 감싸 쥐면, 서로의 감정이 노랫소리처럼 들리는
것 같았다. 또 주기적으로 동산처럼 솟은 발등이나 팔꿈치의 여
린 살, 튀어나온 치골 같은 서로의 특정 신체 부위에 꽂혔다.

그러나 인간들과 고양이의 합사는 순조롭지 않았다. 모리는
검푸른 줄무늬를 가진 고등어 고양이로, 현주의 옛 탐조 동료와
무척 닮았다. 얼룩과 코 아래의 회색 털 점까지 너무나 흡사해 마
치 옛 동료가 환생한 것 같았다. 다만 눈은 확연히 달랐다. 모리
는 맑은 초록색이었고, 왼쪽 눈두덩이 하얀 촛농처럼 살포시 흘
러내려 있었다. 입양 올 때부터 중성화 수술이 돼 있었는데, 이전
에는 암컷이었다. 모리는 여섯 살 성묘였다. 지오와 이솔이 새끼
고양이들을 모두 떠나보내고 혼자 남은 어미를 가정 분양한다는
카페 글을 보고 데려왔다고 했다. 성묘를 입양하면 고생한다는

글을 많이 봤기에 이솔은 고민했지만 지오가 강하게 원해서 데려오게 됐다는 것이다.

한동안 그들은 '모리는 왜 모리인가'에 대해 많은 의견을 주고받았다. 현주는 '메멘토 모리'에서 따왔다고 주장했다. 그러나 고양이에게 죽음이라는 뜻의 이름을 지어주는 건 못할 짓이라는 진성의 말에 그 주장은 일축됐다. 그는 프랑스어 이름일지도 모른다고 말했다. 혹은 옛날에 함께 봤던, 소설을 원작으로 한 영화 〈모리와 함께한 화요일〉의 '모리'에서 따왔거나. 그러나 답은 알 수 없었고, 어찌 됐건 모리는 부르기도 쉽고 녀석에게 혼란을 주지도 않을 것이므로 이전 주인이 붙여준 이름 그대로 부르기로 했다.

모리가 옷장이 있는 작은방을 나오기까지는 오랜 시간이 걸렸다. 현주와 진성은 녀석에게 절대 먼저 다가가지 않았다. 옷장 앞에 고양이에게 필요한 모든 물품을 구비해뒀고 작은방에는 옷을 갈아입을 때 말곤 잘 들어가지 않았다. 2주쯤 지났을 때였다. 늦은 밤에 모리가 방에서 나와 온 집 안을 분주히 돌아다니더니 현관문 앞에서 '아우우' 하고 비참한 소리로 울부짖기 시작했다. 평소엔 새초롬하게 '앙' 하고 울었는데 말이다. 삼십 분에서 길면 한 시간까지 울다 지치면 다시 옷장으로 들어갔다. 모리는 이 루틴을 매일 밤 반복하기 시작했다.

그날도 자정이 지나자 모리는 옷장을 빠져나와 조용히 바닥에 착지했고, 사료를 먹은 후 입가심으로 물을 마셨다. 그러고는 화장실에 들어가 장을 비우고 새침하게 뒷다리를 털어 모래를 뿜어내며 밖으로 나왔다. 짧은 집 탐험이 끝나면 현관문 앞에서 울기 시작했다. 매번 같은 패턴이었다. 그 불호령 같은 울음소리에도 현주는 잘 깨지 않았지만, 진성은 늘 수면 부족에 시달렸다. 그렇지만 고양이를 울지 못하게 할 방법이 없었다.

그런데 놀랍게도 그날은 모리가 옷장으로 돌아가는 대신 아무렇지 않게 침실로 쓰는 큰방의 문턱을 넘어왔다. 진성과 현주가 누워 있음에도 가볍게 뛰어 침대에 안착했다. 잠자리로 어디가 좋은지 이불 구석구석을 발로 눌러보다가 현주의 발치에 누웠다. 그녀의 발가락에 가느다란 털들이 너른 들판의 잔디처럼 스쳤다. 고양이와 처음 접촉한 밤이었다.

모리는 목 깊숙한 곳에서 낮고 규칙적인 오토바이 시동 소리를 내다가 이내 조용해졌다. 현주는 발바닥의 오목한 부분에서 녀석이 내는 콧바람을 느낄 수 있었다. 너무나 작고 희미했지만, 따뜻하고 강한 생명력을 뿜어내고 있었다. 그녀는 혹여나 잠결에 모리를 발로 찰까 봐 걱정하며 새벽까지 잠을 설쳤다. 아침에 일어났을 때 모리는 옷장에 들어가고 없었다.

"정말로 고양이를 만져본 적 없어?" 진성이 물었다.

"응."

"주택가 골목은 고양이 소굴이었잖아. 대부분 인간을 잘 따르는 고양이들이었고, 만지려면 언제든 만질 수 있었을 텐데."

"글쎄, 고양이를 만지려고 보살폈던 건 아니니까."

기억 속 고양이들은 늘 그녀 주변을 맴돌았지만, 그녀는 절대 만지지 않았다. 그녀가 부르면 고양이들은 각기 다른 울음소리로 답했다. 새침한 표정으로 그녀를 올려다보며 꼬리를 짧게 파르르 떨었다. 그 정도면 충분하다고 생각했다. 그 이상 다가가야겠다는 생각이 들지 않았다. 그녀가 고양이의 밥을 주러 갈 때마다 어머니가 길고양이의 털에는 기생충이나 벼룩 같은 벌레가 많아서 만지면 안 된다고 말했지만, 귀 기울여 듣지 않았다. 어느새 그녀도 이모가 고양이를 돌보는 방식이 옳다고 믿게 되었다.

그 이후로 모리는 종종 낮에도 옷장 밖으로 나오곤 했지만, 사람의 손길은 좀처럼 허락하지 않았다. 종아리에 머리를 부비는 건 애초에 기대조차 하지 않았지만, 이렇게까지 인간을 경계할 줄은 몰랐기에 현주와 진성은 골머리를 앓았다. 모리는 성격이 안 좋다기보다 겁이 많은 고양이였다. 스스로를 보호하기 위해 인간에게 공격성을 보였다. 그들이 화장실을 치워주려고 곁에 다가가기라도 하면 녀석은 경기를 일으키며 쉭쉭 하악질을 했다. 한번은 모리가 한밤중에 베란다의 붙박이장에서 내려오다가 여행 가방 손잡이에 몸통이 끼인 적이 있었다. 비명 소리에 잠에서 깬 진성이 우스꽝스럽게 가방을 질질 끌고 다니는 모리를 붙잡아 빼내주었다. 그때 모리는 자신을 구해준 은인에게 가냘픈 울음소리와 함께 사방에 오줌을 갈겼다.

그러나 주위가 조용하고 아무도 자신에게 관심을 주지 않는 평온한 낮에는 갑자기 바닥에 배를 까고 누워 허리를 비트는 교태를 부리기도 했다. 기분이 좋은 걸 주체하지 못하겠다는 듯이. 유혹에 이끌린 진성이 그 작고 둥근 이마를 손가락으로 살살 쓰다듬으면 녀석은 눈을 가늘게 떴다. 그러나 평균적으로 몇 초를 넘기지 못하고 발딱 일어나 귀를 뒤로 젖히며 경계 태세를 취했다. 기분이 언짢은 날에는 앞발로 그의 손등을 쳐내기도 했다. 그래도 진성은 애정을 담아 '성질머리 고약한 고양이'라고 부르곤 했다. 실로 잘 어울리는 별명이었다. 모리는 옷장 안에 걸어둔 진성의 니트를 발톱으로 떨어뜨려 이부자리를 만들었다. 남색 니트에 하얀 털이 잔뜩 묻었다. 진성이 몇 번이나 니트를 다시 걸어놨지만, 모리는 그 니트가 마음에 들었는지 계속 떨어뜨려 그 위에 누웠다.

아무리 거부당해도 포기하지 않고 다가가려는 진성을 보며, 현주도 조금씩 고양이를 만지고 싶은 욕구를 느끼기 시작했다. 옷장 안에서 나른하게 누워 있는 고양이에게 다가가 입으로 배 방구를 하고, 손으로 머리부터 엉덩이까지 쓸어내리며 털 비를 풀풀 날리게 하고 싶었다. 그러나 그녀는 상상만 할 뿐이었다. 지식을 모두 동원해 고양이를 보살폈지만, 진성처럼 먼저 손을 내미는 시도는 하지 않았다.

🐾

모리가 이른 아침부터 알 수 없는 이유로 옷장 앞에서 울어댔다. 현주는 그 울음이 졸려서 보채는 거라고 설명했다. 새벽 내내 놀다가 해가 뜨면 그제야 모리의 밤이 시작된다는 것이다.

진성은 옷걸이에서 밑단의 볼륨이 풍성한 요가용 조거 바지를 걷어 스포츠 백에 넣으며 생각에 잠겼다. 모리를 돌보기 시작한 이후로, 현주와 함께 살기 시작한 이후로 그의 일상에 변화가 생겼다. 아침 8시에 일어나 가장 먼저 고양이의 화장실을 청소한다. 화장실 청소는 전적으로 그의 몫이다. 그 후 부엌에 딸린 작은 베란다에 가 상자에서 사과 하나를 꺼내 물로 세척한다. 사과를 씹으며 프랑스어로 된 책을 열 페이지 정도 읽다가 요가를 하러 간다. 진성은 이 작은 아파트에서의 일상이 예전과 달리 여유롭고 호사스럽게 여겨졌다. 소파에 축 늘어져 있는 현주가 있어서일까. 그녀는 나태함을 최상의 가치로 여겨 휴일엔 주로 누워 있었다. 현주는 그에게 여유를 찾아줬다. 진성은 그녀가 떠먹여주는 새로운 방식의 삶을 받아먹지 않을 수 없었다. 그녀는 폐기 처분될 뻔했던 B급 상품인 그를 다시 컨베이어 벨트 위에 올려주었다. 그렇게 그는 그다음 공정으로 착실하게 나아가며 진열될 수 있을 만큼의 품질을 갖추게 됐다.

그녀를 통해 그는 상희에게 저렴한 가격으로 요가 레슨을 받을 수 있게 됐다. 시간 여유가 있는 방학 동안이었지만, 돈을 지불하고 운동을 배우는 건 오랜만이었다. 상희는 그들의 만남에 대해 듣고는 이럴 줄 알았어, 라고 말하며 호들갑을 떨었다.

진성은 운기의 사과를 받아주었다. 둘은 한동안 서로 연락하지 않다가 우연히 버스에서 만났다. 진성은 등굣길이었고 운기는 출근길이었다. 둘은 버스에서부터 지하철을 기다릴 때까지 자연스럽게 대화를 나누게 됐고, 진성은 아무 일도 없었다는 듯 운기를 받아주었다. 가끔 진성과 상희의 요가 수업이 끝나는 시간에 맞춰 운기가 찾아와 셋이 점심을 먹기도 했다. 현주는 그런 진성이 마음에 들지 않았다.

"운기도 불쌍한 애야. 형편도 어렵고 형이 지체장애인이거든. 언젠가부터 집안에 엄청난 책임을 느끼더니 교사가 되려고 갖은 노력을 다했어. 공부엔 등지고 살던 애였는데 말이야. 그러면서 자연스럽게 옛날에 어울리던 질 안 좋은 애들과 연락을 끊었고 이 동네에서 친구라곤 나만 남았지."

현주는 처음 알게 된 운기의 사연에 약간 놀랐다. 그저 그런 질 나쁜 아이라고 여겼던 운기가 순간적으로 입체적으로 보였다. 그러나 현주는 늘 사람에 대해 과거의 인상을 현재의 모습보다 더 크게 느꼈다. 그녀가 진성을 다시 만났을 때 과거와 똑같이 그에게 마음을 다 줘버린 것도 이 때문이었다.

"그렇지만 너도 옛날에 운기가 나쁜 짓을 일삼았다는 걸 알잖아."

"과거를 미화할 생각은 추호도 없어. 걔가 얼마나 힘든 삶을 살았든 잘못한 일은 잘못한 일이니까. 다만 현재를 볼 뿐이야. 걔에겐 속 이야기를 할 수 있는 친구가 나밖에 없어. 나라도 들어줘야지."

"너는 그 이솔이라는 여자도, 아이도, 운기도, 나도… 모든 사람의 불행을 어루만져주려고 해. 불행 수집가라도 되는 것마냥."

"…나는 그렇게 해서라도 누군가에게 필요해지는 게 기뻐."

진성은 그 이유가 자신이 태어났을 때부터 아버지에게 버려진 아이였기 때문이라고 생각했다. 누군가의 불행은 그를 쓸모 있게 만들어주었다. 그들의 불행을 어루만지며 달래고 돌보면 그의 마음이 충만해졌다. 진성은 사람들의 불행이 반짝반짝 빛나는 구슬이라도 되는 것처럼 그냥 지나치거나 외면하지 못했다.

"무엇보다 널 필요로 하는 사람이 나라는 건 알지?"

간절하게까지 들리는 현주의 말에 진성은 고민 없이 고개를 끄덕였다.

진성은 다시 시를 쓰기 시작했다. 현주가 그에게서 시를 쓰고 싶은 욕구를 캐냈다. 노트북을 둘이 나눠 쓰다 보면, 들키고 싶지 않은 걸 들키기 마련이었다. 그녀는 그가 미처 지우지 못한 워드 파일과 메모지 속 습작들을 읽어버렸다. 그녀는 그의 글이 현학적이지 않으며, 모국어에 얽매이지 않는 자유로운 언어 사용이 매력적이라고 평했다. "너는 어렸을 때부터 절제된 문장으로 아름다운 세계를 표현하는 시를 좋아했잖아. 좀 더 진득하게 시를 써봐."

진성은 주말에 동네의 시립도서관에 나가기 시작했다. 시설은 낡았지만, 장서가 가득한 종합자료실에서 나는 쿰쿰한 종이 향이 그를 차분하게 해주었다. 금방 시상이 떠오르진 않았지만, 최대한 오래 앉아서 몰두했다.

그러나 그는 생활비를 벌기 위해 방학 동안 평일에 네 번 레스토랑에서 홀 서버로 일했고, 간혹 운이 좋으면 주변 지인에게 번역 일을 받아왔다. 이렇게 쉴 틈 없이 하루하루를 보내는데도 심리적으로 불안해지면 일주일에 한 번 물류센터에 나가 조금이라도 더 돈을 벌려고 했다. 진성의 경제적 상황은 실질적으로 변한 것이 없음에도, 운동을 하고 시를 쓴다는 이유만으로 앞으로 나아가고 있는 것처럼 보였다. 평생 쥐고 살았던 주먹을 쫙 펴는 기분이었다. 아무것도 쥘 수 없었던 손에 무엇이든 쥘 수 있는 가능성이 열렸다. 그의 비루한 모습이 그녀 앞에선 그럴싸한 이유가 붙어서 모나지 않은 게 됐다. 실제로 그녀가 그의 집에 들어와 살고 있지만, 그는 때로 자신이 그녀라는 집에 살고 있다고 느꼈다.

그녀라는 집 가장 안쪽에 있는 넓고 큰 방에, 그 안전망에. 현주와 함께 사는 것이 삶에서 누릴 수 있는 가장 큰 특혜처럼 느껴졌다.

"가려고?" 현주가 차가운 우유 잔을 잡으려고 바닥을 더듬으며 말했다.

"응. 그러다 엎는다."

그녀의 손에 잔이 닿았고 몸을 일으켜 크게 두어 모금 마셨다.

"난 자정 넘어 늦게 오니까 저녁은 혼자 해결해." 그녀가 출근 시간표를 볼 수 있는 휴대폰 앱을 켜 그에게 내밀며 말했다.

"알았어. 내일 일어나서 먹고 싶은 건?"

"10시 전까지 말해줄게. 생각 안 나면 그냥 집에 있는 걸로…."

현주의 대답이 늘 시원찮다는 걸 알면서도 그는 매번 먹고 싶은 메뉴를 물었다. 그녀를 먹이는 일이 큰 기쁨이었다. 그는 요리를 좋아했고 그녀는 식욕이 왕성했다. 의외로 현주는 음식에 까탈스럽지 않았다. 차려주는 대로 군말 없이 먹었고 최대한 남기지 않으려 했다. 냉장고는 비었고, 저녁을 위해선 장을 봐야 했다. 그녀가 느지막이 자고 일어나 먹을 끼니를 위해 장을 넉넉하게 봐야겠다고 그는 생각했다.

"알았어. 다녀올게." 진성이 다시 뒤돌아 그녀에게 물었다. "이번 주말에 같이 도서관 갈 거야?"

"응. 요즘 좋은 말이 안 떠올라. 인풋이 필요해. 문학의 도움을 좀 받아야겠어."

그녀의 방송이 요즘 난항을 겪고 있었다. 사람들에게 감동을 주는 건 쉬운 일이 아니었다. 가끔은 진성의 도움을 받았는데, 그가 대필해준 대본을 읽을 때면 칭찬 민원이 유독 많이 들어왔다. 하지만 그녀는 어설프더라도 자신이 쓴 문장으로 방송을 하고 싶었다.

어느 날 손가락 섹스가 끝난 후 그녀는 그를 강하게 껴안았다. 마치 육체가 없는 유령처럼 서로의 몸을 관통해버릴 것만 같았다. 진성은 만족감에 젖은 현주의 얼굴을 볼 때면 안도했다. 그는 그녀가 언제든 잠자리에서 정상적인 남자를 원하고, 원하는 것에 그치지 않고 찾아나서는 순간이 오면 그녀를 다그칠 수도 말릴 수도 없다는 걸 알았다.

진성이 부엌에서 밤참을 만들고 있었다. 어제 배달을 시켜 먹고 남은 순대곱창에 갖은 채소와 비엔나소시지를 넣어 볶았다. 그사이 현주는 여운을 곱씹었다. 그녀는 그와 함께 살면서 어렴풋이나마 침대 위에서 무엇이 좋고 싫은지 분별력이 생겼다. 진성의 손톱이 톱니처럼 까슬거리면 그의 손을 덥석 잡고 몸에서 떼어냈다. 더는 기만이 담긴 '뭐든지 네 마음대로 해'라는 말은 하지 않는다. 서서히 현주는 옛 애인과의 관계가 무엇이 잘못됐었는지 깨닫게 됐다. 폭력적인 경험과 그에 대응하는 감정이 왜

곡되지 않도록 진성이 매번 그녀의 말을 바로잡아주었다. 그들은 질투 없이 서로의 옛 애인에 대해 이야기했고, 그럼으로써 지금의 관계에 대한 만족감을 음미했다.

현주는 부엌에서 나는 소리를 들으며 문득 지금의 진성과 자신 사이에 이전의 연애에는 없었던 우정이 존재함을 깨달았다. 음식과 젓가락 두 쌍을 들고 오는 진성에게 그녀가 말했다.

"우정이 있나 없나의 차이였어. 너와 다른 남자들의 차이 말이야."

진성은 나체로 침대에 걸터앉아 있는 그녀의 머리를 쓰다듬고 정수리에 가볍게 입을 맞췄다.

"지금껏 들은 말 중에 가장 좋아."

🐾

진성이 현주의 머리카락을 다듬어주겠다고 한 날이었다. 단발은 한 달에 한 번 미용실에 가야 스타일이 유지됐고, 그녀는 그것을 귀찮게 여겼다. 진성과 만나기 전에는 종종 혼자 머리를 잘랐다. 그녀는 어깨너머로 배운 미용 기술을 가진 애인에게 머리카락 디자인을 전적으로 맡기기로 했다.

그녀는 오늘부터 이틀을 쉴 수 있었지만, 진성은 곧 레스토랑에 출근해야 했기에 시간이 촉박했다. 현주가 신문지를 망토처럼 두르고 변기에 앉았다. 진성이 분무기로 그녀의 머리카락에 물을 분사하고 촘촘한 빗으로 빗었다. 사각사각 소리가 나며 머리카락이 색종이처럼 떨어졌다. 그녀 자신이 거울을 보고 자르는 것 같은 쾌감이 느껴졌다.

"그 사람도 화장실에서 내 머리를 자른 적 있어."

이제 그 사람이 누구를 뜻하는지 설명할 필요가 없었다. 워킹홀리데이를 가기 위해 그녀를 버린 별 볼일 없는 남자다. 진성이 그 장면을 떠올렸다. 신축 오피스텔인 그의 집 화장실에서 그녀의 머리카락을 잘라주었겠지. 현주의 입을 통해 전해 듣고 있음에도 마치 그 일을 화장실 문 앞에서 지켜봤던 것만 같다.

"내 삐죽빼죽한 뒷머리를 보고 그 사람이 내가 스스로 머리를 자른다는 것을 알아챘고, 가위를 달라고 했어. 나는 거부하지 않았고."

진성이 스펀지로 그녀의 목에 달라붙어 있는 젖은 머리카락을 털어냈다. 물을 지나치게 많이 뿌린 듯했다.

"듣고 있어?"

그는 계속 스펀지로 목을 쓸고 있었고, 이제 피부가 따가울 정도였다. 현주가 그의 손을 잡아 제지했다. "아파."

"아, 미안. 다 했어."

그녀는 신문지를 조심스럽게 거둔 후, 바닥에 깔아둔 다른 신문지에 털어내 머리카락을 한데 모았다. 1센티미터 정도만 다듬었기에 양이 얼마 되지 않았다. 그녀는 거울 앞으로 가 머리를 확인했다. 기술적으로 얼마나 잘 잘랐는지는 관심이 없었다.

"그 사람은 일부러 머리를 엉망으로 자르거나 하진 않았어. 오히려 신중했지. 그런데 그러면 안 됐어. 자해의 권한을 넘기면 안 되는 거였어. 겁쟁이인 내가 유일하게 할 수 있는 자해였는데 말이야."

진성으로서는 처음 듣는 말이었다. "스스로 머리카락을 자른 게 자해하기 위해서였다고?"

"응, 나만의 방법이었어."

그녀가 몸의 털을 자르기 시작한 건 그날이 기점이었다. 현주가 기억할 수 있는 가장 어린 시절부터 부모는 각방을 썼는데, 그날은 이상하게도 함께 방에 들어갔다. 현주가 안방에 딸린 작은 화장실에 있는지도 모르고. 잠시 후 아버지가 거칠게 방문을 열고 나가며, 그렇게 젖꼭지를 세게 무니까 당신이랑 하기 싫은 거야, 라고 외쳤다. 아버지는 드레싱 가운 위로 가슴을 부여잡고 있었다. 그때 현주는 그 상황과 속눈썹이 어떤 연관성을 가지는지 알 수 없었지만, 급한 대로 거울을 보며 눈썹 칼로 왼쪽 속눈썹의 삼분의 일 이상을 잘라냈다. 잘린 속눈썹이 작은 벌레처럼 보였다. 현주는 그걸 바로 털어내지 않고 손바닥 위에 올려둔 채 계속 노려봤다. 징그러운 벌레가 더 이상 연상되지 않을 때까지 아주 오랫동안. 그러곤 아직 남아 있는 속눈썹을 손가락 끝으로 문질렸다. 단면의 날카로움이 마음에 들었다. 그날 현주는 후련한 마음으로 곤히 잠들 수 있었다.

그 후로 그녀는 갖가지 이유로 가슴이 답답할 때마다 옷장 안에 들어가 코털 가위로 눈썹이나 속눈썹을 야금야금 잘랐다. 그러면 신기하게도 마음을 꽉 막히게 한 원흉이 없어지기라도 한 것처럼 속이 시원했다. 그 집에서 누구도 쥐가 파먹은 것처럼 가운데가 비어 있는 현주의 눈썹을 알아차리지 못했다. 사춘기가 돼서는 음모와 겨드랑이 털을 자르기도 했는데, 겉으로 보이는 털이 아니면 해방감이 덜하다는 것을 깨닫곤 주로 머리카락이 자해의 대상이 됐다. 혼자 자르느라 삐죽삐죽한 뒷머리를 주기적으로 정리하다 보니 항상 단발을 유지하게 됐다.

"그 남자에게 그 권한을 줬기 때문에 나한테도 줘야 한다고 생각한 거야?" 진성이 물었다.

"그럴 리가 없잖아. 네가 머리카락을 자를 땐 마치 내가 자르는 것처럼 쾌감을 느꼈어. 그 사람과 달라."

"미안해."

진성이 두 손으로 눈두덩을 짓눌렀다.

"네가 왜 미안해?"

진성은 머리카락이 빠져나가지 않게 신문지들을 겹쳐서 돌돌 말았다. 부엌 뒤 베란다로 나가 머리카락을 일반쓰레기 봉투에 쏟아부었다. 그리고 신문지를 종이만 모아두는 상자에 넣어 정리했다. 다시 돌아와 보니 현주가 옷장 앞에 무릎을 꿇고 앉아 모리에게 간식을 내밀고 있었다. 모리는 간식을 조금 받아먹다 말았다. 그 장면을 보자 마음이 가라앉으며 곧 자신이 아니면 누가 그녀를 받아줄 수 있을지 자문했다. 그는 이 자만심이 어디서 나오는 건지 알 수 없었다. 서로가 서로에게 의존적이라는 것은 어쩜 이렇게 즐겁고도 무서운 일일까.

진성은 옷을 갈아입고 레스토랑으로 출근했다. 약간의 해방 감과 동시에 휴일을 혼자 보내야 하는 현주에 대해 미안함을 느 끼며. 출퇴근이 겹치지 않을 경우 그는 그녀의 차를 사용했다. 진 성에게 운전을 가르쳐준 것도 현주였다. 그녀는 대학에 입학하 기 전에 이미 면허를 땄고, 진성은 한 학기가 지난 후 여름방학에 면허를 땄다. 진성은 도로에서 겁을 냈다. 운전은 혼자 잘한다고 해서 되는 게 아니다. 도로에서 난폭한 운전자들과 마주치는 걸 걱정했다. 그런 진성에게 현주는 "도로에선 상식이 통한다는 걸 믿어야 해"라고 조언했다. '상식이 통한다.' 그녀는 그 말을 이모 에게서 들었다고 했다.

진성은 출근길에 아들에게 전화를 걸었다. 그의 레스토랑이 위치한 번화가까지는 17분, 조금 막히면 25분까지도 걸렸다. 아 들은 주로 곧바로 전화를 받았고 뒤에선 이솔의 밝은 목소리가 들렸다. 이 모든 게 녹음본을 재생하는 것처럼 매번 일정했다. 지오가 스케줄러를 읊듯 해야 할 일과를 전했다. 후에 이솔이 전화기를 넘겨받아 막 시작한 예술 도서 번역에 대해 이야기해주었다. 최근 일거리가 없어 북 리뷰만 하다가 오랜만에 출판사에서 번역 제의를 받았다고 기쁜 목소리로 말했다. 마지막으로 모리의 근황을 물으며 통화가 마무리됐다.

　레스토랑 앞에 차를 주차하며 진성은 2주 전 주말을 떠올렸다. 자신이 서버로 일하는 레스토랑에 주말 점심 예약을 잡았다. 이솔의 생일을 축하하기 위해서였다. 다른 아르바이트생이나 매니저와 별다른 교류가 없었기에 그는 남의 시선에 개의치 않았다. 메뉴는 정확히 기억나지 않았다. 주말 패밀리 세트 메뉴였을 것이고, 지오가 먹고 싶어 한 단품 메뉴를 추가로 주문했다는 것만 기억났다. 갑자기 그는 자신이 일하는 레스토랑에 애 엄마와 아들과 함께 밥을 먹으러 온 상황이 연극처럼 느껴졌다. 현주에게 말을 하고는 왔지만 죄책감을 느꼈다. 이솔의 차로 집에 가는 길에 진성은 지금 누구와 함께 살고 있는지 말했다. 이솔은 "각자의 연애에 신경 쓸 것 없잖아. 우린 지오만을 위한 관계니까"라고 시원스레 답했다. 그러고는 지오의 방문 학습지 선생님과 만나고 있다고 덧붙였다. 호리호리하고 랩스커트가 무척 잘 어울리는 여자라고 했다. 지오는 뒷좌석에서 곤히 잠들어 있었다.

7

수요일 오전, 현주와 진성이 양산 하나를 나눠 쓰고 산책을 나갔다. 목적 없는 산책은 아니었다. 진성의 안경알을 다시 맞추기 위해 안경점에 들러야 했다. 그는 시력이 좋지 않았지만, 공부나 운전같이 꼭 필요한 경우를 제외하곤 안경을 잘 쓰지 않았다.

안경점은 동네에서 가장 높은 상가 건물인 12층짜리 쇼핑센터의 1층에 위치했다. 쇼핑센터라고 하지만 수지타산이 전혀 맞지 않을 것 같은 옷 가게 여섯 점포와 세탁소, 금은방, 해외 과자를 파는 구멍가게와 복권 가게 그리고 치과와 안경점이 전부였다. 최근 건물 외벽에 음식점과 키즈 카페, 스포츠 센터가 들어설 예정이라는 현수막이 붙었다. 주민들이 관심을 주지 않는 사이 상가번영회를 중심으로 노후화된 쇼핑센터를 살리려는 노력이 착실히 이뤄지고 있었다.

"센터 꼭대기에 수영 교습소가 있었잖아. 너도 알지?" 진성이 물었다.

"알아, 거길 다니진 않았지만. 나는 시내에서 배웠어."

작은 동네에서 거의 모든 교육을 해결했던 그와 달리 그녀가 다녔던 학원은 대부분 동네에 없었다. 그들의 차이는 이랬다. 진성은 평범한 음악 학원에 다니며 악보를 볼 수 있을 정도로만 피아노를 배웠다. 그러나 그녀가 다닌 음악 학원에서는 피아노를 치지 않았다. 대신 피아노 치는 사람을 우아하게 소비하는 방법을 배웠다. 좋은 스피커가 있는 스튜디오에서 각자 의자에 앉아 조용히 클래식을 감상한 뒤, 음악이 끝나면 주변 친구들과 삼삼오오 모여 음악에 관해 이야기를 나눴다. 때론 공연장에 가서, 죽은 뒤 거장으로 불릴 중견 아티스트나 떠오르는 신예 아티스트의 연주를 듣고, 음미한 것을 적확한 단어로 표현하며 사람들과 감상을 나누는 방법을 배웠다.

뾰루지를 나게 했던 수영장의 물에서 나던 락스 냄새와 수영장 특유의 소리 울림 그리고 씻고 나와 귀를 털면 나오던 뜨뜻미지근한 물…. 같은 교습소를 다니지 않았어도 그런 감각적인 기억이 향수를 불러일으켰다.

"초등학교 삼 학년이었나? 그때 반년 좀 넘게 배웠어. 검정색 사각 수영복이랑 초록색 수영모를 썼지. 옆집 형한테 물려받았거든."

그는 잔뜩 늘어난 사각 수영복이 너무나 싫었다.

"상상하게 되네. 꼬마 진성이 초록색 수영모를 쓰고 발차기하는 모습을."

진성도 상상 속에서 그녀에게 수영복을 입혀 보았다. 검은색에 아무런 무늬가 없는 평범한 실내 수영복. 그녀가 물속에서 유연하게 움직일 때마다 크고 작은 물이랑이 그녀를 감싼다. 레인을 한 바퀴 돌고 나온 후에 수영모 밖으로 잔머리가 조금 삐져나온다. 이목구비가 대칭을 이루고 얼굴형이 매끈할수록 거추장스럽게 꾸미지 않아야 더 아름다운 법이다.

그런 상상을 하며 진성이 안경점 문을 열자, 센서가 작동하며 자동차 후진음이 울렸다. 이런 센서를 쓰는 가게는 이제 많지 않을 거라고 현주는 생각했다.

"어서 오세요. 아, 진성 씨 오셨어요?"

사장인 봉렬은 여전히 성량이 좋았고, 브로콜리 색의 불투명한 뿔테 안경을 썼다. 그는 현주를 못 알아봤지만, 그녀는 그를 잘 알았다. 대학에 들어가자마자 그녀는 라식을 했는데, 그전까지는 동네 이름을 붙인 이 안경점에서 안경을 맞췄다. 진성 역시 중학교 때부터 지금까지 이곳에서만 안경과 콘택트렌즈를 맞췄기에 봉렬을 잘 알았다. 봉렬은 트렌드에 뒤처졌다. 피부색과 얼굴형에 어울리는 안경테를 찾아주는 감각이 형편없었다. 진열된 테의 종류도 많지 않아서 진성은 오 년 전 온라인 쇼핑몰에서 저렴하게 산 안경테를 사용했다. 이곳에서는 알만 갈아 끼웠다.

진성이 시력 검사를 위해 안쪽으로 들어갔다. 현주는 커피 머신에서 텁텁한 율무차를 내려 마시며, 진열된 안경들을 써보고 거울을 보길 되풀이했다. 그만 지루해지려는데, 렌즈를 광고하는 유명 연예인 포스터가 크게 붙은 유리문이 열리며 한 남자와 고양이가 예의 클래식 음악과 함께 들어왔다.

정수리부터 끝까지 머리가 하얗게 센 늙은 남자였다. 무척 불만스러운 표정의 고양이는 하네스를 차고 있었다. 하네스는 몸에 비해 큰 듯했다. 고양이를 압박하는 그 도구에는 노란색 바탕에 갈색 줄무늬가 그려져 있고 리본까지 달려 있었다. 꼭 크리스마스 시즌에 마트에서 사은품으로 주는 요란한 담요를 두른 것만 같았다.

시력 검사기 뒤에 앉아 있던 봉렬이 얼굴을 빼꼼 내밀었다.

"어서 오세요. 아, 아버님, 잠시만 기다려주세요."

봉렬은 고양이의 출입이 익숙한 듯 신경도 쓰지 않았다. 남자는 대답도 하지 않고 먼저 일을 보라는 듯 줄을 잡고 있지 않은 손을 휘휘 내저었다. 그가 소파 의자를 향해 가려는데 고양이가 꿈쩍하지 않았다. 그는 줄을 살짝 끌어당겼고, 그제야 고양이는 느적느적 걸어가 소파 아래 남자의 발치에 자리 잡았다. 예민하고 깐깐하게 생긴 회색빛 스코티시폴드는 한 살쯤 됐을까, 아직 조그맸다. 창문으로 들어오는 늦여름 햇빛을 받자 호박색 눈은 동공이 가늘어지며 아름답고 애처롭게 빛났다. 걸을 때마다 커다란 땅콩 모양의 고환이 출렁거렸으므로 중성화를 하지 않았다는 걸 알 수 있었다.

꼬리 끝부분은 마젠타 색으로 염색돼 있었다. 어떤 미용사가 고양이 꼬리를 저렇게 화려하게 염색한 걸까. 목도리를 두르고 앵클부츠를 신겨 놓은 듯 머리와 다리 그리고 꼬리털만 남겨두고 털을 몽땅 밀어냈다. 저 작은 고양이는 스스로 털을 관리할 권리마저 빼앗겼다. 게다가 몸통에 미처 깎이지 못한 털이 듬성듬성 뭉쳐 있었다. 미용사의 솜씨가 어설펐거나, 미용을 할 때 고양이가 심하게 발버둥 쳐 저 상태가 최선이었을지 모른다.

고양이는 바들바들 떨며 사방을 경계했다. 회색 고양이는 '개'의 정체성을 강요받고 있었다. 형광색으로 칠해진 흉한 꼬리를 채찍처럼 휘두르는 고양이는 개와 다를 바 없었다. 무엇보다 고양이의 의사와 무관하게 감행된 가학적인 산책으로 보였다. 현주는 남자에게 증오를 느꼈다.

진성이 검사를 마치고 나오자마자 남자는 벌떡 일어나 안경을 벗어 안경사에게 건넸다. 고양이가 질질 끌려갔다.

"안경다리가 이상해. 삐뚤어졌어."

그의 안경은 검은색의 사각 뿔테로 앙상하고 긴 그의 얼굴에 비해 무척 커다랬다.

"왼쪽 다리가 힘을 받았네요. 금방 조정해 드릴게요. 우선 앞의 분 계산 먼저 해드리고요."

남자는 탐탁지 않은 표정을 지었다. 뒤에 서 있던 진성이 그제야 포스 앞으로 가 신용카드를 내밀었다. 봉렬이 안경집과 함께 서비스로 렌즈 세척액을 주었다.

"안경 사려고?"

진성이 현주에게 다가와 물었다.

"아니, 그냥."

현주가 고개를 도리질했다. 그녀는 괜스레 정수기에서 물을 한 잔 따라 마시고 그 옆에 놓인 사탕을 집었다. 진성에게 하나를 주고, 자신의 것도 챙겼다. 그가 재촉하듯 팔을 잡아당겼다.

밖으로 나오자마자 현주가 말했다.

"저 사람 알아? 고양이를 산책시키는 할아버지 말이야."

남자와 고양이를 보고도 덤덤하던 진성에게 따지듯 물었다.

"유명해. 한두 달 전부터 고양이를 산책시키시더라고. 3단지에 사실 거야. 근데 왜?"

"끔찍하잖아, 고양이의 상태가. 고양이를 미용하고 산책시키다니, 미친 짓이야."

그들은 사거리에서 신호를 기다렸다. 안경점에서 일을 빠르게 끝마친 남자와 고양이가 걸어오고 있었다. 현주는 눈길이 가는 걸 참지 못하고 자꾸만 고양이를 쳐다봤다. 초록불이 켜졌지만, 진성의 손을 잡아당기며 기다리란 신호를 보냈다.

늙은 남자는 고양이를 끌고 가려고 줄을 쥔 손을 높이 들어 앞으로 당겼다.

"쓰읍, 초록불. 초록불에는 걸어야 한다고 했지? 자, 얼른. 아까 건너온 것처럼만 가면 된다."

고양이는 잔뜩 발톱을 세워 보도의 벽돌 사이사이에 발톱을 박고 버텼다. 안 그래도 접힌 귀 때문에 가엾어 보이는 얼굴을 더욱 안쓰럽게 일그러뜨리면서. 발톱이 한두 개는 뽑혔거나 깨졌을 것이며, 피고름이 맺힌 발톱도 있을 것이다. 남자는 택도 없다는 듯이 껌처럼 바닥에 달라붙은 고양이의 네 다리 사이에 발등을 집어넣어 살짝 들었다. 고양이는 걷어차이는 듯한 모양새로 바닥에서 몸이 들려 결국 어쩔 수 없이 걸음을 옮겨야 했다. 그렇게 두세 걸음 가고 고양이가 버티고 또 두세 걸음 가고 버티길 반복했다. 횡단보도의 삼분의 일쯤 왔을까, 초록불이 깜빡거리기 시작했다. 다급해진 남자는 하네스를 번쩍 들어 고양이를 공중에 뜨게 했고, 고양이는 다리를 파다닥 휘저으며 앞으로 억지로 나아갔다. 그러나 신호등은 그들을 기다려주지 않았고, 결국 빨간불로 바뀌었다. 자동차들이 하나둘 경적을 울렸다. 결국 남자는 다시 뒤돌아 줄을 확 끌어 인도로 돌아왔다.

"전에 죽은 개는 몇 번 만에 초록불을 익혔는데, 도대체 너는 왜 그러는 거냐?"

남자는 고양이가 답답한 듯 담배 한 개비를 꺼내 피우기 시작했다.

"아니다, 여기 초록불이 너무 짧은 게 문제지, 쯧."

남자가 고개를 돌려 가래를 뱉었다. 그때 현주와 짧게 눈이 마주쳤다. 무거워 보이는 뿔테 안경이 그의 코 중간까지 내려와 있었다. 현주뿐만 아니라 지나가는 사람들이 하나같이 그 불쾌한 산책을 곁눈질했다.

"집고양이는 산책시키면 안 된다는 걸 정말 모르시는 걸까?"

현주가 목소리를 낮추며 진성에게 물었다.

"모르시는 것 같아. 연세가 있으시잖아." 다시 신호등의 초록불이 켜졌고, 진성이 그녀의 손을 잡고 앞으로 걸어갔다. 뒤에서 남자가 고양이에게 얼른 가자고 타이르는 소리가 들렸다. 신기하게도 고양이는 지금까지 단 한 번도 울지 않았다. 남자에게 주눅이 들었거나 울어봤자 소용없다는 걸 아는지도 몰랐다. 아니면 극심한 공포 때문에 목소리를 잃었거나.

"저 고양이를 보니까 모리가 생각나네. 우리 집에 적응하지 못하는 모리보다 더 불쌍한 고양이야. 적어도 우린 억지로 산책시키진 않잖아?"

늙은 남자와 고양이에게 계속 시선을 떼지 못하며 현주가 말했다.

"맞아. 그런데 어떤 면에서는 저 염색 고양이가 모리보다 더 나은 삶을 사는 걸지도 몰라."

"왜 그렇게 생각해?"

"바깥을 아는 것과 모르는 건 아주 다르니까."

진성의 목소리가 왠지 쓸쓸하게 들려 현주는 그를 힐긋 바라봤다.

초록불이 깜빡거리기 시작했고, 횡단보도 위 사람들이 서둘러 걸음을 옮겼다. 몇 번 깜빡이다 말고 빨간불로 바뀌어 그들은 뛰어야 했다. 대각선 방향의 인도에 도착해 현주가 숨을 고르며 말했다.

"바깥을 원하지 않는 고양이도 있어. 고양이는 영역 동물이잖아."

"저 할아버지, 언젠간 그만두겠지. 고양이가 싫어한다는 걸 알게 될 거야. 고양이를 끔찍이 생각하는 것 같으니까. 딱 봐도 저 고양이에게 돈을 많이 썼잖아. 관리란 관리는 다 받았어. 물론 고양이는 싫어했겠지만."

"그게 문제야. 안 주느니만 못한 사랑이야. 방식이 잘못됐어."

"거북하면 눈을 돌려."

진성이 그녀의 눈두덩을 가볍게 두들겼다.

현주가 길게 한숨을 내쉬며 뒤돌아봤다. 남자와 고양이는 사거리 건너기를 포기하고 인도로 걸어가고 있었다. 3단지로 가려면 어떻게든 신호를 건너야 한다. 아무래도 고양이의 산책이 길어질 것 같았다.

"안 그래도 여기 신호등이 너무 짧긴 해."

현주가 중얼거렸다.

🐾

현주는 산책하러 나갈 때마다 늙은 남자와 고양이를 만나게 될지 모른다는 불안감을 갖게 됐다. 고양이를 향한 연민과 남자를 향한 혐오가 가시지 않았다.

관찰한 결과, 고양이를 산책시키는 남자는 자신의 고양이만 제외하고 다른 모든 것에 특별한 이유 없이 신경질적으로 굴었다. 그는 건장한 젊은 남자 못지않은 기백으로 사람들에게 호통치곤 했다. 과채 값이 너무 비싸다거나 개똥을 제대로 치우라거나 왜 꼭 키오스크로 주문을 해야 하는지 따졌다. 그 외에는 이유 없이 시비를 거는 말들이었다. 기가 찬 동네 주민들은 늙은 남자에게 관심을 주지 않았고 고양이와 함께하는 그 묘한 행보에 대해 함구했다.

산책을 나온 다른 개들이 호기심을 표하기라도 하면 고양이는 할아버지의 삐삐 마른 종아리에 딱 달라붙어 작은 몸을 오들오들 떨었다. 배달 오토바이가 갑자기 코너를 돌아 튀어나오거나 자동차가 경적을 울려대면 화들짝 놀라며 튕기듯 일어나 어디론가 달려가려고 했다. 물론 하네스가 매번 고양이의 도주를 막아냈다. 현주는 그 모습을 볼 때마다 남자가 고양이를 잃어버릴까 봐 걱정했다. 고양이는 인간의 생각보다 더 유연하기 때문에 까딱하다간 하네스를 벗겨내고 도망칠 수도 있었다. 이런 식으로 인간에게 길들여지느니 냉혹한 힘의 논리가 작용할지라도 야생으로 돌아가 버릴지도 몰랐다. 여름에 시원하고 겨울에 따뜻한 실내 생활을 포기하고 말이다. 자신의 운을 시험해보려는 객기가 어린 고양이에게 언제 도질지 장담할 수 없었다.

8

저녁 메뉴는 비빔국수였다. 노란 치자 소면 위에 매실청을 넣은 양념에 잘게 썬 김치를 곁들였다. 가장자리가 바깥으로 퍼져 있는 유리 볼 안에 국수를 넣고 마무리로 채 썬 오이와 삶은 달걀을 올렸다. 현주와 진성 모두 삶은 달걀을 무척 좋아해서 하나를 반으로 가르지 않고 꼭 각자 한 개씩 먹었다. 다른 반찬 없이 단출하게 상이 차려졌다.

진성은 입 안 가득 면을 넣고 오래오래 씹는 걸 좋아했다. 먼저 식사를 마친 그가 대화를 개시했다. "지오가 며칠간 이 집에서 지낼 건데…"라고 완결되지 않은 문장으로.

"응? 뭐라고?"

현주가 결코 공격적으로 되묻지 않았음에도 그는 어깨가 약간 움츠러드는 것을 느꼈다.

"애 엄마가 프랑스에 가게 돼서 당분간 내가 애를 돌보기로 했어."

이솔이 얼마간 프랑스로 여행을 간다고 했다. 이럴 때마다 항상 도움을 주던 그녀의 부모님 또한 일이 있어 아이를 봐줄 사람이 필요했다. 평소 같았으면 진성이 먼저 지오를 맡겠다고 나섰을 것이다. 그는 아들이 자신의 도움을 필요로 한다면 주저하지 않았다. 그러나 지금은 현주와 함께 살고 있다. 동거인에 대한 예의를 차려야 했다.

"프랑스 어디?"

가끔 현주는 주제를 비껴가는, 별로 중요하지 않은 정보를 상세히 원할 때가 있었다. 중요하지 않은 것을 먼저 물은 다음 조심스럽게 주제를 향해 다가가는 식이었다. 폭이 좁고 높은 담장 위를 걷는 조심성 많은 고양이처럼.

"리옹. 친가 친척들이 살고 있거든. 거기서 지내며 주변 지역을 둘러볼 계획인가 봐."

"그곳에 친척이 있다면 여행이 편하겠네."

"응, 자주 왔다 갔다 하는 편이야. 내년에 아이의 유학도 고려하는 것 같고."

"유학?"

그녀가 거슬리는 단어를 되물었다. 그녀의 눈빛이 미세하게 흔들렸다. 지오도 함께 간다면 진성에게 어떤 영향을 미칠까, 라는 생각이 화살처럼 그녀의 머리에 꽂혔다.

"응, 혹은 정착."

진성은 자신과 아무 상관 없는 이야기를 하는 것 같았다. 머릿속에서 말을 검열하는 것 같지도 않았다. 진성은 그녀의 그릇을 가져가 남은 국수를 젓가락으로 전부 말아 입에 넣었다. 그는 면을 입에 넣을 때 소리를 내지 않으려 신경 썼다.

"아무래도 내가 나가는 게 좋겠지? 여기서 지오가 지내려면."

현주가 아무렇지 않은 척하며 물었다.

"아니, 굳이 그럴 필요 있을까."

"내게 지오를 소개해줄 거야?"

"응, 내내 그러고 싶었어."

현주는 식탁 아래에서 다리를 꼬았다. 흥분되는 마음을 진정시키기 위해.

"애 엄마는 알아? 나랑 같이 살고 있는 거. 그리고 지오가 내가 있는 집에 온다는 거."

진성이 고개를 끄덕였다. "진즉에 말했어. 전혀 신경 쓰지 않더라. 지오 엄마랑 난 지오를 위한 파트너일 뿐이니까."

그의 목소리가 현주의 귓가에 부드럽게 울렸다. 온갖 상념이 흐물흐물 녹아내려 그녀의 발밑에 고이는 것 같았다.

"언제 오는데?"

"이번 주 수요일 저녁. 다음 주 월요일 아침에 갈 거야."

현주는 볼에 바람을 넣었다가 입으로 바람 빠지는 소리를 내며 이번 주 스케줄을 떠올리려 애썼다.

"캘린더에 표시해줘." 냉장고에 붙여둔 작은 화이트보드 달력을 가리키며 그녀가 말했다.

"알았어."

진성이 다 먹은 그릇을 겹쳐두었다. "지오가 저 성질머리 고약한 고양이도 보고 싶어 해. 전화로 늘 안부를 묻거든."

"지오는 고양이가 왜 좋대?"

"귀가 뾰족하고, 털이 부드럽고, 따뜻해서. 그리고 내가 좋아해서 좋대."

"진성이 너 고양이를 좋아하던가?"

그녀는 진성이 고양이나 동물을 좋아한다고 느낀 적이 없다. 그저 타고나길 다정해서 동물에게도 우호적일 뿐이라고 생각했다.

"딱히 고양이를 좋아하기보다 귀여운 것들에 관대한 편인 거지. 어렸을 때 너희 집 마당에서 돌보던 고양이들 이야기를 해줬더니, 내가 고양이를 무척 좋아한다고 생각했나 봐."

"아빠가 고양이를 좋아해서 좋아한다, 라…. 귀여운 아이구나, 지오는."

설거지까지 마친 후 그들은 모리의 발톱을 잘랐다. 고양이는 발톱을 자를 때 절대 가만히 있지 않는다. 인간을 다치게 할 수 있다는 걸 알면서도 네 다리를 최대한 멀리 뻗으며 발버둥 친다. 그 때문에 모리를 붙잡은 진성의 허벅지에 빗줄기 같은 길쭉한 상처가 생겼다. 발톱을 다 자르고 진성의 품에서 벗어난 모리는 그들과 멀찍이 떨어져 사람의 손이 닿은 몸 구석구석을 침으로 씻어내느라 바빴다. 마지막으로 상자 안에서 스트레처를 뜯으며 발톱을 다듬고 옷장 안으로 들어갔다.

모리가 발버둥 치며 뽑어낸 털들이 바닥에 가득했다. 현주는 테이프 클리너로 바닥의 털을 청소했고, 진성은 내일 분리수거를 위해 쓰레기들을 분류했다. 공기는 약간 후덥지근했지만 습기 없이 가벼웠고 배는 찬 음식으로 채워져 있었다. 문득 그녀는 진성과 모리와 함께하는 일상에 익숙해졌다는 걸 깨달았다. 일상에 적응하자마자 곧 새로운 방문자를 맞아야 했지만.

🐾

지오가 오는 날이었다. 현주는 오전 운행을 마치고 퇴근했다. 텅 빈 아파트에서 혼자 밥 먹기가 싫어서 상희를 불렀다. 상희는 맥도날드에서 더블불고기 버거 세트 두 개를 포장해 왔다. 현주가 상희에게 진성의 아이를 만날 거라고 이야기하니 그녀는 거듭 자신이 있냐고 물었다.

"자신? 어떤 자신?"

"보통 결혼을 전제로 사귈 때 아이까지 소개해주잖아. 진성이랑 진지해?"

"진성이 아니면 안 된다는 생각은 있는데, 결혼은 모르겠어."

현주는 인생 계획에서 '결혼'이라는 단어를 생각조차 해보지 않았다.

"뭐 아직 연애 초반이니 이른 질문이긴 하다. 그런데 진성이 개 진짜 대단하다. 아이에 대한 책임감이 엄청나네. 게다가 아무도 지우지 않은 책임이잖아. 애를 낳은 그 여자도 여러모로 대단하고. 애 엄마는 어떤 사람이래?"

"진성이랑 같은 대학을 나왔고 프랑스어 번역가라는 것 그리고 모성애가 강한 사람이라는 것 정도만 알아. 진성이가 애 엄마랑 애 이야기는 잘 안 해서 나도 잘 몰라."

현주는 지오만큼은 자신이 유일하게 넘볼 수 없는 진성의 사적인 영역이라 느꼈다. 진성 또한 현주에게 아이에 대한 언급을 자제하는 편이었다. 아이를 만나고 온 날에도 그저 '어디에 가서 밥을 먹었어'와 같이 감정을 배제한 말만 늘어놓았다. 현주는 내색하지 않았지만 지오가 늘 궁금했다.

"나는 아이가 생기고 그 아이를 책임지면서 진정 어른이 되는 거라고 생각하거든. 우리 부모님은 스물여섯에 나를 낳았어. 그런데 지금 스물여덟의 나는 부모가 된다는 걸 상상할 수도 없고 심지어 독립할 자신도 없어. 계속 부모님 집에 얹혀살고만 싶은

데 말이지."

상희가 말하고 나서 패티가 두 겹인 불고기버거를 한 입 크게 베어 먹었다.

"…네 말 들으니까 마음이 무거워졌어. 처음엔 아이를 만나면 진성이에 대해 더 알아갈 수 있다고 생각해서 기쁘기만 했거든."

"괜한 부담을 줬나? 그냥 가볍게 생각해. 그렇지만 마음의 준비는 해야 할 거야. 여섯 살 아이는 저 예민한 고양이보다 다루기 어려울걸? 내가 이제껏 겪어온 사촌 동생들과 조카들에 따르면 말이지."

상희가 손에 쥔 감자튀김으로 옷방을 가리키며 신물이 난다는 표정으로 말했다. 고양이는 상희의 등장으로 아까부터 옷장에서 한 발자국도 나오고 있지 않았다.

상희가 돌아간 후 현주는 피곤함을 견디지 못하고 까무룩 잠이 들었다. 일어나니 피부가 한결 뽀얘졌고 코가 살짝 부어 있었다. 아직 음식이 남아 있는 듯 배 속이 뜨거웠고, 위액과 음식 냄새가 섞인 악취가 입에서 나는 것 같았다. 대추차 한 잔을 뜨겁게 우려먹으니 그제야 속이 가라앉았다. 차가 소화제라도 된 것인지 허기가 몰려왔다.

저녁 7시 15분 전, 현주는 약속한 식당을 향해 걸어갔다. 올해 진성을 다시 만나기 전에는 몰랐지만, 도심에 자리 잡은 빌라 단지의 골목 여기저기에는 근처 주민들만 아는 맛있고 저렴한 식당이 꽤 많았다. 그녀는 주택가에 살았기 때문에 이곳 골목까지 올 일이 많지 않았다. 진성과 함께 산 이후로 이 작은 동네에 대해 속속들이 알게 됐다. 편하게 가기 좋은 식당이나 술집, 오렌지 머핀이 맛있는 조용한 카페 같은 곳들을. 그리고 오래전부터 비어 있던 상가에 새로 어떤 가게가 입점하는지, 어느 도로에서 하수도 공사를 하고 있는지도 알게 됐다. 그녀가 경멸하는 고양이를 산책시키는 늙은 남자도.

부속 고기를 전문으로 파는 식당의 문을 열고 들어가자 맨 안쪽 창가 테이블에 진성과 지오가 앉아 있었다. 아이는 스트라이프 반소매에 하얀 면 반바지를 입었다. 옷은 얼룩 하나 없이 깔끔했고, 잘 다림질되어 마치 새것처럼 보였다. 아빠를 만난다는 설렘에 정말로 새 옷을 꺼내 입었는지도 몰랐다.

"안녕."

현주는 허리를 살짝 숙여 아이의 수줍은 눈을 바라봤다.

"아빠의 가장 친한 친구야."

진성이 아들에게 현주를 소개했다. 그에게 전에 없던 생기가 돌고 있었다.

지오는 떨떠름해 하면서도 예의 바르게 인사했다. 양 볼이 붓으로 칠한 것처럼 연붉었다. 아빠의 여자친구는 처음이라 아무래도 어색할 것이다.

현주는 아이와 가까워지고 싶다는 생각이 들었다. 아마도 지오가 놀라울 정도로 진성과 닮았기 때문일 것이다. 아래로 살짝 휘어진 작은 코야말로 유전의 신비를 보여주었다. 아이도 자라면서 진성처럼 콧부리가 큰 곡선을 그리며 꺾일까. 아직은 저렇게 작고 앙증맞은데 말이다. 진성처럼 머리카락도 얇고 부드러운 밀크초콜릿 색을 띠었다. 넓고 툭 튀어나온 이마는 아마 엄마를 닮았으리라. 현주는 그 이마의 가장 튀어나온 부분을 두들겨보고 싶은 욕구가 일었다. 그녀의 이마는 진성처럼 납작한 데다 눈썹뼈가 돌출된 탓에 가운데가 우묵했다. 현주는 그것을 어렸을 때부터 콤플렉스로 여겼다.

진성이 뒷고기 이 인분과 양념갈비 일 인분 그리고 칡냉면을 시켰다. 뒷고기와 칡냉면이 먼저 서빙됐다. 지오는 검은 냉면을 처음 본다며 신기해했다. 종업원이 뒷고기를 빠르게 구워 진성과 현주의 그릇에 담아주었다. 곧바로 달짝지근한 갈비를 불판에 올렸다. 아이는 뒷고기가 너무 기름지다며 먹지 않았다.

"뒷고기 정말 안 먹을 거야?"

진성이 집게로 잘 익은 코밑 살을 집어 아이의 눈앞에 흔들며 물었다.

"네, 싫어요."

"너무 맛있어서 사람들이 이렇게 뒤로 주고받았다고 해서 뒷고기인데."

진성이 집게를 들지 않은 손으로 지오의 옆구리를 찌르며 장난을 쳤다.

"…그릇에 올려주세요."

지오가 그릇을 내밀었다. 아이의 단호한 태도에 당황한 진성이 "꼭 먹어야 하는 건 아니야"라고 말하며 고기를 작게 잘라 접시에 놓아주었다. 아이는 숟가락에 고기를 올리고 빤히 보다가 단숨에 입에 넣어 삼켰다. 그러고는 얼굴을 잔뜩 찌푸리며 외쳤다. "우웩!"

"지오야, 씹고 삼켜야지. 지오는 갈비 먹자, 갈비."

진성은 서둘러 갈비의 탄 부분을 가위로 도려내고 잘게 잘라 아이의 앞접시에 놓았다.

물을 마신 후에도 미간이 펴지지 않는 지오에게 진성이 맛이 없냐고 물으며 웃음을 터뜨렸다. 장난스러운 상황이었지만, 현주의 눈에는 아이가 아빠의 말을 거역하는 걸 두려워하는 것처럼 보였다.

진성이 지오를 위해 냉면 면도 잘게 잘랐다. 아이는 참새 부리 같은 작고 얇은 입술을 벌려 고기를 먹고 냉면은 숟가락으로 퍼 먹었다. 지오가 식도에 길게 붙은 면이 위 속으로 빨려 들어가는 느낌을 싫어해서 면이 질긴 냉면은 꼭 이렇게 먹는다고 진성이 현주에게 설명했다. 자신도 어렸을 땐 그랬다며 흐뭇해했다.

아이는 정말 조금 먹었다. 아니면 자리가 불편해서 입이 짧아진 건지도 몰랐다. 밥 먹는 내내 아이답지 않게 아무것에나 호기심을 보이지 않았으며, 입을 열기 전에 자신이 나서도 되는 상황인지 먼저 살폈다. 그 모습이 꼭 진성 같았다. 진성도 어렸을 때 이렇게 얌전한 아이였을까? 그녀는 자신이 모르는 진성의 어린 시절을 지오를 통해 보는 것 같았다.

지오는 유치원에서 있었던 일을 시간대별로 읊고, 그동안 엄마와 무엇을 하며 놀았는지 등 일상적인 이야기를 늘어놓았다. 주로 구워지는 고기를 곁눈질하거나 진성을 바라보며 말했다. 아이는 아빠의 애인과 눈을 맞추지도, 질문을 하지도 않았다. 대신 기민하게 눈동자를 굴리며 눈치를 살폈다. 눈동자가 크고 흰자의 면적이 작아 꼭 고양이 눈 같았다. 저 작은 머릿속에서 일사불란하게 눈앞의 낯선 여자와 아빠의 관계를 이해하려 애쓰고 있을 것이다. 지오는 나름의 계산이 끝난 듯, 현주를 이모라고 부르며 드디어 말을 붙여왔다.

"이모는 무슨 일 해요? 아빠처럼 공부해요?"

그녀가 잠시 숨을 들이켰다.

"아니, 지하철을 운전해."

"지하철이요? 저도 타본 적 있어요! 근데 운전사가 없었는데?"

"맨 앞 칸에 기관사가 타, 버스 기사처럼."

내색하지 않았지만 지오는 그녀의 직업에 큰 흥미를 느끼는 것 같았다. 보통 그 나이대의 아이들은 철로 된 기계, 특히 큰 소리를 뿜어내며 움직이는 탈것에 눈을 반짝이곤 한다. 게다가 부모 모두 가본 적도 없는 나라의 언어를 공부하니, 지하철 기관사라는 직업은 지오에게 색다르게 다가왔을 것이다.

현주는 아이와 대화를 끌어나갈 적절한 다음 말을 찾지 못했다. 그녀도 나름대로 낯을 가렸다. 고작 육 년을 산 아이와 무슨 이야기를 나눠야 할지 알 수 없었다. 게다가 진성도 낯설게 보였다. 진성은 완벽하게 아빠의 역할을 수행하고 있었다. 그녀로선 처음 보는 모습이었다.

"지하철을 언제 타봤어? 엄마랑?"

젓가락으로 냉면만 뒤적거리는 그녀를 대신해 진성이 아이에게 질문했다.

"엄마랑 할머니랑. 어디 갔는지는 기억 안 나요."

현주는 진성이 앞접시에 놓아준 자기 몫의 고기를 해치우는 데 신경을 쏟는 척했다. 씹을 때마다 어금니를 부드럽게 감싸는 지방이 많은 고기였다. 고소한 뒷맛이 꼭 생 버터 같았다.

지오가 화장실에 가고 싶다고 했다. 이곳 화장실은 옆의 빌라 1층에 딸려 있었다. 진성이 아이와 함께 밖으로 나가고, 그녀는 찬물을 들이켰다. 문득 자신이 아이를 즐겁게 해줄 방법을 전혀 모른다는 걸 깨달았다. 하긴 애인의 자식은 처음이니까. 현주는 아이가 몇 살 때부터 온전한 기억을 갖는지 궁금했다. 오늘 일이 그리 인상적이지 않다면, 초등학교에만 들어가도 새까맣게 까먹을 것이다. 그렇지만 그녀 자신은 얼굴에 주름이 자글자글한 나이가 돼도 이날을 기억할 것이다.

부자가 돌아오고 머지않아 식사가 마무리됐다. 함께 집으로 걸어가는 길에 아이는 아빠의 집에 현주와 함께 간다는 게 영 어색한지 진성의 손을 꼭 잡고 말없이 걸었다. 겉으로는 당황해하거나 서운해하거나 뾰로통하지 않았다. 그저 이 상황을 이해하려는 듯 궁리하는 표정으로 그녀를 찬찬히 살폈다. 그리고 그녀와 한 걸음 정도의 거리를 두고 싶어 했다. 아이에게 관찰당하는 건 기분 나쁘지 않았다. 그녀도 티 나지 않도록 노력하며 아이의 옆얼굴을 힐끗거렸다. 둥글게 부푼 볼의 피부는 언뜻 보기에도 무척 부드러워 보였다. 어느 순간부터 그녀는 걸음을 느리게 해 부자보다 조금 뒤처져 걸었다. 밤거리에 지오의 짐이 담긴 작은 캐리어를 끄는 소리가 요란하게 울려 퍼졌다. 동그란 뒤통수와 나풀거리는 머리카락이 아이의 연약함을 보여주었다. 현주는 본 지 몇 시간 되지 않았지만 지오가 씩씩한 아이는 아니라고 생각했다. 그러나 아이의 마음속에 깊이를 알 수 없는 우물이 파여 있는 것 같아서 마음이 쓰였다.

❦

집에 도착해 현주가 먼저 씻었다. 온몸에 밴 고기 남새를 말끔히 씻어내고 화장실에서 나왔을 때 지오는 옷장 앞에서 고양이의 관심을 끄느라 여념이 없었다. 진성은 혹시라도 모리가 아이에게 발톱을 보일까 봐 노심초사하며, 현명한 심판처럼 지오와 고양이 사이를 중재했다. 지오는 고양이가 하악질을 한다는 행위를 잘 이해하지 못했다. 모리가 성질이 뻗쳐 뱀처럼 소름 끼치는 소리를 내는 걸 앙탈로 생각해 계속 꼬리를 잡고 싶어 했다. 그러면 진성은 "고양이가 거기는 만지지 말아 달래"라고 말하며 아이의 손을 모리에게서 떼어냈다. 고양이는 순식간에 남자아이의 장난감이 됐다. 그래도 분별력이 있는지 그녀와 진성에게처럼 공격성을 보이지 않았다. 하악질을 할 때도 콧등을 찡그려 낮게 그르렁거릴 뿐이었다. 아이가 말을 걸면 적절히 대응했고 만지는 손에 상처가 나지 않도록 발톱을 숨기고 약하게 쳐내는 관대함을 보여주었다.

현주는 드라이기 대신 젖은 머리를 수건으로 꾹꾹 눌러 말리며 아이와 고양이가 불통하는 장면을 바라봤다. 모리는 새끼를 낳아봤다. 포도송이만 한 새끼의 털을 정성껏 핥아주고, 때마다 젖을 내어주고, 단독행동을 하는 새끼의 목덜미를 느슨하게 물고 와 혼쭐을 내기도 했을 것이다. 그러나 모리는 어미였다기에는 너무 작고 연약해 보였다.

　모리는 지오가 진성과 함께 샤워하러 화장실에 들어가기 전까지 훌륭하게 화를 참았다. 아이가 옷장 앞을 떠나자 그제야 네모난 통 식빵처럼 네 다리를 몸통에 숨긴 자세를 취하곤 '끄응'하고 신음을 토했다.

　지오가 온 첫날 밤 현주는 옷장이 있는 작은방에 토퍼를 깔고 혼자 잤다. 푹신하고 청결한 새 토퍼였다. 지오가 그 방에서 자고 싶어 했지만, 토퍼는 일인용이었다. 아이는 큰방의 문을 활짝 열어둔 채 새벽에 자신에게 오고 싶으면 언제든 오라고 모리에게 속삭였다. 잠자리가 불편했지만, 그녀는 금방 잠이 들었다. 한두 시간의 잠으로는 풀리지 않는 피로감이었다. 진성과 동거를 시작하며 더 크게 피로를 느끼고 있었다. 이전에는 출퇴근 시간이 빠듯할 경우, 회사 숙소를 자주 이용했다. 그때는 집이라는 공간에 애착이 없었지만 이젠 집이 주는 안락함을 알아버렸고, 진성과 함께 밥 먹는 시간이 좋았다. 진짜 집이 생긴 기분이었다. 그래서 잠깐 몸을 누일지라도 숙소가 아닌 집으로 돌아오곤 했다.

🐾

　새벽에 모리는 여느 날처럼 현관문 앞에서 울며 앞발로 문짝을 긁어댔다. 요즈음 녀석은 집을 벗어나고 싶어 했다. 중성화를 했지만, 여름의 발정기를 몸이 기억하는 것 같았다. 받아줄 수컷 고양이도 없을 텐데 말이다. 모리는 예쁘고 매력적이지만, 배 속에 자궁이 없다.

모리는 모든 루틴을 수행한 다음 현주 곁으로 와 잠을 청했다. 그런데 아침에 일어나니 그녀 혼자였다. 그녀는 토퍼 곳곳을 손바닥으로 더듬거리며 모리가 있었던 흔적을 찾아봤다. 하지만 모리의 온기는 온데간데없고, 토퍼 위에는 녀석의 배에 난 하얀 털만 군데군데 박혀 있었다.

진성과 지오가 나란히 머리에 까치집을 하고 방에서 나왔다. 그녀는 이미 세수를 마치고 화분에 물을 주고 있었다.

"지오야, 안녕, 잘 잤어?"

현주가 나긋한 목소리로 인사를 건넸다.

"아니요. 모리가 너무 시끄러웠어요."

지오는 어제보다 목소리에 힘에 들어갔다. 진성이 부스스 웃으며 큰 손으로 아이의 머리를 헝클였다.

"모리가 너무 조용하다고 불평할 땐 언제고."

현주는 마가린을 발라 식빵 네 개를 구웠다. 그리고 얼마 전 결혼한 진성의 대학원 동기에게 선물 받은 살구잼을 아낌없이 접시에 덜었다. 지오는 얌전히 자신의 몫을 먹었다. 식탁 앞에서 눈동자를 이리저리 굴리는 등 불안을 표출하는 자잘한 행동이 확연히 줄었다. 먼저 식사를 마친 진성이 지오를 등원시킬 준비를 빠르게 마쳤다. 깨끗한 아이의 얼굴과 반대로, 그는 고양이 세수만 하고 물을 묻혀 머리를 대강 정리했다. 레스토랑에 출근하기 전에 학교에 잠깐 들러야 한다고 했다.

"지오를 부탁해."

진성이 눈으로는 휴대폰으로 지하철 시간을 확인하며 그녀에게 말했다. 이 동네에서 가장 가까운 역은 버스를 타고 이십 분을 나가야 했다. 버스가 바로 오지 않으면 정말이지 낭패였다. 그래서 늘 지하철 시간을 기준으로 삼십 분 정도 일찍 나서야 했다.

"응, 다녀와."

아직 토스트를 먹고 있던 현주가 현관 쪽으로 고개만 빼꼼 내밀며 대꾸했다. 오늘 그녀는 휴무였다. 현주는 어젯밤 지오를 유치원에 데려다주겠다고 먼저 말했다. 진성이 아르바이트를 마치고 저녁 늦게 돌아오기까지 지오와 둘이 함께 시간을 보내고 싶었다. 지오의 원래 집과 달리 이곳엔 통원 버스가 다니지 않아서 며칠간은 직접 유치원에 데려다줘야 했다.

"이것만 먹고 우리도 출발하자."

그녀가 손에 든 토스트를 가리켰다. 식빵의 가장자리까지 마가린이 덕지덕지 발려 있었다.

"그런데 이모, 그거 안 느끼해요?"

"느끼해. 근데 느끼한 게 스트레스 완화에 도움이 되거든."

지오는 코를 찡그리며 토하는 시늉을 했다. 토스트를 절반도 먹지 않았다.

"점심 전까지 배고프지 않겠어?"

"빵이 꼭 마분지 같아서 먹기 싫어요."

제과점이 아닌 마트에서 사 온 대용량 샌드위치용 식빵이어서 확실히 빵이 얇고 버석해 맛이 덜했다.

"마가린을 바르면 맛있어질 텐데."

지오가 고개를 저었다. 현주가 남은 빵 조각을 반으로 접은 다음 과장된 표정을 지으며 한입에 삼켰다.

유치원까지는 거리가 꽤 멀었다. 옆 좌석에 아이를 태우고 운전하는 게 처음이라 그녀는 약간 긴장이 됐다. 지오는 언젠가 엄마와 먹었던 맛있는 음식에 대해 이야기해주었다. 유치원에 도착해 아이를 내려주며 앞머리를 가지런히 정리해주었다. 지오가 자연스럽게 손을 높이 들어 어른의 손을 찾았다. 유치원에 들어갈 때는 꼭 손을 잡아야 한다는 듯이. 지오는 유들유들해 보이는 교사에게 익숙하게 인사하고 현주를 이모라고 소개했다. 현주는 교사에게 짧게 목례한 후 지오에게 손 인사를 했다.

차에 돌아와 시동을 켜고 사이드 브레이크를 풀었다. 오랜만에 차분히 카페에 앉아 방송 멘트를 짤 계획이었다. 근처에 아는 카페가 없어 우선 가까운 호수공원 주차장에 차를 댄 후 골목을 돌아다녔다. 매미가 지겹게 울어대는 여름이었다. 얼마 걷지 않아 이마에 송골송골 땀이 맺혀서 다른 선택지는 생각하지도 않고 가까이에 있는 평범한 외관의 카페로 들어갔다. 사장으로 보이는 젊은 남자가 카운터에 앉아 있었다. 아침이 부실했으므로 배를 채우기 위해선 밀도 높은 토피넛 라테가 좋을 것 같았다. 늘 마시던 대로 따뜻한 음료를 주문했다가 차갑게 해 달라고 말을 바꿨다.

현주는 손바닥만 한 작은 노트와 도서관에서 빌린 책 몇 권을 펼쳐놓았다. 그러나 손은 움직이지 않았다. 귀로는 주변에 삼삼오오 모여 앉은 삼사십 대 여자들의 대화를 엿들었다. 하릴없이 아이를 기다리고, 또 다음 스케줄을 위해 아이를 픽업하는 일이 반복되는 하루를 보내는 학부모들이었다. 그녀의 이모도 그랬다. 순간 그녀는 의식이 과거로, 더 먼 과거로 회귀하는 걸 느꼈다. 터널에 진입한 것처럼 사위가 어두워지고, 카페의 정경으로부터 혼자만 분리되는 것 같았다. 몸 한가운데에 있는 점을 향해 몸이 줄어들며 다리가 짧아지고 가슴은 평평해졌다. 어린 그녀는 그 터널 속에서 빨갛고 작은 무당벌레 같은 경차에 타고 있었다. 매끈한 피부의 여자가 옆에서 운전을 하고 있었고, 현주의 허리에는 안전벨트가 굳게 채워져 있었다.

🐾

이모는 피부가 고왔으며 광대가 살짝 돌출돼 얼굴형이 꼭 하트 모양 같았다. 그래서 그런지 이모를 보면 복숭아가 연상됐다. 늘 어깨에 닿지 않는 단발머리를 단정하게 반만 묶었다. 현주는 가끔 이모가 자신의 엄마가 되는 상상을 했다. 맑게 웃는 이모를 볼 때마다 현주는 그녀가 아이를 낳았다면 무척 자애로운 어머니가 됐을 거라고 생각했다.

이모는 현주의 하교 시간에 맞춰 빨간색 경차를 끌고 와 교문 앞에서 기다렸다. 영어 학원과 논술 학원은 같은 건물에 있었다. 이모는 항상 1층의 카페에서 오미자 에이드를 마시며 수업이 끝나길 기다렸다. 이모는 착실하게 현주를 그다음, 그다음 학원이 있는 곳으로 데려다주었다. 경차로 학원가 골목을 후비듯 달리면서도 덩치가 커 위협적인 SUV와 앞코가 긴 비싼 세단을 요리조리 잘도 피해 다녔다. 이모의 경차는 작은 만큼 날렵해 어디든 비집고 들어갈 수 있었다. 간혹 큰 차들 사이에 숨어 있다시피 했기 때문에 현주는 이모의 차를 찾기 위해 구석구석 살피는 수고를 해야 했다.

월요일과 목요일에는 미술 학원을, 격주 금요일에는 스피드스케이팅 수업을 들었고, 주말에는 승마를 배웠다. 그 외에도 미처 다 기억나지 않는 많은 학원을 다녔다. 결과적으로 지금 그녀가 할 수 있는 것은 아무것도 없다. 그러나 스피드스케이팅과 승마는 그녀가 기관사가 되는 데 어느 정도 영향을 미쳤을지 모른다. 정확히 짚자면, '달린다'라는 맹렬한 감각과 그것을 향한 욕구는 이모가 일깨워준 것이다.

부모가 집을 비우는 날에 이모는 종종 맥도날드에서 스낵랩과 맥너겟을 포장한 다음 현주를 조수석에 태우고 한강변의 고속도로를 달렸다. 현주는 스낵랩의 토르티야를 야금야금 뜯어 먹으며 일렬로 서 있는 가로등이 빠르게 자신을 스쳐 지나가는 것을 느꼈다. 그녀가 속도를 물으면 이모는 늘 시속 110이라고 답했다. 하지만 현주는 이모가 천천히 속도를 올려 130, 혹은 그 이상까지 달렸다는 것을 알았다. 이모는 무엇이 그렇게 답답했을까. 현주는 130의 속도가 전혀 무섭게 느껴지지 않았다. 창문을 열어도 강물 냄새가 나지 않았다. 왼쪽에 펼쳐진, 밤하늘을 비추는 납색의 강은 그림처럼 느껴질 뿐이었다. 강하게 부는 바람이 그녀의 오른쪽 어깨와 팔뚝, 목덜미를 스칠 때면 흐릿한 형체를 가진 줄 알았던 자신이 아주 묵직하고 경계가 명확한 몸을 가졌다는 사실을 인식할 수 있었다.

드라이브를 즐길 때 그들은 거의 대화를 하지 않았다. 바람 소리가 귀에 내리꽂혀 먹먹하기도 했고, 지금이 아니면 할 수 없는 생각이라도 하는 것처럼 이모의 표정이 무척 근엄했기 때문에 현주는 말을 걸 엄두가 나지 않았다.

그런데 그날은 이모가 이해할 수 없는 말을 꺼냈다.

"현주야, 인생의 꾸러미에는 마늘과 초콜릿이 들어 있대. 현주는 마늘을 먼저 먹은 것 같아, 초콜릿을 먼저 먹은 것 같아?"

이모가 말한 '인생의 꾸러미'는 마치 우화 속에 나오는 마법의 물건 같았다. 하지만 그 질문은 어린 현주를 꽤 고심하게 했다.

"이모는 뭘 먼저 먹었는데요?"

그녀는 반문으로 답을 했다. 애매한 질문에는 우선 답을 유보하는 것이 현명하다는 걸 알고 있었다.

"이모는 마늘. 아직도 마늘. 아마… 그다음에도 마늘."

현주는 이모가 꺼내 먹은 마늘에 대해 생각했다. 배 속의 아이를 두 번이나 잃은 슬픔은 어린 그녀에게는 와닿지 않는 커다란 고통이었을 것이다.

"아직도 마늘이면, 어른이 될 때까지도 초콜릿이 한 번도 안 나온 거잖아요. 만약 꾸러미에 마늘만 있으면 어떡해요? 꾸러미가 불량품일 수도 있잖아요. 정말 마늘을 먹어도 먹어도 초콜릿이 안 나오면 어떡해요?"

"그건… 걱정하지 마, 현주야. 둘 중 하나만 먹는 사람은 없어. 먹는 순서만 다를 뿐 누구든 마늘과 초콜릿을 다 먹게 돼. 이모는 곧 초콜릿이 나올 것만 같아. 마늘만 나오는 꾸러미는 없다는 걸 이모가 증명할 거야."

그렇게 말하고 이모는 엑셀을 밟고 있는 오른발에 조금 더 힘을 주었다. 이모는 속도에 심취했다가 불현듯 옆을 돌아봤다. 그러곤 놀라며 메마른 목소리로 말했다.

"너, 여기 있었어?"

초콜릿을 먹겠다던 이모는 교통사고로 죽었다. 결국 이모는 초콜릿을 맛보지 못한 걸까? 이모는 현주의 가장 친한 친구였지만, 동시에 속을 알 수 없는 사람이었다. 어린 그녀의 눈에 이모는 자신만의 견고한 세계가 있는 것처럼 보였다. 혹은 정상 범주라 일컬어지는 바깥 세계로부터 추방돼 어쩔 수 없이 고립된 건지도 몰랐다.

현주는 이모가 좋았지만, 그날처럼 스스로를 과속에 내맡기고 싶은 욕구를 조절하지 못하는 이모를 볼 때면 두려웠다. 조수석에 늘 자신이 타고 있었기 때문이었다.

🐾

차가운 걸 마시니 목구멍이 가렵고 자꾸만 헛기침이 났다. 현주는 따뜻한 더치커피 한 잔을 더 시켰다. 불고기가 들어간 샌드위치를 함께 주문해 점심을 해결했다. 결국 카페에서 글자 한 톨 쓰지 못했다. 머릿속이 정체됐지만, 뚫을 의지가 생기지 않았다.

집으로 돌아와 청소기를 돌리고 홑청을 세탁했다. 고양이의 털은 정말 상상 이상으로 많이 빠졌다. 그녀가 바삐 집안일을 하는 사이 모리는 반쯤 열린 작은방의 토퍼 위에서 몸을 말고 있었다. 이제 작은방까지 자기 영역이라고 생각하는 것 같았다. 집안일을 마무리하고 그녀는 큰방의 침대에 누웠다. 베갯잇에서 은은하게 지오 냄새가 났다. 넷플릭스에 접속해 쉼 없이 스크롤을 내렸다. 애써 고른 영화의 십분의 일도 보지 못하고 조금 눈을 붙였다.

현주는 4시에 지오를 데리러 갔다. 유치원에서 특성화 과목을 추가로 들으면 그 시간대에 수업이 끝난다고 지오가 설명했다. 현주는 여섯 살짜리가 너무 많은 것을 배워도 좋지 않다고 생각했다. 둘은 작은 아울렛 지하에 있는 서점에 갔다. 그녀는 조르주 상드의 소설을 한 권 샀다. 진성이 도서관에서 빌려와 함께 읽었던 책이었다. 표지에 남녀의 입술이 닿는 순간을 그린 유화 그림이 마음에 들어 소장하고 싶었다. 진성은 그녀의 이런 구매욕을 이해하지 못할 것이다. "책은 읽고 싶은 거지, 갖고 싶은 게 아니잖아?" 그는 그렇게 말하곤 했다. 진성은 읽고 싶은 책이 생기면 동네의 시립도서관과 대학교 도서관을 이용했다. 원하는 책이 없으면 공유 자전거를 타고 옆 동네 시립도서관까지 가는 수고도 마다하지 않았다. 신작의 경우 시간이 걸리더라도 도서관에 희망 도서를 신청해 빌려 읽었다. 시립도서관의 이북 서비스도 알차게 활용했다. 간절히 소장하고 싶은 책이 생길 때만 며칠을 고민한 끝에 구입했다.

지오는 만화책을 두 권 골랐고, 현주가 계산을 끝내자 고맙다고 인사했다. 동네로 돌아와 집 근처 식료품 할인점에서 장을 봤다. 그녀가 지오를 맨 처음 본 곳이었다. 현주는 지오에게 다음 주 월요일까지 먹을 간식을 마음껏 고르라고 했다. 아이는 딱 세

봉지만 골라 왔다. 그녀는 자신이 먹을 거라고 둘러대며 다른 간식들을 카트에 넉넉하게 담았다.

집에 돌아와 현주는 오므라이스를 만들었다. 대충 흉내를 낸 약식이었지만, 다행히 지오는 잘 먹어주었다. 아이는 오늘 하루 있었던 일을 나열하면서 불쑥 궁금증이 생기면 질문했다. 현주는 들어주고 답하는 게 전부였다. 하루를 같이 보낸 것만으로도 부쩍 마음과 마음이 가까워진 느낌이었다.

현주는 지오를 관찰하며 한 가지 흥미로운 사실을 알게 됐다. 아이는 셋이 함께 있으면 긴장했다. 자신과 아빠 그리고 아빠의 애인. 진성과 둘이 있을 땐 불안해했다. 이전에 지오가 진성을 만나는 날은 불규칙했다. 아빠가 마음이 내킬 때만 자기를 만나준다고 생각한 것 같았다. 그건 아이에게 엄청난 두려움이었다. 어쩌면 아빠를 오랫동안 못 볼 수 있고 아예 못 보게 될지도 모른다는 불안에 시달린 것이다. 그러나 그녀와 둘이 있을 땐 신기하게도 편하게 느끼는 것 같았다. 물론 처음엔 어미에게 버려진 새끼 고양이처럼 잔뜩 경계했지만, 금방 긴장을 풀었다. 이젠 그녀를 아빠의 시간을 뺏어가는 사람으로 생각하지 않았다. 현주와 함께 있으면 진성이 곧 그리고 꼭 돌아올 거라고 믿는 것 같았다.

진성이 돌아오고 그들은 곧장 잠자리에 들었다. 역시 진성과 지오가 큰방에서 잤고 현주와 모리는 작은방에서 잤다. 지오는

잠자기 전에 옷장 앞에 무릎을 꿇고 앉아 기도하는 자세를 취했
다. 그러곤 모리에게 제발 새벽에 조용히 있어 달라고 부탁했다.
모리는 진성의 니트 위에 누워 초록색 광채를 내뿜는 눈을 깜빡
거릴 뿐이었다.

9

금요일, 지오가 집에 온 지 삼 일째 되는 날이었다. 현주는 지오에게 인사도 하지 못하고 아침 일찍 출근했다. 출근 준비를 하는 그녀의 기척에 화들짝 놀라 옷장으로 뛰어 들어가는 모리와 마주쳤을 뿐이었다. 10시에 출근하는 진성이 지오를 유치원에 등원시켰다. 두 시간 초과근무를 하게 돼 진성의 퇴근이 늦어졌다. 그를 대신해 현주가 귀가하는 길에 아이를 하원시켰다. 그녀는 자신과 진성이 육아 노동을 효율적이고 공정한 방식으로 배분하는 젊고 현명한 부부 같다고 생각했다.

진성이 오기 전까지 지오는 옷장 앞 토퍼에 누워 유튜브를 봤다. 씻고 나온 현주가 그 옆에 모로 누웠다. 잠시 눈을 붙일 요량이었지만 잠이 쉬이 오지 않았다. 지오가 사이드 버튼을 틱 눌러 휴대폰 화면을 꺼버리고 자신의 배 위에 올려두었다.

"이모, 집에 고양이가 있는 건지 인형이 있는 건지 모르겠어요."

지오는 여전히 모리가 나오길 기다리고 있었다. "새벽에는 시끄럽게 울어서 괴롭히지만 낮에는 인형처럼 옷장에 들어가 잠만 자잖아요."

"음, 고양이니까."

현주가 낮고 나른한 음성으로 답했다. 깊이 고민하고 내뱉은 말은 아니었다.

"고양이는 원래 그래요? 새벽에 도대체 왜 현관을 향해 우는 거예요?"

"고양이는 원래 인간보다 일찍 하루를 시작해. 현관을 보고 우는 건 적응하지 못해서 그런 게 아닐까? 우리를 만나기 전에 살았던 집을 그리워하는 걸 거야."

"그렇다면 불쌍해요."

"그래도 마음껏 울어서 다행이야. 보고 싶은 걸 참고 울지도 못하면 벌 받는 거랑 다를 게 없거든."

지오가 그녀를 향해 돌아눕자 휴대폰이 스르르 토퍼 위로 떨어졌다. 창밖으로 보이는 하늘이 감색으로 물들어가고 있었다. 큰 인간과 작은 인간도, 고양이도 짧은 단잠에 빠져들었다.

진성이 오랜만에 공들여 저녁을 차렸다. 어제 현주가 장을 보며 사 온 새송이버섯으로 간장 조림을 만들었다. 갓 지은 흰쌀밥에 벌집 모양으로 칼집을 낸 버섯 조림과 노른자 그리고 쫑쫑 썬 쪽파까지 올리자 꽤 그럴싸한 덮밥이 완성됐다. 그는 두부 된장찌개를 나르며, 식탁에 나란히 앉아 있는 지오와 현주의 모습이 조금도 어색하지 않다고 느꼈다.

"버섯을 잘 먹는구나."

현주가 버섯을 자르지도 않고 한입에 욱여넣으려는 지오에게 말했다. 아이는 양 볼이 둥글게 늘어나선 고개를 작게 끄덕였다.

"맛있잖아요. 게다가 버섯은 몸에 좋으니까요."

"지오 나이였을 때 난 버섯을 싫어했어. 식감이 별로였거든."

그녀가 어렸을 때 당근과 콩나물, 느타리버섯을 함께 볶은 반찬이 식탁에 자주 올라왔다. 버섯의 식감은 꼭 사람 피부를 씹는 것 같았다.

"지금은 잘 먹잖아요."

"응, 어느 순간부터 먹고 있더라고. 알아채지도 못했어."

"어른이 돼서 그런 걸 거예요."

현주가 젓가락질을 멈췄다. 그녀가 온화하게 미소 지으며 지오를 바라봤다. "정말 어른이 된 걸까, 나는."

"법적으로 어른이 된 지 구 년째니까 어른으로서는 아직 아홉 살이네."

둘의 대화를 가만히 듣고 있던 진성이 말했다.

"그런 셈법이라면, 서른을 어른이라고 하자. 그러면 마이너스

한 살. 아직 태어나지도 않았어, 난."

현주가 태연히 맞받아쳤다.

"그럼 여기에 어른은 한 명도 없는 거네요."

아이의 말에 현주와 진성은 웃지 않을 수 없었다.

설거지를 미뤄두고 근린공원에 나갔다. 지오와 진성은 캐치
볼을 했다. 현주는 땀을 흘리고 싶지 않아 스탠드에 앉아서 부자
를 바라보기만 했다. 짧은 운동이었다. 돌아오는 길에 지오가 뛰
듯이 걸어갔다. 현주는 바람에 팔랑팔랑 나부끼는 작은 이파리
같은 지오가 넘어지지 않을까 걱정했지만, 아이는 절대 넘어지지
않았다.

🐾

토요일 새벽에 사나운 소나기가 쏟아졌다. 창문은 물방울이
그리는 투명하고 하얀 빗금으로 빈틈없이 채워졌다. 하늘이 아
직 청보라색일 때 모리는 큰방과 작은방을 왔다 갔다 하며 울어
댔다. 마치 인간들에게 비를 알리려는 것 같았다. 현주가 눈을 떴
을 때 이미 비의 기세는 약해져 있었고, 하늘은 파란색이 보라색
을 집어삼켜 전형적인 푸르뎅뎅한 아침의 빛을 띠었다.

주말에는 지오가 유치원에 가지 않으니 무려 한 시간 하고도
삼십 분을 더 잘 수 있었다. 진성이 아침부터 에그타르트를 먹고

싶다고 했다. 그는 비가 온 후에는 꼭 기름지고 단 걸 먹고 싶어했다. 집 앞에 한 블록을 사이에 두고 나란히 있는 두 프랜차이즈 제과점에서 파는 에그타르트가 아닌, 녹색 광선이라는 카페에서 파는 것을 의미했다. 그 카페의 에그타르트는 셸이 바삭하고 기름진 페이스트리 타입이었고, 바닐라빈이 콕콕 박힌 필링은 커스터드 맛이 강했다. 쉽게 물리는 맛이었지만, 첫입은 언제나 기분을 부드럽게 만들었다.

녹색 광선은 그들이 최근에 알게 된 카페였다. 집 뒤의 산자락 아래에 위치해 족히 이십 분은 걸어야 했다. 처음 그 카페에 갔을 때 학생 시절 둘이 함께 봤던 에릭 로메르의 영화를 먼저 떠올렸던 현주와 달리, 진성은 대학생 때 읽은 쥘 베른의 소설을 떠올렸다. 진성이 그 소설을 읽게 된 것은 그 영화를 현주와 같이 봤기 때문이므로 결국 같은 것을 연상했다고 할 수 있었다. 고등학교 시절에 그들은 언젠가 꼭 실제로 녹색 광선을 하늘에서 보고 싶다는 이야기를 나눴다.

진성이 시간이 촉박하다며 지오와 둘이 다녀오겠다고 했다. 그녀가 11시까지 출근하는 날이었다. 녹색 광선 카페에 들렀다 출근하면 빠듯했지만 현주는 함께 가겠다고 했다. 그녀는 그 카페의 오렌지 머핀을 좋아했다. 9시에 일찍 문을 여니, 포장해서 출근하는 길에 먹는다면 아무 문제 없을 것이다.

야트막한 산이 카페의 뒷배경으로 펼쳐졌다. 마당에는 황금 빛 갈대가 듬성듬성 심겨 있었는데, 다 합해봐야 오륙 평 정도 돼 보였다. 마침 빵이 빼곡히 올려진 판들이 오븐에서 줄줄이 나왔 다. 빈속에 빵 기름 냄새를 맡자 그녀는 옅은 현기증을 느꼈다. 집 게손가락 사이로 압축하면 기름이 찍 나올 것 같은 빵들이 이미 위 속에 가득한 것 같았다.

가게를 보고 있는 사람은 어린 여직원 한 명이었고 타르트를 옮기느라 장갑을 끼고 있었다. 모서리가 원목으로 된 직사각형 쇼케이스 안에 샛노란 에그타르트가 하나씩 채워졌다. 현주는 시간이 촉박했지만, 직원을 재촉하고 싶지 않았다. 셋은 자리에 앉아 에그타르트가 전부 진열되길 기다렸다.

직원이 진열을 마치고 비닐장갑을 벗자 셋은 주문대로 향했 다. 진성이 에그타르트 세 개와 오렌지 머핀 하나를 포장해 달라 고 했다. 현주와 지오는 진열대 위의 다른 빵들을 구경했다. 키시 를 파는 베이커리 카페는 이 동네에서 처음 봤다. 여직원은 서툴 게 포스를 조작했다. 카드를 돌려주며 말했다.

"아직 뜨거워서 봉투 입구를 열어서 드릴게요. 타르트는 파이 지가 으스러지지 않게 조심하세요. 파이지가 얇아서 필링이 쉽 게 흘러나오거든요."

카페를 나와 마당 한구석에 고양이들이 있는지 살폈다. 카페 에는 밥과 깨끗한 물을 얻어먹는 길고양이가 대여섯 마리 있었다. 고양이들은 특유의 귀여움으로 사람들을 단골로 만들었으니 밥값을 제대로 하는 셈이었다. 고양이 집은 총 세 채였고, 그 앞에 '고양이한테 빵을 주지 마세요'라고 적혀 있었다. 작은 비닐하우스 같은 집 하나에 고양이 네 마리가 엉겨 붙어 서로 체온을 나누고 있었다. 성묘는 치즈 태비 한 마리였고 나머지는 아직육 개월도 안 된 조그만 새끼들이었다. 새끼 중 두 마리는 검정얼룩이었고, 한 마리는 갈색과 흑백이 섞인 삼색이였다.

지오가 쪼그려 앉아 고양이 집을 들여다봤다.

"호박색 고양이가 엄마인가 봐요. 그런데 어미랑 새끼랑 색이 다른데요?"

"그래도 어미일 수 있어. 고양이는 이중 자궁이거든…."

현주가 말하다 말고 입을 닫았다. 지오가 이해하기엔 너무 어려울 것 같아 그 이상의 말은 덧붙이지 않았다. 지오 역시 고양이에게 집중하느라 그녀의 말에 관심이 없는 표정이었다.

그때 야외 테이블 밑에서 턱시도 무늬의 새끼 고양이 한 마리가 튀어나왔다. 얼굴에 검은 커튼이 흘러내려와 있는 것 같았다. 그런데 형제들이 있는 집으로 들어가지 않고 밖을 서성이기만 했다. 진성이 비어 있는 두 집의 입구를 손가락으로 툭툭 쳤다. 인간의 신호를 이해라도 한 것처럼 그제야 턱시도가 옆의 집으로 들어갔다. 보살핌을 받고 있어서인지 사람을 무서워하지 않았다. 바짝 세워진 꼬리 아래에 엉덩이 털이 유독 하얗다고 지오가 킥킥댔다. 턱시도는 최대한 어미가 있는 옆집 쪽으로 엉덩이를 붙이고 누웠다. 진성이 주변을 둘러봤지만, 아비 고양이는 보이지 않았다.

지오는 새끼 고양이를 만지고 싶어 했다. 새끼들은 작은 인형 같았고 품에 안아보고 싶은 욕구를 불러일으켰다. 진성은 어미 고양이를 존중해야 한다고 타일렀다. 새끼를 건들면 저 호박 고양이가 사납게 변해 지오를 물지도 모른다고 덧붙이며 장난스럽게 지오의 팔을 살짝 깨물었다.

셋은 마당을 가로질러 카페를 나왔다. 젖은 땅에 신발 밑창이 자꾸만 달라붙어 찌걱거렸다.

"둘은 카페에서 먹고 천천히 나와도 됐는데. 집에 도착하면 다 식을 거야."

현주가 그의 손에 들린 종이봉투를 보며 말했다. 페이스트리의 기름이 묻은 부분이 반들반들 빛나며 반투명해져 있었다.

"그렇지만 너도 바로 가야 하고, 집에 있는 코코아랑 같이 먹고 싶기도 해. 작은 마시멜로가 들어 있는 것 말이야."

현주는 천천히 고개를 끄덕였다. 딱히 건강을 생각해서 그런 건 아니지만 그들은 예전부터 여름에도 뜨거운 음료만 찾았다. 그녀는 그에게서 오렌지 머핀을 받아 들고 인사를 했다.

"아침 먹고 우리는 도서관에 가려고. 여기 도서관 말고 시내에 문화센터를 겸하고 있는 큰 곳에."

"그래. 지오, 재미있게 놀고 이따 저녁에 보자."

"네. 이모, 운전 조심하세요."

그녀는 운전을 조심하라는 말이 새삼스럽게 들렸다. 비가 그치고 무섭도록 후덥지근해진 날씨에 그녀는 손에 들린 머핀의 열기를 전혀 느끼지 못했다.

🐾

퇴근하고 돌아온 현주가 씻고 로션을 바르기 위해 큰방 침대에 걸터앉았다. 지오의 물건들이 널브러져 있어 조금 낯설어 보였다. 옷을 갈아입기 위해 작은방으로 돌아오니 모리는 아까부터 창가 앞에 놓인 협탁 위에서 요지부동이었다. 모리가 무엇을 보는지 그 시선을 따라가 보니 창틀에 무언가 놓여 있었다. 잘게 다진 견과류가 담긴 그릇이었다. 그녀의 갑작스러운 기척에 놀라 모리가 다시 옷장 안으로 뛰어 들어갔다.

저녁을 먹으며 진성과 지오가 도서관에서 무엇을 하고 놀았는지 들려주었다. 어린이들을 위한 그림책 프로그램에 참여했다고 했다. 그 주제가 끝나자 그녀는 견과류 그릇에 대해 물었다.

"아, 새 모이요?" 지오가 새를 불러 모아 모리를 즐겁게 해주기 위해 갖다놓은 거라고 설명했다.

현주의 의문이 풀렸다. 언제 찾아올지 모를 사냥감을 놓치지 않기 위해 모리는 협탁 위에 앉아 꼼짝도 안 한 것이다.

"새 입장에선 조금 곤혹스럽겠는걸. 먹이를 먹기 위해서 자신을 노리는 천적의 매서운 눈빛을 이겨내야 하잖아."

진성이 지오가 식탁 위에 아무렇게나 올려둔 숟가락을 들어 그 아래에 수저받침을 가지런히 놓으며 말했다. 식탁보에는 이미 음식물이 잔뜩 묻었다.

"그래도 고양이는 두꺼운 창문 안쪽에 있는걸요. 게다가 모리는 새를 잡는 시늉도 하지 않아요. 눈으로 좇을 뿐이에요. 낮에 새들이 많이 온 걸 보면, 고양이가 별로 안 무서운 게 아닐까요?"

지오가 들떠서 말할수록 이상하게 그녀의 기분은 점점 더 가라앉았다.

"혼자 집을 지킬 모리에게 눈요깃거리를 준 거구나."

현주가 지오가 한 행위를 요약했다.

"네. 옷장에서 나올 수 있게 새를 선물한 거죠."

아이는 자신의 사려 깊은 행동에 대해 칭찬받고 싶어 했다.

"모리가 낮에도 옷장에서 나와 지오와 놀면 좋겠어?"

"네, 당연하죠."

"너 고양이를 좋아하지 않는구나."

생각의 필터를 거치지 않고 그녀의 입에서 튀어나온 말이었다. 지오의 얼굴이 살짝 붉어졌다. 왜 그런 말이 나왔는지 그녀도 알 수 없었다. 오늘 아이가 모리에게 새를 선물한 것 때문만은 아니었다. 며칠 동안 현주는 확실하게 느꼈다. 지오는 결코 고양이를 좋아하지 않는다는 것을. 그러나 지오가 고양이를 좋아하지 않는다는 사실이 왜 이렇게까지 기분을 상하게 하는지 그녀 자신조차 알 수 없었다. 머리가 조여 오듯 아팠다.

"에이, 지오만큼 모리를 생각하는 사람이 없는걸."

진성이 침묵을 깨며 아이의 뒤통수를 쓰다듬었다. 그녀에겐 눈길을 주지 않았다. 식사 내내 지오는 첫날처럼 눈동자를 굴렸고 다시 말수가 적어졌다.

밥을 다 먹은 후 지오는 그녀를 큰방으로 초대했다. 그녀의 마음에 들려고 노력하는 것처럼 보였다. 셋이 자기엔 침대가 비좁았지만, 그녀는 초대를 받아들였다. 지오를 가운데 두고 진성과 자려니 묘한 기분이 들었다. 그녀는 뒤척이다가 지오를 등지고 창문 쪽을 바라보며 누웠다. 오늘 밤 모리는 작은방에서 혼자 잘 것이다. 낮 내내 탐조 활동을 하느라 피곤했는지 새벽에 나오지 않았다. 현주가 먼동이 트기 전에 일어나 모리의 물그릇을 갈아 주었다. 부쩍 수면의 질이 떨어졌고 하루하루 총기를 잃어가는 것이 느껴졌다. 그녀는 작은방에 들어가 새 모이 그릇이 잘 보이도록 커튼을 걷고 새벽빛을 온 얼굴로 맞으며 토퍼에 누웠다. 동이 틀 때쯤에야 박새 한 마리가 소리 없이 찾아왔다.

10

일요일. 점심을 먹은 후 셋은 오래된 복숭아를 어떻게 처리할지 논의했다. 2주 전 동네를 찾아온 과일 트럭에서 저렴하게 산 천도복숭아였다. 현주와 진성이 부지런히 하루에 한 개씩 먹었지만, 아직 한 소쿠리나 남았다. 이제 너무 익어버려 과육이 물러졌다. 여기저기 멍이 들고 갈변해서 손이 가지 않았고 버리기엔 아까웠다. 진성이 인터넷으로 무른 복숭아를 처치하는 법을 검색하다가 복숭아 파이를 만들자고 했다.

진성이 스테인리스 볼에 박력분과 설탕, 소금을 넣고 섞었다. 칼로 버터를 큐브 치즈 크기로 썰었다. 살근살근 잘리는 생 버터를 보던 지오가 맛을 궁금해했다. 버터가 녹지 않도록 옆에서 휴대용 선풍기를 들고 있던 현주가 버터 한 조각을 아이의 입에 넣어주었다.

"맛있다!" 지오가 감탄했다.

하나만 더 먹으면 안 되냐고 해서 현주는 또 한 조각을 입에 넣어주었다. 그녀도 한 조각을 맛봤다. 진성이 "어어, 안 되는데" 하며 당황했다. 그는 계량을 중시했는데, 이렇게 먹다간 버터가 부족해질지도 몰랐다. 차가움이 식지 않은 단단한 버터는 달지 않은 아이스크림 같았다. 지오는 버터를 딱 한 번만 씹었다. 그리고 두 동강 난 버터를 혀로 천천히 녹여 먹었다. 그녀는 먹을 줄 안다며, 아이의 작은 머리통을 거칠게 쓰다듬었다. 지오는 헝클어진 머리카락을 바로 정리했다. 고양이가 혀로 털을 관리하듯 신속한 동작이었다. 그러곤 현주를 성대모사 하듯 목소리를 얇게 해 "느끼한 게 스트레스를 줄여주네요"라고 말했다.

진성이 반죽 재료와 버터를 주걱으로 섞었다. 버터가 알알이 뭉치기 시작하더니 이내 노란 반죽의 형태를 갖추기 시작했다. 문득 좁은 부엌의 간소한 조리 도구들이 그녀의 눈에 들어왔다. 진성은 이 작은 부엌에서 요리하는 시간을 즐겼다. 그녀도 진성이 부엌에 있는 것이 좋았다. 그는 레시피대로 정확한 재료를 넣기만 하면 대체로 예상한 맛이 그대로 나오는 요리가 좋다고 했다. 현주는 이사를 간다면 다음 집은 부엌이 넓었으면 좋겠다고 생각했다. 이제 그녀는 미래를 생각할 때 너무나 당연하게 진성을 고려하게 됐다.

나무 도마 위에 반죽을 놓고 반으로 자르고 겹치기를 반복해

한 덩어리로 뭉쳤다. 지오가 옆에서 밀가루를 덧칠했다. 그렇게 만든 반죽을 냉장고에 넣어 휴지했다. 그동안 현주는 복숭아를 손질했다. 복숭아의 씨를 제거하고 상한 부분을 도려냈다. 웨지 감자 모양으로 얇게 썰어 스테인리스 볼에 담아 진성에게 넘겼다. 그는 레몬즙과 설탕, 전분을 한데 넣었다. 바닐라 익스트랙이 없어 오래된 바닐라빈 파우더를 긁어모았다. 마지막으로 소금한 꼬집을 넣었다. 지오도 작은 손을 보태 복숭아와 설탕물이 잘 섞이도록 조물조물 주물렀다. 작은 부엌이 다디단 복숭아 향기로 가득 찼다. 복숭아에 설탕이 코팅돼 사탕처럼 표면에 윤기가 났다.

진성이 냉장고에서 휴지한 반죽을 꺼내 밀대로 밀었다.

"반죽 모양이 타원이잖아. 동그랗게 다시 잘해봐." 현주가 타박했다.

그는 다시 반죽을 뭉쳐 덩어리로 만들었다. "네가 해볼래?"

그녀가 진성의 품 안으로 들어가 밀대의 가운데 부분을 잡았고, 진성이 밀대의 바깥쪽을 잡았다. 네 개의 손이 마치 한 사람의 것처럼 움직이며 조심스럽게 밀대를 밀었다. 진성의 거친 콧바람이 현주의 귀를 간지럽혀서 그녀도 모르게 웃음이 나왔다. 반죽은 피자 도우처럼 동그랗고 균일하게 밀렸다. 현주가 불현듯 옆을 보니 지오가 그들을 물끄러미 바라보고 있었다. 그녀가 너도 해보겠냐고 물었지만, 지오는 말없이 고개를 저었다. 파이지 가운데에 복숭아 필링을 올렸다. 파이지 가장자리를 접어 필링이 쏟아지지 않게 감싼 후 그 위에 남은 복숭아 필링 네 조각을 더 올렸다. 접은 파이지 윗면에 달걀 물을 발랐다. 복숭아의 단맛이 덜할 거라는 진성의 걱정에 파이 위에 설탕을 솔솔 뿌렸다. 예열해둔 오븐에 파이를 넣었고, 170도에서 35분을 구웠다.

현주가 설거지하는 사이 지오는 작은방에 들어갔다. 질리지도 않고 고양이에게 계속 말을 걸었다. 모리는 옷장 안 깊숙이 들어가 꼬리만 보였다.

"어이, 꼬리 두고 갔어."

아이와 고양이가 단둘이 있는 걸 꺼리는 진성이 어느덧 지오의 뒤에 와서 어깨를 스트레칭하며 태평하게 말했다.

"어이, 꼬리 두고 갔다고." 지오가 아빠의 말을 따라했다. 이제 지오는 고양이의 꼬리를 함부로 만지면 안 된다는 걸 알았다.

그사이 파이는 오븐 안에서 노릇하게 부풀었다. 달걀 물을 바른 곳은 먹음직스럽게 갈색으로 그을렸다. 파이를 오븐에서 꺼내 식힘 망에 올려두었다. 열기가 다 가시지 않았지만, 진성이 여섯 조각으로 큼지막하게 잘라 각자의 접시에 한 조각씩 옮겨 담았다. 다 식을 때까지 기다리기 힘든 매혹적인 향이었다. 파이 위에 올리지 못해서 남게 된 복숭아 필링도 한 켠에 모아뒀는데, 마치 복숭아로 만든 또 다른 디저트 같아 식탁이 더욱 풍성해 보였다.

앞서 먹은 본식은 이미 소화됐고, 위장이 단것을 요구하는 적절한 타이밍이었다.

"복숭아가 엄청 달아요. 생으로 먹었을 땐 맛없었는데."

지오가 손가락으로 파이 위의 복숭아만 빼 먹으며 말했다.

"너무 무른 복숭아라 버려야지 했는데, 이렇게 맛있어졌네."

진성이 아들과 눈을 맞추며 웃어 보였다. 그가 일어나 냉동고에서 파란색 봉지에 포장된 사각형 모양의 바닐라 아이스크림을 세 개 꺼내왔다. 그리고 하나씩 까 각자의 접시에 올려주었다. 아직 열기가 남아 있는 파이 때문에 아이스크림이 금방 녹아내리기 시작했다. 현주가 포크로 파이를 녹아내린 아이스크림에 찍어 먹었다. 처음엔 바닐라 맛이 나며 입자가 굵은 설탕이 서걱서걱 씹혔고 뒤이어 복숭아 향이 강하게 올라왔다.

"딱 여름 맛이네."

마치 미식가처럼 맛을 음미하던 현주가 혼잣말을 했다.

"내년에는 복숭아가 물러지기 전에 만들어야겠어. 한여름이 올 때 바로."

진성이 벌써 두 번째 조각을 나이프와 포크로 접시에 옮기며 말했다.

진성도 자신처럼 함께하는 '그다음'을 생각하고 있는 걸까.

"좋아요."

현주가 떨떠름해하는 사이 지오가 답했다. 그녀는 모서리가 뭉툭해진 아이스크림을 포크로 괴롭히기만 했다.

현주는 두 번째 파이 조각을 지오와 반씩 나눠 먹었다. 남은 한 조각은 지오가 엄마에게 갖다주고 싶다고 해서 진성이 밀폐 용기에 담아 냉동고에 넣었다. 현주는 이솔이 이 복숭아 파이의 맛을 모르길 바랐지만.

잔뜩 배가 부른 셋은 약속이라도 한 듯 한 명씩 바닥과 소파 에 벌렁 누웠다. 소파에 누운 진성은 지친 듯 금세 낮게 코를 골 았다. 지오는 바닥에 누워 있는 현주 옆에 엎드려서 레고 블록으 로 궁을 쌓고 있었다. 현주를 보지 않은 채였다. 그래도 현주는 미세하게 지오와 다시 가까워졌다고 느꼈다.

현주가 직사각형 모양의 블록 몇 개를 길게 나열했다.

"지하철이에요?"

지오가 물었다.

"응."

"그 큰 걸 이모가 움직이는 거네요."

"정확히 말하면 기계가 움직이는 거지만… 응, 내가 운전해서 움직이는 거야."

"아! 우리 엄마도 차를 운전해요. 맨날 나를 태우고요. 그리고 프랑스어를 해요. 프랑스는 유럽에 있는 나라인데, 엄청 아름다 운 예술가들의 나라래요. 나중에 저도 거기에 데려가 준대요."

"와, 지오 엄마 정말 멋진데? 나는 프랑스에 한 번도 가본 적 없거든."

"저도 아직은 안 가봤어요."

"프랑스에 가고 싶어?"

현주는 지오를 향해 돌아누웠다.

"네."

"아예 살고 싶어?"

"그럼요. 멋진 곳이래요. 나중에 놀러 와요." 지오는 자신이 프랑스에 갈 거라는 걸 확신하고 있었다. "그런데 지하철로 프랑스에 갈 수 있어요?"

"아니. 지하철은 비행기랑 달라. 땅 위나 지하를 달리지. 비행기보다 사람도 많이 태워. 많을 땐 이만 명도 넘게 타거든."

"이만 명?" 아이가 눈을 크게 떴다.

"그러면 비행기만큼 빨라요?"

"그것보단 느려. 그래서 오히려 풍경을 더 자세히 볼 수 있지. 지상을 달릴 때 많은 걸 볼 수 있어. 강, 산, 건물, 사람, 새…. 운전석의 창문은 또 얼마나 큰지 몰라."

현주가 블록 하나를 앞으로 빠르게 움직이며 입으로 "슈욱" 하고 바람 소리를 냈다.

"나중에 태워줄까? 기관사가 타는 맨 첫 번째 칸에, 특별히."

"진짜요?"

지오가 블록들을 옆으로 대강 치워 자리를 만들고 현주와 나란히 누웠다.

"언제 태워줄 건데요?"

"지오가 일곱 살이 될 때."

"일곱 살?"

"응. 카시트를 안 해도 될 때."

지오의 얼굴에 심각함이 서렸다. 불현듯 지오가 현주의 품으로 파고들었다. 이렇게 꼭 해보고 싶다고 오래도록 꿈꿔왔던 것처럼. 현주는 거부하지 않고 아이를 받아들였다.

"아빠한테 저랑 약속한 게 있다고 꼭 말해줘야 해요."

그녀가 손빗으로 지오의 머리카락을 살살 긁듯이 매만졌다.

"아빠랑 계속 친구 해요. 제가 일곱 살 될 때까지요. 싸우지 말고요."

"그럼. 우린 엄청 친한걸. 멀어질 일이 없어."

"이모는 누구와도 다 친해져요?"

머리를 빗겨주던 그녀의 손이 멈췄다.

"글쎄⋯."

그녀는 자신이 그런 부류와 정반대라는 것을 알고 있었다. 그녀는 환영받지 못하는 것에 익숙했다. 경멸하는 타인의 눈빛이 바늘처럼 몸 곳곳에 꽂힐 때의 비참함을 알았다.

"저는 아빠랑도 모리랑도 친해지기가 어려워요."

"아빠는 지오랑 엄청 친해지고 싶어 하던데."

지오는 그럴 리가 없다는 듯이 고개를 도리질했다.

"하나밖에 없는 지오의 아빠인걸."

"…근데 모리는 왜 그러는 거예요? 아빠가 이모는 고양이 박사라고 했어요."

"사실 나도 모리랑 친하지 않아. 유별난 고양이잖아. 나도 집에서는 고양이를 처음 키워봐."

"옛날에 만났던 고양이 이야기 해주세요."

"내가 지오 나이의 두 배 됐을 때였어. 그때 난 늘 보풀이 일어난 옷을 입고 다녔고, 항상 고양이와 함께였지. 보풀이 일어난 털옷이 고양이를 끌어들였는지도 몰라. 고양이들은 그런 것을 좋아하잖아? 실들이 엉켜 있고, 발톱이 걸릴 것 같은 부드러운 털옷을…."

그녀는 어린 시절에 보았던 고양이들에 대해 소곤소곤 속삭였다.

"손이 닿지 않는 거리에서 고양이를 보는 게 좋았어. 너무 가까워지면 만지고 싶어지잖아. 그 보숭보숭한 털을. 그래서 지금 모리를 보면 마음이 이상해. 만지고 싶은데, 만질 수 없어. 만지면 사라질 것 같아."

지오가 먼저 눈을 감았고, 얼마 안 있어 그녀도 혼곤한 잠에 빠져들었다. 여름과 가을이 맞물리는 계절이었다. 청아한 볕이 낡은 아파트에도 공평하게 빛을 내려주었다.

보랏빛 땅거미가 안개처럼 깔리고 있었다. 파이를 구웠을 때
의 쾌활함과 싱그러운 오후의 빛은 사라진 지 오래였다. 오늘이
함께하는 마지막 밤이라는 걸 의식한 그들은 낮보다 확연히 말
이 없어진 채 김밥과 떡볶이를 시켜 먹었다. 진성이 외식을 하자
고 했지만, 현주가 오늘만큼은 집 밖으로 한 발짝도 나가고 싶지
않다고 했다.

식사를 마친 후 현주는 작은 손거울을 책상 위에 세워두고,
알이 작은 진주 귀걸이를 다시 꺼냈다. 너무 오랫동안 귀걸이를
하지 않아 귀가 막히지는 않았는지 확인하기 위해서였다. 손거울
을 통해 뒤에서 진성이 다가오고 있는 걸 알아차렸다. 지오는 부
엌에서 휴대폰으로 애니메이션을 보고 있었다.

"현주야, 내일 출근하기 전에 지오를 유치원에 데려다줄 수
있을까? 난 일찍 학교에 가야 하거든."

진성이 목소리를 낮추며 물었다. 매번 처음 부탁하는 사람처
럼 미안해했다.

"응. 내일은 낮에 출근하니까 괜찮아."

현주가 그를 쳐다보지도 않고 대수롭지 않게 답했다. 팔이 저
려 잠시 귀걸이를 내려놓았다. 구멍이 희미해져 잘 보이지 않았
다. 움푹 파인 귓불의 살을 침 끝으로 찾아내 그대로 힘으로 눌

렀다. 말랑한 살에 가느다란 금속이 파고드는 느낌이 좋았다. 반대편의 구멍은 비교적 쉽게 찾았다. 피가 나진 않았지만 빨갛게 부은 귓불이 얼얼했다. 귀 주변이 욱신거리고 조금 어지러웠지만, 귀가 다시 막히지 않도록 귀걸이를 계속 끼기로 했다. 진주알은 잘 때 껴도 배기지 않는 크기였다.

마지막 밤에도 셋은 같은 침대에서 잤다. 지오의 초대가 없었지만, 잘 준비를 마친 그녀가 자연스럽게 큰방으로 들어갔다. 모두 나란히 누웠을 때 현주는 지오가 들어오기 전에 이 침대에서 있었던 거의 모든 일을 떠올렸다. 서로의 몸을 만지던 기억도. 진성과 손가락 섹스조차 하지 않은 지 꽤 오래됐다. 그녀는 더 이상 그 생각을 하고 싶지 않아서 전날처럼 지오를 등지고 누웠다. 문틈 아래로 새어 들어오는 웃풍에 얼굴 피부가 차가웠다.

11

월요일 아침, 현주는 현관에서 지오를 기다렸다. 입술이 부르 터 윗입술에 피딱지가 앉았다. 견디기 힘든 피로감을 느낄 때면 항상 입술이 먼저 망가졌다. 혀로 딱지를 핥는 습관이 있어 미리 립밤을 두껍게 발랐다.

지오는 유치원에 가고 싶지 않다고 떼쓰며 진성의 팔에 매달 렸다. 그녀에게는 아빠와 떨어지고 싶지 않다는 말로 들렸다. 현 주는 아이가 저렇게 강력하게 의사를 표시한다면 어떻게 해야 하는지 알 수 없었다. 억지로 끌고 가는 방법밖에 없는 걸까. 그 녀는 현관문 앞에 서서 기다리는 게 지루해져 신발장에 몸을 기 댔다. 진성이 결정하기 전까지 신발을 다시 벗을 수도 집을 먼저 나설 수도 없었다. 그녀가 할 수 있는 건 두 손으로 카디건을 쥔 채 마네킹처럼 서 있는 게 전부였다. 부자의 대치 상황에 그녀는 숨마저도 작게 쉬어야만 할 것 같았다.

"현주야, 먼저 내려가 주차장에서 차를 빼 와줄래?" 엄한 데
화가 튀지 않도록 노력하는 투로 진성이 말했다. "금방 데리고 내
려갈게."

"알았어."

현주가 차를 아파트 입구에 대고 비상등을 켰다. 에어컨을 틀
어 차 안의 공기를 시원하게 한 후 눈을 지그시 감았다. 곧 진성
이 지오의 손을 꽉 잡고 내려왔다. 그는 해진 백팩을 맨 채였다.
세수는 제대로 하고 나왔을까 싶은 얼굴이었지만, 아이의 얼굴
은 하얗고 청결했고 옷도 잘 다려져 있었다. 지오가 머문 며칠 동
안 늘 그랬다. 진성은 지오의 작은 손을 현주에게 건네주며 지오
의 볼에 입을 맞췄다. 그러곤 버스를 놓칠세라 서둘러 아파트 출
구를 향해 잰걸음을 놓았다. 도중에 뒤돌아 아들에게 크게 팔을
흔들어 인사하는 것도 잊지 않았다.

"우리도 출발하자."

현주가 아이를 조수석에 태우고 카시트의 벨트를 매주었다.
딸칵 소리가 신호탄이라도 된 것마냥 지오가 울음을 터뜨렸다.
눈물을 흘리는 데 이토록 혼신의 힘을 다할 수 있다니. 이내 현주
도 지오를 따라 울고 싶어졌다. 그녀는 아이를 달래지 않고 물끄
러미 쳐다만 봤다. 인형이 우는 것 같았다.

"아빠 금방 만날 거야. 곧 지오를 만나러 올 거야."

유치원에 데려다주는 내내 지오가 눈을 비벼 그녀는 오른손으로 계속 아이의 손을 제지해야 했다. 아이의 눈가 피부가 쓸려 빨갛게 부어올랐다. 아빠 앞에서 이렇게 울어본 적이 있냐는 현주의 질문에 아이는 자신이 울보면 아빠가 더 싫어할 거라고 답했다.

지오를 내려주면서 현주는 아이의 앞머리를 정리하다가 은근슬쩍 손가락 마디로 아이의 볼록한 이마를 톡톡 두들겼다.

"아, 빵!"

지오의 눈이 동그래졌다.

"빵?"

"그 빵이요. 냉장고에 두고 왔어요. 엄마한테 주고 싶었는데."

"파이 말이구나. 아빠한테 오늘 밤 지오네에 들를 수 있는지 물어봐 줄게."

달콤했던 파이의 맛은 이미 변했을 것이다. 파이지는 필링의 물기를 흡수해 물렁물렁해졌을 것이고 심지어 냉장고 냄새가 배었을 것이다. 냉장고가 무척 낡았으니.

"정말요?"

"응. 냉장고에 넣어두었으니까 상하지 않을 거야. 이제 진짜 들어가야 할 시간이야. 봐, 저기 선생님이 기다리시잖아."

아침에 지오가 진성에게 떼쓰며 매달리는 바람에 이미 등원

시간보다 이십 분이 늦었다.

"네. 모리 잘 부탁해요. 고양이는 아무래도 이모를 제일 좋아하니까요."

"내가 잘 보살피고 있을게. 모리도 친구가 가버려서 외로워할 테니 자주 와줘."

지오가 고개를 세차게 끄덕였다.

♣

그녀는 차가 거의 없는 밤 도로를 시속 30킬로미터 언저리로 달렸다. 진성에게 전화를 걸어 지오가 파이를 가져다주길 원한다고 말했다. 꽤 길게 정적이 흘렀다가 그가 알겠다고 답했다. 그와 통화를 하다가 우회전하지 않고 직진하는 바람에 아파트 단지의 입구를 지나쳐버렸다. 이것은 실수였으나, 그다음엔 의도적으로 본가로 가는 도로를 탔다. 초등학교와 고등학교를 지나고 주유소 세 개가 몰려 있는 도로를 지나, 밭과 공장이 늘어선 단조로운 풍경이 십 분 넘게 이어졌다.

마당으로 들어서자 개 짖는 소리가 들렸다. 현관문 안에서 나는 소리였다. 수름이는 털이 부푼 건지, 몸집이 커진 건지 알 수 없었지만 전보다 늠름해져 있었다. 집 안의 등은 전부 꺼져 있었다. 마룻바닥이 미끄럽게 느껴질 정도로 집 안은 깨끗했고, 아무도 없었다. 개밥은 충분했고, 물그릇도 곳곳에 놓여 있었다. 수름이를 두고 간 걸로 보아 아버지와 경아 아줌마가 하루 정도 짧은 여행을 떠난 모양이었다.

현주는 2층으로 올라가 화장실 왼쪽의 작은방 문을 열었다. 그녀가 중학생이었을 때 이모는 이 작은방에서 살다시피 했다. 이모가 죽은 후 게스트룸으로 용도를 바꿨지만, 실제로 사용되는 일은 거의 없었다. 침대와 협탁 그리고 차 테이블과 의자 세트는 경아 아줌마의 손길이 닿은 듯 잘 정리돼 있었다.

그녀는 방문을 닫고 나와, 새 떼를 구경하곤 했던 창문 앞에 섰다. 마지막으로 고양이 밥을 챙겨준 날이 언제였는지 기억나지 않았다. 이 집을 나오고 삼 개월이 지났다. 이 집에서 고양이 밥을 챙겨주는 사람은 이제 없을 것이다.

창문 옆 책장에 그녀가 쓰던 달력이 꽂혀 있었다. 어머니가 병원에 진료를 보러 가는 날을 체크해놓은 달력이었다. 한 장 한 장 넘기며 이모의 기일을 찾아봤다. 어머니가 적어둔 그 날짜가 기억나지 않아 그녀는 이 집에 왔다. 충격적인 기억은 때로 너무 빠르게 자취를 감춰 당황스럽게 한다. 먼 타국에 있는 언니들에게 물어봤자, 여름이었던 것 같아, 라고 언급하길 꺼리는 투로 말할 게 빤했다. 아버지 또한 엄청난 비밀을 다루듯 조용한 목소리로 모른다고 답할 것이다.

기일은 이미 지나 있었다. 현주는 달력을 제자리에 꽂아놓은 후 옷을 벗었다. 몸을 깨끗이 씻어야 할 것 같았다. 샤워하고 나와 드라이기로 두피만 말리고 머리를 단정하게 반으로 묶었다. 그러곤 나체로 서서 찬찬히 옷장을 바라봤다. 이 집에 남아 있는 그녀의 옷은 몇 벌 없었다. 옷들에는 옷장의 쿰쿰한 냄새가 배어 있었다. 옷들을 커다란 쇼핑백 두 개에 나눠 넣고 그녀는 왔을 때와 똑같은 옷을 입고 집을 나섰다. 움직일 때마다 쫓아오며 꼬리를 흔들어대는 수름이가 귀찮았다. 인간에게 조건 없이 호의적인 개는 아무래도 매력이 떨어진다. 그녀는 집에서 가장 가까운 헌옷 수거함에 옷을 버리고, 곧장 차에 올라타 시동을 걸었다.

현주는 집으로 돌아와 혼자 늦은 저녁 식사를 했다. 진성은 방에서 마감이 코앞으로 다가온 영상 번역을 마무리하고 있었다. 밥을 먹고 한 시간도 되지 않아 현주는 헛헛함을 느꼈다. 그녀는 찬장에서 레몬 크림이 샌드 된 쿠키를 꺼내 오목한 앞접시에 가득 담아 소파에 앉았다. 작고 성능이 좋지 않은 스피커로 폴 루이스가 연주하는 슈베르트의 소나타를 들으면서 눈으로는 텔레비전의 검은 화면을 멍하니 응시하며 쿠키를 하나씩 입에 넣었다. 인위적인 레몬 향이 역겹게 느껴졌다. 두 개째 먹었을 때 그녀는 진짜 배고픈 게 아니었다는 걸 깨달았지만 손을 멈출 생각은 없었다.

일을 끝마치고 방에서 나온 진성이 쿠키를 먹고 있는 그녀에게 차를 마시겠냐고 물었다. 현주는 캔 맥주를 달라고 했다.

"지오한테 잘 다녀왔어?"

냉장고 안을 들여다보고 있는 진성에게 그녀가 물었다.

"너무 늦어서 못 갔어. 차도 없고, 버스로는 오래 걸리고. 파이하나 주러 택시 타고 거기까지 가기도 뭣하고. 그냥 다음에 엄마랑 같이 파이를 만들자고 했어."

"다음 여름에?"

"그렇게 구체적인 기약을 하진 않았는데…."

그가 다른 말을 덧붙이지 않아서 그녀는 마치 불편한 대화를 나눈 직후처럼 찜찜했다.

진성이 냉장고에서 꺼낸 차가운 캔 맥주를 내밀었다. 그녀는 맥주를 갈급이 들린 듯이 마셨다. 아주 오랜만에 마시는 술이었다. 배 속에서 침과 위액으로 뭉쳐진 쿠키들이 맥주 거품 위로 둥둥 떠다니는 게 느껴졌다. 자동으로 미간이 찌푸려졌다.

"오늘따라 지오가 어리광이 심했지? 미안해."

"아니야. 고생은 네가 했지. 나야, 뭐…."

진성이 그녀 옆에 앉았다. "무슨 일 있었어? 퇴근하고 어디를 들렀다 온 거야?"

스피커의 볼륨을 줄이지 않았고, 딱히 목소리를 크게 낸 것도 아닌데 진성의 말이 또렷하게 잘 들렸다. 그는 때로 무서울 정도로 날카로운 직감으로 현주를 간파했다. 가여운 아이를 보는 듯한 눈빛과 함께.

"잠깐 본가에 들렀어. 아무도 없었지만." 그녀가 맥주를 한 모금 마시고 말했다. "이모의 기일을 확인하러 간 거였는데, 지났더라고. 이 주 정도."

"마음이 편치 않겠네."

진성이 보기에 요즘 현주는 전보다 더 피곤해 보였고 무언가에 홀린 듯 멍해 보였다.

"지오의 안전벨트를 채워주는데 오랜만에 이모 생각이 났거든. 지오가 나를 계속 이모라고 불러서 그런가? 이모라고 불리는 건 처음이니까."

진성이 입을 다물었다.

"이모는 나를 집착하듯이 사랑하면서도 삶에 고통스러워했어. 아마도 배 속에서 잃은 아이 때문이겠지. 어렸지만 알 수 있었어. 내가 진정 이해하지 못한 건 엄마였어. 이모는 정신과 치료를 받고 있었고, 아이를 돌볼 만한 사람이 못 됐어. 그런데 엄마는 다 알면서도 이모에게 나를 맡겼어. 이것도 내가 너무 예민하게 생각하는 걸까?"

"아니, 네가 예민해서가 아니야. 그건 잘못된 거였어."

"더 웃긴 건 나는 이모를 좋아했고, 지금도 이모가 좋다고 믿고 싶다는 거야. 어딘가 뒤틀린 사랑이었지만, 나는 그런 사랑이라도 받고 싶었던 거야."

진성이 쿠키 기름이 묻어 미끌거리는 현주의 손을 잡았다.

"나는 우리 가족이 조금 이상하다고 생각했어. 그런데 나의 불행에 대해 말하는 게 늘 어려웠어. 사람들에겐 내가 가진 배경에 부족함이 없어 보였으니까. 조금 더 확실하게 불행했다면 차라리 동정을 받으며 당당히 세상을 욕할 수 있었을 텐데. 그런데너는 내 불행을 있는 그대로 봐줬어. 불행에 절대적인 기준은 없으니 잴 수 없다고. 어떤 불행을 겪고 있든 불행에는 위안이 반드시 필요한 법이라고. 그리고 위안을 바라는 마음은 절대 잘못된것이 아니라고."

"당연한 말을 했을 뿐이야."

"그런 당연한 말을 해주는 사람이 옆에 없어서 많은 사람이우울증에 걸리고 결국 삶을 끝내곤 하지."

만약 현주가 불행하다고 느낄 때마다 진성이 옆에 없었다면그녀는 지금 어떻게 됐을까? 아마 아예 다른 사람이 됐을 것이다. 한 사람의 삶은 크레이프 케이크처럼 여러 단면이 겹쳐져 만들어진다. 그녀의 한 단면은 진성의 것이다. 포크로 케이크를 푹찍어 한 조각씩 잘라 먹을 때마다 그를 닮은 한 겹이 딸려 올라온다. 때로는 혼자만 다르게 반죽 된 밀가루 한 장과 그 위에 펴 발려진 조금 묽은 크림이 케이크의 맛을 결정짓는다. 이 때문에 그녀는 그와 떨어져 있는데도 늘 그를 가까이 느꼈고 때론 그녀가그에게 종속돼 있다고까지 생각했다.

"그래서 내가 웃을 수 없었던 그 집에서 벗어난 지금이 좋아.

이 아파트가 좋아."

현주는 이 아파트에서만큼은 삶이 자신 안에 있다고 느꼈다. 운명이 밖에서 그녀를 끌고 다니는 것이 아니라 그녀가 운명을 끌고 가는 것 같았다.

"…정말 이 작은 집에 만족해?"

그녀는 고양이 남자가 진성이고 스코티시폴드가 자신이라고 상상했다. 그녀는 겁에 질렸지만 결국 밖에 나왔다. 진성이 그녀를 끌어냈다. 그녀가 고수했던 자리에서 조금이라도 더 바깥쪽으로, 더 멀리. 진성이 그것을 의도했든 하지 않았든. 그의 말대로 바깥세상을 아는 것과 모르는 건 태어난 것과 태어나지 않은 것만큼 큰 차이가 있었다. 그리고 그녀는 바깥을 모르던 그 과거와 단절하고 싶었다. 지금껏 끔찍한 일들이 얼마나 많이 일어났는지는 중요하지 않았다. 계속 일 분씩 늦던 시계가 이제야 제대로 된 시간을 가리키게 된 것 같았다.

"응, 네가 여기 있잖아."

3부 ——————— 산책의 기술

12

"집을 비워야 할 것 같아."

이상한 말이었다. 그것도 이렇게 갑자기.

오랜만의 데이트 날이었다. 진성의 제안으로 귀스타브 플로베르의 소설에서 제목을 따온 젊은 작가들의 그룹 전시를 관람한 후 서점 같은 분위기의 카페 바 테이블에 앉아 바게트 샌드위치와 감자 수프를 먹었다. 부쩍 날이 서늘해졌고 오랜만에 차 없이 두 발로 많이 걸었던 터라 따뜻한 음식이 필요했다. 진성이 그 말을 꺼냈을 때 둘은 진즉에 음식을 몽땅 먹어 치운 후 각자 블랙커피를 홀짝이고 있었다.

"다른 세입자를 들인대? 그럼 우리 이사 가야 하는 거야?"

현주가 바보같이 '이 집을 아예 비워야 한다'라고 마음대로 생각해버리고는 되물었다. 이때 진성의 말을 한 번에 이해했다면 조금은 덜 비참했을까?

"그게 아니라… 내가 지오 옆에 있어야 할 것 같아. 아니, 있어주고 싶어."

바 테이블 앞의 큰 창은 도로를 마주하고 있었다. 마침 택배 트럭이 빠르게 지나가며 그의 말이 먹먹하게 들렸다. 그의 표정은 딱히 비장해 보이지 않았다. 오히려 그 반대로 긴장감이 풀어진 무방비 상태였다. 이미 많은 고민을 한 후에 결론을 통보하는 것 같았다.

"그러니까 집에서 너만 나가겠다는 거구나."

그녀가 자신이 잘 이해한 게 맞는지 확인하기 위해 그의 말을 정리했다. 진성이 짧게 고개를 끄덕였다.

"왜?" 현주는 헬륨가스를 넣은 풍선처럼 하늘 높이 날아가 버리려 하는 이성을 잡으려고 노력하며 목소리를 가다듬었다. "이해가 되게 이유를 자세히 말해봐."

날리는 듯한 그녀의 목소리에서 떨림이 묻어났다. 현주는 눈을 깜박이는 걸 까먹었나 싶을 정도로 미동 없이 그의 눈을 정통으로 바라봤다. 진성은 그제야 고개를 돌려 그녀를 봤다. 분명 서로 눈을 맞추고 있는데 그녀를 보고 있다는 느낌이 없는 반쪽짜리 눈 맞춤이었다.

"아이 엄마가 아예 프랑스로 가게 됐어. 거기서 자리 잡고 번역 일을 본격적으로 할 계획인가 봐. 내년 초에 지오도 프랑스로

갈 거야. 그전까지 내가 걔를 돌보기로 했어."

"이미 다 결정돼 있구나. 나는 네 결정에 군말 없이 따르면 되는 거고."

그녀는 그의 옆얼굴을 빤히 바라봤다. 돌볼 것이 있다고 말하지만, 사실 자기를 먼저 시급하게 돌봐야 할 것 같은 남자를. 그의 귀 끝이 빨갰다. 입술은 부르텄고, 하얀 각질이 올라와 있었다. 자신을 제대로 돌보지 못하는 사람은 어른스럽지 않다. 이제껏 그녀가 알던 진성은 어떤 상황에서도 감정의 단정함을 유지하는 어른스러운 사람이었다. 그러나 지금 진성의 눈동자는 혼란으로 탁해 보였다. 그는 지금껏 어른스러운 척을 하는 아이였는지도 몰랐다.

"지오가 우리 집에 오는 건?"

"유치원도 멀고, 곤란해. 무엇보다 네게 무리한 부탁을 계속하고 싶지 않아. 지오는 내 아들이잖아."

진성의 태도는 분명 자기중심적이었지만, 그렇게 느끼지 않게 하는 교묘한 다정함이 있었다. 현주는 다정함을 무기로 쓰는 진성이 머리가 좋다고 생각했다. 혹은 그런 다정함에 매번 함락되고 마는 자신이 멍청하거나.

"부탁해도 돼. 난 지오와 함께하는 거 좋아."

"…너는 지오를 그렇게 좋아하지 않잖아."

현주는 당황하며 잠시 숨을 길게 참았다. 무언으로써 긍정을 해버렸다.

"아이와 함께 사는 건 쉬운 일이 아니야. 너에게 그런 부담 주고 싶지 않아."

진성이 그녀를 달래려는 듯 다시 부드러운 투로 말했다.

"지오가 프랑스로 떠나면 넌 돌아오는 거야?"

현주가 벌써 진성을 못 본 지 며칠이 지났다는 듯 채근하는 투로 물었다.

"응, 아마도."

'아마도'라는 말이 그렇게 뾰족한 가시를 가졌는지 그녀는 처음 알았다. 그는 나쁜 말 하나 쓰지 않고도 사람에게 상처를 주었다. 폭신하고 둥근 말 속에 날카로운 흉기를 숨겨두는 비열한 유형은 아니었다. 다만 그의 기운 빠지는 말투와 어딘가 공허한 동공에서 나오는 의도적이지 않은 공격성이었다.

진성의 얇은 입술은 딱 붙어 떨어질 생각을 않다가, 미안하다는 무책임한 말을 겨우 꺼내놓았다. 그 말이 그녀의 기분을 더 상하게 할 거라는 걸 그는 모를 것이다.

둘 사이에 긴 침묵이 흘렀다.

현주는 오늘 본 사진 작품 하나가 떠올랐다. 고속도로를 달리는 자동차 안 백미러에 두 남자가 비쳐 보였다. 한 남자가 다른 남자의 어깨에 기댄 채 눈을 감고 있었다. 어깨를 내어준 남자는 비스듬한 시선으로 어딘가를 응시하고 있었다. 그리고 백미러 아래에 고속도로 어딘가에 세워져 있는 십자가의 실루엣이 보였다. 그 사진 앞에서 둘은 한동안 가만히 서 있었다. 작품의 제목은 〈Wohin?(어디로 가니?)〉. 그녀는 그 작품에 발목을 오래도록 붙잡혔던 것이 불길한 신호였다는 것을 깨달았다. 지금 이 카페에 앉아 있기까지, 그 전시를 보러 가게 된 동기와 오랜만의 데이트라는 들뜸마저도 전부 그녀에게 보내는 신호였던 것이다. 모든 일이 그녀를 이 카페에 몰아넣고 진성에게 그 말을 듣도록 강요했다고 느껴졌다.

"집에 돌아올 계획이 없다는 걸로 들려."

현주가 헛웃음을 지었다.

"지금 지오에겐 내가 필요해."

"그 여자가 널 필요로 하는 건 아니고? 아이를 함께 키우는 파트너로서 말이야. 결국 너도 함께 그곳에 가게 될지 몰라."

현주는 하고 싶은 말을 최대한 부드럽게 내뱉었다. 그녀는 불길한 일의 낌새를 기민하게 알아채곤 했다. 그녀를 구렁텅이에 빠뜨리는 일들은 대개 꼬리가 길어서 그걸 도무지 모른 체할 수 없었다.

진성은 자신도 잘 모르겠다면서 눈꺼풀을 지그시 눌렀다. 그는 위협이 느껴질 때면 어디론가 숨어 들어가 모습을 보여주지 않았다. 어떻게 다뤄야 그가 도망가지 않을까. 현주는 눈 밑으로 겹친 풍성한 그의 속눈썹에 눈길이 갔다. 그녀가 좋아하던 그의 사소한 면면들이 눈에 밟혔다. 심장이 불안하다고 외치는 것만 같았다. 조바심은 사랑을 빠르게 허문다는 것을 알기에 그녀는 가슴이 조릿조릿 조여 오는 것을 느꼈다.

"공부는 괜찮겠어?"

어느덧 석사 과정의 마지막 학기였지만, 진성은 여전히 진로를 정하지 못했고 학업도 진전이 없어 보였다. 그는 개강과 함께 레스토랑 일을 그만두었고 대신 이번 학기부터 조교 장학생으로 일하게 됐다. 전보다 경제적 여유가 없었고 학교에서 갖은 잡일을 하느라 공부할 시간이 턱없이 부족했다. 그렇지만 그는 학교가 좋다고 했다. 정확하게는 학교에 있는 자신이 좋다고 했다.

"응, 문제없게 해야지. 그리고 우리 관계도."

진성의 뒷말은 거의 한숨처럼 들렸다. 이런 순간에도 그의 눈빛은 다정했다. 그 눈빛에서 현주는 창문 틈으로 들어온 한 줌의 햇살을 간파했다. 그의 결정이 확고하지 않다는 실낱같은 희망의 햇살을.

"응, 그러자."

둘은 거의 동시에 커피를 들이켰다. 현주가 좋아하는 히데유키 하시모토의 음악이 흘러나왔지만, 그녀는 알은체하지 않고 조용히 귀만 기울였다. 기분이 좋지 않을 때도 아름다운 음악은 여전히 아름답게 들린다는 것이 짜증났다.

"다 마셨어?" 진성이 물었다.

커피를 다 마신 후에도 그녀는 잔을 꽉 쥐고 있었다. 그렇게 하면 불안감이 숨겨지기라도 하는 듯. 그녀는 힘겹게 잔에서 손을 뗐다. "응."

진성이 일어나 의자 등받이에 걸쳐둔 트렌치코트를 입었다.

"앞섶 잘 여며. 주말부터 갑자기 날이 서늘하다."

그녀가 가죽 재킷에 팔을 꿰는 것을 보며 진성이 말했다. 그는 짧은 목도리를 그녀에게 건넸다. 어떤 대화가 오갔든, 마지막에 진성은 늘 상냥한 사람으로 남았다.

"응. 갑자기 한가을이네."

불현듯 그녀는 자신이 뱉은 말이 잘못됐다고 느꼈다. 아주 오래전부터 가을이었고, 그녀가 뒤늦게 가을에 진입한 건지도 몰랐다. 그녀는 습관처럼 계절에 늦게 적응하곤 했으니까.

저녁을 먹기 전에 진성은 무거운 원목 좌식 테이블을 걸레로 닦았다. 지난주에 용달차로 배달시킨 중고 가구였다. 그 테이블을 가져올 때만 해도 진성은 이 집을 떠날 계획이 없었던 걸까? 그러나 그녀는 아무것도 묻지 않았다. 그는 관절이 굳은 사람처럼 아주 천천히 일어나 테이블을 소파 앞으로 옮겼다. "이제 텔레비전을 보면서 밥을 먹을 수 있어"라고 다소 해맑게 말하면서.

저녁 식사를 하는 내내 그들은 비일상적일 정도로 침착하게 행동했다. 그가 씻는 사이 현주는 모리를 챙겼다. 밥을 늦게 준다고 따지는 듯한 맹렬한 눈빛을 애써 무시하며 조용히 사료를 채워주고 물을 갈아주었다. 샤워하는 물소리가 유독 크게 들렸다. 진성은 오래도록 씻었다. 이 집의 냄새를 지우려는 것처럼. 현주는 진성을 기다리지 않고 침대에 몸을 잔뜩 웅크려 누웠다. 한참 후에야 물기로 축축한 진성의 티셔츠가 현주의 등에 살짝 닿았다. 그녀의 등도 조금 젖어갔다. 그 부분에 옅은 소름이 돋는 것이 섬세하게 느껴졌다.

🐾

진성이 집을 나갔다. 얼마간 현주는 자신에게 무시무시한 일이 벌어졌다고 느꼈으나 가을비가 멎어가는 사이 상황은 명료해졌고 일상은 단순해졌다. 그는 돌봐야 할 것을 위해 떠났고 동시에 그녀에게 돌봐야 할 것을 남겼다.

고양이 한 마리와 인간 한 명이 살기에 이 아파트는 충분히 넓었고, 햇빛도 충분했다. 그리고 이제 시간까지 넉넉해진 것 같았다. 집에서 연인과 시시덕거리거나 어루만지거나 하는 시간이 없어졌다. 꼭 집에서 잠을 자야 한다는 생각도 희미해져서 하루 정도는 회사 숙소를 이용하기도 했다. 같이 살지 않으니 자연스럽게 섹스의 횟수가 줄었기에 그녀는 샤워를 조금 덜 해도 됐다. 하루가 한 시간 정도 길어진 것 같았다.

진성과는 휴일에 종종 점심을 함께 먹었다. 식사를 할 때면 보통 밖에서 만났다. 간혹 지오와 함께 셋이 놀기도 했다. 시내에 나가거나 근교로 드라이브를 갔다. 지오는 고양이를 전처럼 찾지 않았다. "고양이 보러 갈래?" 하고 물으면 모리가 자신을 좋아하지 않는다고 입버릇처럼 말했지만, 현주는 여전히 그 반대라고 생각했다. 명백히 지오는 고양이를 좋아하지 않는다.

🐾

그녀는 아침으로 삶은 달걀 두 개를 먹으며, 햇빛이 만든 직사각형의 카펫 위에서 정성스럽게 털을 핥고 있는 모리를 관찰했다. 진성이 집을 나간 후 모리는 새벽에 현관문 앞에서 우는 걸 포기했다. 운다고 해서 자신이 얻을 수 있는 게 아무것도 없다는 걸 깨달은 건지도 몰랐다.

바깥 공기가 서늘해졌고, 모리의 활동량이 현저히 줄었다. 높은 곳으로 올라가지 않았고, 새의 방문에도 흥미를 보이지 않았다. 오히려 귀찮다는 듯 한쪽 앞발을 허공에서 한 번 털고 고개를 팩 돌리며 새에게 무안을 주었다. 또 자꾸 귀 뒤를 뒷발로 긁어대는 바람에 왼쪽 관자놀이 쪽에 동전 크기의 땜빵이 생겼다. 게다가 왼쪽 눈두덩이 내려앉는 속도가 심상치 않았다. 처음엔 근육이 약해 눈두덩이 살짝 내려앉은 줄 알았지만, 어느새 동공의 삼분의 일 이상을 가리고 있었다.

간소한 식사 후에 뜨겁게 우린 대추차를 마시며 그녀는 고양이를 병원에 데려가야겠다고 마음먹었다. 모리는 옷장에서 자고 있었다. 그녀는 체계적으로 모리를 병원에 데려갈 준비를 했다. 몸을 둥글게 말고 잠들어 있는 고양이에게 스틱형 간식을 내밀며 깨웠다. 모리는 새침하게 등을 보이다 고개를 돌려 혀를 내밀었다. 현주는 스틱을 조금씩 옷장 바깥쪽으로 뺐고 녀석도 그만큼 따라왔다. 옷장 밑에 미리 준비해둔 이동장 쪽으로 간식을 점점 옮겼다. 이상한 낌새를 눈치채고 모리가 슬슬 뒷걸음쳤지만, 현주가 재빠르게 녀석을 낚아채 이동장에 넣고 지퍼를 닫았다. 모리는 울지도 않고 상황을 파악하려는 듯 그녀를 노려보기만 했다. 왼쪽 눈은 여전히 반쯤 감겨 있었다. 조수석에 이동장을 싣고 병원으로 가는 내내 모리는 자신의 운명에 순응하는 듯 얌전히 있었다. 현주는 고분고분한 녀석의 태도가 더 무섭게 느껴졌다.

흘러내린 눈두덩에 대해 수의사는 아무 문제 없다는 소견이었다. 예전에 다쳤던 흔적도 찾아볼 수 없으며, 시력도 정상이라고 했다. 인간으로 치면 안검하수 정도와 비교할 수 있는 사안이라고 했다. 의외로 문제는 귀 안이었다. 검이경으로 귀 내부를 보니 검은색 먼지 같은 것들이 득실거렸다. 심지어 살아서 움직이고 있었다. 수의사는 집고양이면 귀 진드기에 감염될 일이 없는데 어쩌다 귓속이 이렇게 진드기로 가득 찼는지, 은근히 의심의 눈길을 보냈다. 그녀는 고양이의 과거에 대해 구체적으로 아는 바가 거의 없다고 변명했다. 다행히 귀 진드기는 통원 치료가 필요하지 않았다. 그루밍 할 수 없는 목덜미 부근에 심장사상충 약을 발라주고 꾸준히 귀 청소를 해주는 걸로 충분하다고 했다.

수의사가 귀 청소 시범을 보여주었다. 마치 격투기와 유사했다. 테크니션 두 명이 달라붙어 모리의 사지를 결박하면 수의사가 귀에 소독약을 넣고 손으로 조물거린 후 솜으로 닦아냈다. 마지막으로 항생제까지 넣어줘야 했다. 이걸 일주일간 매일, 하루에 두 번씩 해줘야 한다니…. 얌전한 고양이라면 몰라도 인간을 싫어하는 모리라면 분명 쉽지 않은 일일 것이다. 무엇보다 그녀는 녀석을 품에 제대로 안아본 적도 없었다.

🐾

상희가 찾아와 모리의 귀를 관리하는 걸 도와줬다. 상희는 이집에 들어오며 "진성이 없는 진성이 집에 실례 좀 할게"라고 얄밉게 말했다.

"우리 헤어진 거 아니야."

"알아." 상희가 하품을 길게 하며 어수선한 집을 눈으로 살폈다. "너희 둘이 같이 있는 걸 보고 싶었는데."

"응?"

"너희 둘은 각자 있을 땐 전혀 섹슈얼하지 않지만, 같이 있으면 이상하게 자극적이야."

"뭔 말인지 이해가 안 돼."

"조금 험한 말로 하면 유독 하는 게 상상이 잘 가는 한 쌍이랄까. 커플 중에는 하는 게 잘 안 그려지는 애들도 있거든. 그런데 너희 둘은 머지않아 하겠구나 혹은 이미 했구나, 그런 생각이 들었어."

현주가 침만 꼴깍 삼켰다.

"그래, 부드러운 표현이 생각났어. 분위기의 합이 좋아 보였던 것 같아."

"그렇게 솔직하게 다 말하고 나서 포장해봐야 늦었어. 그리고 알다시피 우린 네 기대만큼 섹슈얼하진 않아."

상희가 푸하하 하고 웃었다.

"다른 애들도 그렇게 생각했을까?"

현주가 뜸을 들이다 물었다.

"글쎄다? 그런데 그 시절에야 생각하는 게 다 고만고만했으니까. 아마 나처럼 느낀 애들도 있었겠지."

하루에 두 번이라는 수의사의 말을 철저하게 지키진 못했다. 하루에 한 번꼴로 고양이 귀 청소 작업이 진행됐다. 상희는 모리를 붙잡는 역할이었고 현주는 귀를 닦아내는 일을 담당했다. 잔근육이 발달된 상희의 팔은 고양이를 붙잡는 데 망설임이 없었고 꽤 듬직해 보였다.

모리의 귀 뒤쪽 털이 다시 자라나기 시작했다. 동전 크기만 했던 땜빵이 이제 보이지 않을 정도로 줄어들었다. 진드기 사체 청소의 막바지에 이르렀을 때였다. 환상의 팀워크를 이루며 현주와 상희가 고양이를 구석으로 몰아갔다. 모리는 수상한 두 여자의 움직임을 기민하게 눈치채고 뒷다리를 뒤로 빼 어디로든 도망칠 자세를 취했다. 상희는 순식간에 녀석을 두 다리 사이에 넣어 발버둥 치지 못하도록 눌렀다. 그리고 한 손으로 고개를 붙잡고 다른 손으로 눈을 가렸다. 현주가 귀를 까뒤집으려는데 모리가 귀 근육을 움직여 귀를 뒤로 젖히며 귓구멍을 닫아버렸다. 그녀가 귀를 닦는 데 애를 먹는 사이 상희의 힘이 조금 빠지자 녀석이 발을 휘저어댔다. 팔에 뜨거운 통증이 느껴져 깜짝 놀란 현주가 모리에게서 떨어져 나갔다. 그녀의 팔에 빨간 빗금 모양의 상처가 생겼다. 청소를 마친 후 바닥에 흩뿌려진 털을 청소하며 상희가 현주에게 물었다.

"고양이를 무서워해?"

현주는 잠시 아무 말도 하지 못했다. 귓바퀴가 후끈해졌다.

"모리가 살가운 고양이는 아니잖아. 조금이라도 만질라치면 앞발을 날리는걸."

사실 그 행동이 고양이다워 현주는 모리가 마음에 들었다. 그녀는 멍청하게 인간에게 굴복하는 것이 아니라 자신을 지키는 방법을 아는 강하고 명석한 모리가 좋았다.

"아니, 그 문제가 아니라 너 모리가 먼저 다가올 때도 손이 항상 허공에 있어. 교감하는 척만 해. 모리를 만지려는 시도 자체를 꺼리잖아."

"내가? 그게… 고양이를 만지려고 키우는 게 아니니까. 쟤가 거부하는데 억지로 만질 순 없지."

"아니야. 넌 고양이를 만지고 싶은데, 무서운 거야. 하루에 한 번씩만 제대로 접촉한다면 동물은 금방 사람 손길에 익숙해져. 너 정말…."

정말, 그럴지도 모른다고 현주는 생각했다. 고양이를 무서워한다고. 모리에게 시간이 필요하다고 생각해서 절대 강요하지 않고 기다렸다. 그런데 그게 방치였다면? 모리가 악의를 담아 발톱으로 그녀를 공격하고 그녀에게서 더 멀어지게 될까 봐 두려워서 시도조차 하지 않은 거였다면?

"진성이랑 만나면서 스킨십의 기술을 다 까먹은 것 아니야? 정서적 교감을 위한 접촉은 인간이든 동물이든 어느 정도 필요한 법이야."

현주가 씁쓸하게 웃었다. "그 '정도'라는 걸 모르겠어. 어디까지 만져도 되는지."

"그래서 해봐야 한다는 거야."

"…우리는 서로를 만지지 않고도 지금 잘 지내고 있는걸."

상희는 고개를 절레절레 저었다.

"만지지 않고 잘 지내는 거? 나는 불가능하다고 봐. 있잖아, 나 그 사람이랑 헤어졌어."

"한의사 선생님?"

"응. 그 사람 침은 정확한 위치에 잘 놓으면서 내 몸에 대해선 아무것도 모르더라. 나아지는 게 없으니까, 나는 불평을 하게 되고 그 사람은 점점 움츠러들더라. 마지막에는 나를 만지는 걸 꺼려 하는 눈치였어."

"세상에 의외네. 그래도 이번에는 오래갈 줄 알았는데. 설마 연애 노선이 또 바뀐 건 아니지?"

"나는 늘 여러 노선에 발을 걸쳐두지. 지금은 노선 탐색 중."

"너도 참 대단하다. 그쪽으론 늘 에너지가 넘치네. 나는 한 노선도 벅찬데."

"너는 한 관계에 집중하는 스타일인 것 같아. 친구든 연인이든 한 번에 하나씩. 그러고 보니까 우리 다시 만나고 나서 네가 나말고 다른 친구를 만난다는 말 들어본 적 없다? 진성이 만나고는 나한테 연락하는 것도 현저히 줄었고."

현주는 상희의 말을 곱씹었다. 정말 친구는 상희가 거의 유일했다. 그녀는 어렸을 때 친구는 더도 말고 딱 한 명이었으면 했다. 어린 시절을 늘 함께 보냈던 이모나 중학교 시절 단짝처럼. 애인이 생기면 친구에게 줄 마음과 시간까지 전부 그 사람에게 주었다. 그녀의 마음에는 노선이 딱 하나만 다녔다. 한 사람이 마음

가득 들어찼을 때 느껴지는 충만함이 그녀를 안심하게 했다.

"난 너와 달리 한 번에 하나의 관계밖에 집중하지 못하겠어. 마음의 폭이 좁은가 봐. 노선이 하나밖에 지나가지 못해."

"지하철 기관사라는 애가 답답하네. 꼭 노선을 여러 개 둘 필요는 없어. 그래, 7호선 고속터미널역을 생각해봐. 3호선하고 9호선 어디든 자유롭게 환승할 수 있잖아. 지금의 관계가 아닌 것 같으면 다른 노선으로 환승하면 돼. 하나의 관계가 너를 온전히 결정짓는다고 생각하지 마."

현주는 많은 사람이 오가는 혼잡한 고속터미널역을 떠올렸다. 혼란함 속에서도 길을 잃지 않고 환승하는 건 그녀에겐 쉽지 않아 보였다.

🐾

귓속에 득실거리는 진드기를 본 후로, 그녀는 모리의 귀에 온 신경을 쏟게 됐다. 모리의 컨디션이 조금이라도 평소와 같지 않으면 곧장 귀를 살폈다. 모리의 머리 위에서 손가락으로 원을 그려 보이면 모리는 그걸 따라 고개를 위로 들고 갸웃거렸다. 그러면 형광등을 직선으로 받아 귀 안쪽이 잘 보였다. 모리의 귀는 어느덧 분홍색 피부를 되찾았다.

문제는 다른 데 있었다. 일주일 전부터 모리가 간식과 사료를 거부하고 물조차 거의 마시지 않았다. 그녀는 먼저 고양이 머리

위로 원을 그려봤다. 이제 귀는 깨끗해졌지만, 귀를 제외한 다른 신체 부위가 조금씩 변하고 있었다. 몸집이 한 줌 정도 줄어들었다. 간혹 테이블 위로 뛰어오를 때 났던 육중한 소리도 한층 가벼워졌다. 하루 종일 옷장에 틀어박혀 허공을 향해 명을 때리거나 잠을 자기만 했다. 새벽에도 그녀 곁에 오지 않았다. 옷장 안에서 한 발짝도 나오지 않는 날도 허다했다. 현주는 모리가 처음 왔을 때처럼 옷장 바로 앞에 물과 사료, 화장실을 마련해주었다. 한 번 채워둔 사료는 이틀이 지나서야 조금 줄었고 모래에서 똥과 오줌을 찾기가 어려웠다.

먹은 것도 거의 없으면서 모리는 구토를 자주 했다. 하얀 거품이 인 위액을 토해내는 일이 잦아졌다. 온갖 방법을 다 써도 멎지 않는 토악질에 그녀는 고양이를 병원에 데려가야겠다고 생각했다. 저번과 달리 어떤 술책도 필요하지 않았다. 모리는 그녀의 손을 거부하지 않은 채 발버둥조차 치지 않고 무기력하게 이동장 안으로 들어갔다.

🐾

"준비를 하고 있는 겁니다."

수의사가 말했다. 그녀의 어리둥절한 얼굴에 대고 수의사는 "죽을 준비 말입니다"라고 덧붙였다.

죽을 준비? 모리가 죽고 싶어 한다고? 현주는 생존 욕구라는 자연의 섭리를 거스르는 건 복잡한 마음을 지닌 인간뿐이라고 생각했다. 그녀의 머릿속에 관념적으로 자리 잡은 고양이란, 도시에서 살아남기 위해 발톱을 세우고, 등을 힘껏 아치 모양으로 구부리고, 꼬리를 부풀리고, 지겹게 울어대는, 생존 본능에 충실한 동물이었다.

"너무 갑작스러운데요. 얼마 전까지 건강했어요. 이렇게 돌연히 삶을 포기할 이유는 딱히 없어요."

그녀는 작은 털 뭉치가 힘차게 내뱉는 따뜻하고 가는 날숨을, 호흡할 때마다 규칙적으로 부풀고 가라앉는 몸뚱이를, 인간에게 무언가를 말하기 위해 목을 긁어대는 울음소리를 기억했다. 모리는 분명 얼마 전까지만 해도 평범했다고 그녀는 자신했다.

"정말 이상한 점이 없었습니까?"

"처음 집에 왔을 때 밤마다 울어댔어요. 지금은 그러지 않지만요."

"모리가 왜 울었을까요?"

"글쎄요…."

"무엇을 향해 울던가요?"

그녀의 입술이 일자로 다물렸다가 천천히 벌어졌다.

"현관문이요. 적응하는 데 오래 걸리는 고양이라고 생각했어요. 원래 살던 집에 돌아가고 싶어서 그런 거라고."

"고양이의 생각을 우리는 알 수 없습니다. 최대한 그럴듯하게 짐작해보는 수밖에요."

현주가 가만히 고개를 끄덕였다.

"혹시 모리가 어둡고 조용한 곳에 혼자 있지 않나요?"

"주로 옷장 안에서 지내요."

"우울한 고양이는 죽을 곳으로 적당해 보이는 장소를 물색하고, 그 장소를 찾으면 잘 나오지 않습니다."

수의사의 목소리는 무덤덤했다. 그래서 그런지 그가 내뱉는 말이 농담처럼 들리기도 했다.

"죽을 곳으로 적당해 보이는 장소…."

그녀가 멍한 표정으로 수의사의 말을 복창했다.

모리는 항상 옷장 바닥에 깔린 진성의 남색 니트 위에 누워 있었다. 그 옷이 죽을 장소로 채택된 것에 특별한 계시가 있었던 건 아닐 것이다. 모리는 전에 그 니트를 잠자리로 애용했다. 진성이 집을 나가며 깜빡하고 그 니트를 챙기지 않았고 그 옷이 옷걸이에서 흘러내려 옷장 바닥에 꽤 오랫동안 방치돼 있었다. 진성의 냄새가 밴 폭신하고 북슬거리는 니트가 마침 거기 있었을 뿐이었다.

그 니트가 모리가 죽을 장소다. 현주는 이 아찔한 사실을 어떻게 받아들여야 할지 알 수 없었다.

"모리의 마음을 돌릴 수 있을까요?"

"최근에 가족 구성원 중 한 명이 집을 떠났거나, 상실을 느낄 만한 일이 있었나요?"

그녀는 수의사가 심리상담가이고 자신은 내담자라고 느꼈다.

"얼마 전부터 동거하던 남자친구와 따로 살게 됐어요. 하지만 모리가 그 사람에게 애착을 느낀 건 아니었어요. 확실해요. 그의 부재에 슬퍼할 만큼 그에게 호의적이지 않았거든요."

"이것 참 짐작하기 쉽지 않은 상황이네요. 모리의 과거에 대해 전혀 아는 게 없다고 하셨죠?"

"…네."

"항우울제를 처방해 드릴게요. 신경안정제 같은 거예요. 식욕을 돌게 하고 스트레스를 완화하는 데 도움이 될 겁니다. 그리고 고양이는 돌연사가 흔한 동물이니 주의하세요."

수의사가 더 이상 해줄 말이 없다는 듯 헛기침을 했다.

그녀는 모리가 축 처진 채 드러누워 있는 이동장을 끌어안고 차에 탔다. 품 안에서 색색 숨기소리가 들렸다. 어떤 절박한 과거를 가졌기에 이 작은 생명이 자살을 결심한 걸까. 현주는 어쩌면 고양이는 인간보다 더 복잡한 마음을 가졌는지도 모른다고 생각했다. 그녀가 아무리 이유를 물어도 모리는 울음소리 한 번 내지 않았다.

13

진성의 전화를 받았을 때 현주는 침대 위에 걸터앉아 있었다. 이제 침대는 진성의 냄새가 거의 빠졌고 고양이의 냄새 역시 희미해졌다. 모리는 사라졌다. 마치 진성이 그녀를 떠난 것처럼, 아주 갑작스럽게.

진성이 가져온 좌식 테이블을 처분하기로 마음먹은 날이었다. 그가 오래도록 걸레질을 했음에도 테이블에서는 구린내가 났다. 원목 위에 유리 대리석이 깔려 있어 무게가 엄청났다. 유리는 분리해 따로 놔두고 원목만 버리기로 했다. 현관문을 가능한 한 활짝 열어두고 테이블을 세로로 세워 바깥으로 밀어내려는 순간, 모리가 빠른 속도로 현관을 통과해 복도로 나갔다. 분명 좀 전까지 옷장 안에 틀어박혀 있었는데….

그때 마침 엘리베이터가 열리며 옆집 여자가 내렸고 모리가 잽싸게 엘리베이터 안으로 들어갔다. 검푸른 고양이의 민첩한 움직임에 여자는 꽥 소리를 질렀다. 현주가 서둘러 뒤쫓으려고 테이블을 눕혀 놓는 사이 엘리베이터 문이 닫혔다. 1층에서 누군가 버튼을 누른 듯 고양이를 태운 엘리베이터가 새것답게 빠르게 아래로 내려갔다. 중간에 엘리베이터는 서지 않았다. 삽시간에 벌어진 일에 그녀는 얼이 빠졌다. 엘리베이터 버튼을 누르는 손이 떨렸고 1층으로 내려가는 내내 마음이 초조했다. 당연하게도 고양이는 그녀를 기다려주지 않았고 흔적도 없이 사라졌다.

고양이를 찾으려고 부단히 노력했으나, 도망친 고양이를 찾는 것은 불가능에 가까웠다. 좁디좁은 아파트 단지가 갑자기 넓은 숲처럼 느껴졌다. 그녀는 쉬는 날에 아파트 화단 곳곳을 뒤지고 지하주차장을 돌아다녔다. 아직 식지 않은 엔진의 따뜻한 기운에 이끌려 들어갔을까 싶어 자동차의 보닛을 하나하나씩 두들겼다. 좋아했던 간식을 그릇에 담아 아파트 단지 여기저기에 놔두고 고양이가 올 때까지 기다렸지만, 길고양이조차 다가오지 않았다. 사람이 숨어 지켜보고 있는 걸 아는 것 같았다.

고양이를 불러들이려는 그녀의 노력은 아파트 공동생활의 규칙을 어기는 짓이었다. 주민들이 그녀를 극성 캣맘으로 신고했다. 그녀는 경비원에게 길고양이를 위해 밥을 주는 것을 자제해 달라고 한소리를 들어야 했다. 전단지를 만들어 현관문마다 붙였으나 그것마저도 불법 부착물로 신고를 당했다. 곧 복도에 나뒹구는 전단지를 그녀의 손으로 직접 주워 버려야 했다. 모든 노력이 허사로 돌아갔고 그녀는 혼자가 됐다. 날이 추워질수록 길 위의 고양이는 너무나 쉽게 죽는다. 그녀는 그것을 알기에 더 초조했다.

🐾

손으로 이불보의 주름을 펴려 노력하며 진성과 오늘 하루에 대해 전화로 이야기를 나눴다. 그는 부쩍 아들에 대해 많은 이야기를 했다. 그녀 앞에서 아들의 존재를 숨기려 했던 예전과는 다르게. 지오 이야기를 하는 진성은 꽤 즐거워 보여서 아이가 있다는 게 특권처럼 느껴지기까지 했다.

진성은 지오가 부모의 부재를 느끼지 못하도록 하려고 최선을 다했다. 현주는 진성이 지오를 양육하고 있다기보다 자기 내면에 숨어 있던 어린 그를 꺼내 재양육하는 것 같다고 생각했다. 진성은 지오를 통해 자신의 외로웠던 어린 시절을 비춰보곤 했으니까.

"지오가 요즘 내 얘기는 안 해?"

"가끔. 지하철역을 지나칠 때나 열차 캐릭터 애니메이션을 볼 때…"

"그때뿐이야? 조금 서운하네." 현주가 진성의 말을 끊고 볼멘

소리를 했다.

"서운해하지 마. 가끔이라고 한 건 농담이고 평소에 자주 해."

"거짓말. 지오는 내가 엄마의 경쟁자라는 걸 아는 거야."

현주가 농담으로 한 말에 진성이 씁쓸하게 웃었다.

"아, 사실 오늘 전화한 이유가 있어."

그가 할 말이 있다고 할 때마다 그녀는 늘 긴장했다. 젊은 작가들의 그룹 전시를 본 이후로 줄곧 그랬다.

"모리의 전 주인한테 연락이 왔대. 모리를 돌려받고 싶다고."

"모리를 돌려받고 싶다니?"

"그 사람 사정이 있어서 파양한 건데 이제 다시 키울 상황이 된다고 해."

"뭐? 못 키울 것 같으면 다른 사람에게 주고, 키우고 싶을 땐 또 돌려받는다니⋯. 고양이를 물건 취급하고 있잖아. 난 못 줘."

그녀는 마치 지금 모리가 자신의 발치에 있는 것처럼 굴었다.

"진정해. 나도 고민해봤어. 그런데 모리가 꽤 오랫동안 우리에게 적응하지 못했잖아. 전 주인을 그리워한 걸지도 몰라."

진성이 잠시 뜸을 들였다.

"사실 이미 돌려주겠다고 말했어."

"지금 고양이를 돌보는 사람이 누구지? 왜 내게 묻지 않았어?"

"그렇지만 나는 모리가 집에서 딱히 잘 지내고 있다고 생각하지 않아. 우선 내가 집에 한번 들르려고 해. 지오가 데려온 고양이니 내가 해결할게. 바쁠 텐데 신경 쓰지 마."

그녀는 모리가 항우울제를 복용하기 시작했을 때부터 그에게 고양이에 대한 말을 삼갔다. 모리가 사라지고부터는 그를 집으로 부르지 않았다. 잘 지내고 있다고 과시하고 싶었다. 나도 돌봐야 할 것을 잘 돌본다고. 그러나 진성은 전부 알고 있는 것처럼 굴었다.

"아니야. 내가 해결할게."

현주는 점점 절박해졌다. 차분한 체를 하느라 진이 다 빠졌다.

"너에게 먼저 말할걸 그랬네, 미안. 이렇게까지 싫어할 줄은 몰랐어."

"지오는 알아?"

"아직 말 못 했어. 다행인 건 지오가 요즘 모리에 대해 거의 말을 꺼내지 않아. 마치 까먹은 것처럼."

"까먹다니." 현주가 웅얼거렸다.

"순식간에 빠져들다가도 참 빨리 흥미를 잃는단 말이야, 지오. 아이답지."

"지오는 처음부터 고양이를 별로 안 좋아했을걸. 단지 너한테 관심을 받고 싶었던 거야. 너를 더 자주 보러 가고 싶어서 고양이를 너한테 준 걸 테고."

"그렇게 계산적일 순 없지, 여섯 살짜리 애가."

"계산한 게 아니더라도 무의식에 그런 마음이 있었는지도 모르지. 어쨌든 지금은 네가 옆에 있으니까 더는 고양이를 보러 올 필요가 없어졌고."

현주는 그의 신경을 긁기로 마음이라도 먹은 것처럼 물러서지 않았다. "지오는 영리하잖아."

"그래, 그렇다고 하자. 그런데 너 지금 상당히 공격적이야."

진성이 경고하는 투로 말했다.

그녀가 길게 한숨을 쉬고 대꾸했다.

"어쨌든 내가 해결하고 싶어. 모리를 안 돌려주겠다는 게 아니야. 내가 그 사람하고 얘기해봐도 될까? 나한테 전화번호를 알려줘."

그녀는 뒤늦게 침착하게 받아들이지 못한 것을 후회했다.

"알았어."

현주는 진성이 불러주는 번호를 메모지에 받아 적고 힘없이 침대에 폭 누웠다. 진성과의 통화는 힘에 부쳤고, 통화가 끝나자 배가 고팠다. 요즘 그녀가 하루에 먹는 것은 대용량으로 사둔 올드패션 도넛 두 개와 데운 우유 한 잔이 전부였다. 스스로 음식을 제한하려고 애썼다. 몸무게가 많이 빠졌고, 어지럼증을 전보다 더 자주 느꼈다. 모리가 떠난 후 그녀는 정상 궤도에서 한참 벗어난 생활을 하고 있었다.

"그건 그렇고, 무화과가 물러버렸어. 저번에 주문했던 거."

그녀는 작은 상자에 들어 있는 무화과의 절반도 먹지 못했다.

"애초에 상태가 안 좋았어."

"어떻게 하면 좋을까?"

잠깐의 침묵 끝에 진성이 말했다. "청으로 만드는 게 좋겠네. 너무 물렀으면 버리거나."

"그래야겠어."

현주는 전화를 끊고 멍하니 천장의 등을 바라봤다. 그녀는 사랑의 한구석이 닳았다고 느꼈다. 그것도 손쓸 수 없는 모양새로. 침대에 고양이의 검은 털과 하얀 털이 곳곳에 묻어 있었다. 그녀가 청소하지 않은 지 꽤 됐으므로 오래전에 빠진 털일 것이다. 청결하지 못한 집이 꼭 그녀 자체 같았다.

14

"올해는 육 년 만에 한강의 결빙이 없는 해입니다."

그녀가 기관사로 일한 이래 처음으로 한강이 얼지 않았다. 이 사실을 입으로 전하는 것만으로도 엄청난 위로가 됐다. 며칠 동안 안내 방송에서 이 문장을 몇 번이고 반복했다. 그녀가 소중하게 여기는 것들이 하나둘 떠나자 이상하게 좋은 문장들이 떠올랐다. 진정으로 슬플 때에야 누군가를 위로할 자격을 얻는지도 몰랐다. 너무 기쁜 나날에는 각기 다른 일상의 슬픔을 짊어진 채 플랫폼에 서 있는 사람들의 표정이 보이지 않았다는 걸 그녀는 깨달았다. 슬픔이 있어야 위로가 존재할 수 있다. 위로는 슬픔이 가득한 곳에만 내리는 얄궂은 달빛 같은 게 아닐까.

곧 3호선과 7호선 그리고 9호선이 맞물리는 고속터미널역이었다. 역에서 누군가는 출발하고, 누군가는 도착한다. 또 어떤 사람들은 여러 번 환승하며 목적지에 당도한다. 도시에서는 직선 경로가 없어도 환승을 거듭하면 가려는 곳에 어떻게든 도착할 수 있다. 지하철이 땅속 어디든 깔린 서울에서는 길을 잃으려야 잃을 수 없다. 그런데 그녀는 때때로 길을 잘못 든 것 같은 기분에 휩싸였다. 처음부터 방향이 단단히 잘못돼 되돌릴 수 없다는 기분이 들었다. 늘 같은 레일 위를 달리고 있는데도.

🐾

오후 2시. 현주는 퇴근해 시내의 대형 카페로 향했다. 진성과 따로 살게 된 이후로 카페에 가는 건 오랜만이었다. 그녀는 카페에 가길 즐기지 않았지만, 진성은 늘 집중해 무언가를 읽고 써야 했기에 카페에 자주 갔다. 그들은 카페에서 대화를 나누기보다 각자 할 일을 했다. 그는 노트북을 펼치고 자판을 띄엄띄엄 두들겼다. 그녀는 책을 읽거나 방송 멘트를 짜기 위해 필사를 했다. 가끔은 엎드려 잠을 청하기도 했다. 그럴 때면 의식이 끼어들 틈 없는 깊은 잠에 빠져들곤 했다.

오늘 카페를 찾은 것은 그리 달가운 이유는 아니었다. 그날 그녀는 진성과 전화 통화를 끝내고 늦은 시간임에도 불구하고 모리의 전 주인에게 만나서 이야기를 나누고 싶다고 문자를 남겼다. 고양이를 데려가려는 것을 막을 계획이었다. 문자를 보낸 지 채 오 분도 되지 않아 전화가 왔다. 좁은 음폭의 굵직한 목소리를 가진 남자가 휴대폰 너머로 정중하게 인사를 했다. 목소리는 침착했지만 긴장했다는 것을 알 수 있었다. 평일 낮에 만나자는 현주의 제안에 남자는 반차를 쓰겠다고 했다. 그는 만날 장소도 전적으로 그녀가 편한 대로 정하라고 선택권을 위임했다. 모리를 돌려받을 수 있다면 당장이라도 납작 엎드릴 태세였다.

한낮의 종점역 근처 카페는 한산했다. 사람들은 띄엄띄엄 앉아 있었고, 남자 혼자 앉아 있는 테이블은 하나뿐이었다. 현주는 키오스크에서 따뜻한 캐모마일 한 잔을 주문한 후 음료가 나올 때까지 픽업 대에서 기다렸다. 그녀는 그 남자를 힐끗거리며 마음을 가다듬었다. 매니저라는 직함을 단 여자가 진하게 우려난 티를 내밀었다. 현주는 차가 흘러넘치지 않도록 좁은 보폭으로 걸어갔다.

남자는 벌떡 일어나 깍듯하게 인사했다. 그녀 역시 어색하게 고개를 숙이며 응답했다. 목소리와 생김새가 일치하는 사람이었다. 두상이 컸고 눈썹은 두껍고 진했으며, 차분하고 조용한 인상이었다. 나이는 그녀보다 족히 다섯 살은 많아 보였는데, 구레나룻과 연결된 수염 때문에 중후해 보이는 탓인지도 몰랐다. 잘 다듬어 청결해 보이는 수염이었다. 무엇보다 남자가 풍기는 공장 냄새와 타고 남은 장작 냄새가 인상적이었다. 나무 향이 나는 향수를 뿌렸을 수도 있지만, 몸에 밴 냄새라고 그녀는 확신했다. 고양이를 좋아하는 사람 중에 향수를 진하게 뿌리는 사람은 드물었다. 남자는 적당히 해진 청바지에, 무릎 위까지 오는 검정색 다운 코트를 입고 있었다. 얇은 코트였지만 추위에 취약해 보이지 않았다. 그녀가 아는 한 승객이 떠올랐다. 프랑스인의 분위기를 풍기던 그 외국인 남자는 아무리 추운 날에도 얇은 코듀로이 재킷에 술이 달린 얇은 머플러를 서너 번 칭칭 동여맨 차림새였다. 오늘도 남자의 옷차림이 똑같을지 점쳐보는 재미가 있었지만, 근래에 그 승객을 본 적은 없었다. 그 독특한 인상의 승객과 눈앞의 남자를 비교하니 긴장이 조금 가라앉았다.

남자는 차가운 라테를 이미 반 잔 넘게 마신 상태였다. 그는 현주가 외투를 벗고 차를 한 모금 마실 때까지 별다른 말을 하지 않았다. 그의 등 뒤로 보이는 넓은 창문에는 수분을 잔뜩 머금은 두꺼운 구름이 층층이 쌓여 있었다. 저녁에 눈이 내린다는 예보는 적중할 것이다. 눈이 오면 고양이를 찾으러 돌아다니는 일이 더욱 까다로워진다. 목이 긴 털 부츠를 신고 아파트 단지의 화단을 들쑤셔야 한다. 단지는 동네의 뒷산과 맞닿아 있다. 들고양이처럼 산으로 올라갔을 가능성을 고려해 진입로를 순찰해야 하는데, 눈 오는 밤은 아무래도 혼자 걷기가 무섭다. 게다가 흙과 눈이 뒤섞여 발을 내디딜 때마다 진흙이 찌걱거리며 불길한 소리를 낼 것이다. 집에 돌아와 구둣주걱으로 밑창에 찐득하게 달라붙은 진흙과 마른 나뭇잎을 떼어내는 것도 귀찮은 일이다.

남자는 출판사 저작권 부서에서 일하면서 주말에는 작은 사진관을 운영하고 있다고 자신을 소개했다. 현주는 남자가 풍기던 향의 정체가 사진관 특유의 뜨거운 조명에서 나는 탄내라고 짐작했다. 현주는 자신을 기관사라고 간단히 설명했다. 그와 달리 덧붙일 말이 따로 없었다.

"모리를 다시 데려가고 싶으시다고…."

그녀가 말끝을 흐리며 곤란한 표정을 지었다.

"네. 그전에 어떻게 모리가 선생님께 가게 됐는지 궁금합니다. 처음에 고양이를 데려간 건 다른 여자분과 그분의 아들이었거든요. 그런데 다시 연락했을 때는 남편이 데리고 있다고 했고, 남편분과 연락을 하니 또 집을 잠시 비워서 친구분이 맡고 있다고 했고요."

남자는 이 혼란스러운 상황을 조목조목 나열했다. 목소리에 힘이 들어갔는데 화가 났다기보다 상황을 이해하려는 적극적인 태도로 느껴졌다.

"설명이 부족했던 것 같네요. 어디서부터 교정을 해야 할까요. 우선 그 남편으로… 알고 계신 남자와 저는 동거하는 사이였어요. 엄마와 아들 둘이 함께 살았고요."

"처음 상황은 그랬군요."

남자가 기자로서 그녀를 인터뷰하고 있는 것만 같았다. 현주는 단어 선택에 유의해야겠다는 생각이 들었다.

"오해하실까 봐 정확히 말씀드리면, 그 둘은 결혼한 사이가 아니에요. 호칭을 그렇게 붙이니 제가 마치 불륜이라도 저지른 것 같네요. 그런데 여자분께서 고양이 알레르기가 있다는 걸 뒤늦게 알게 됐고 고양이를 키우기 어려워졌죠. 그래서 모리를 저희 집에 맡긴 거예요."

그녀가 말을 멈추고 차를 한 모금 마셨다. "아, 저희는 모리의 이름을 바꾸지 않았어요. 이런 상황을 예측한 건 아니지만요."

"모리가 여전히 모리라니, 다행이군요." 남자가 말했다. "그런데 고양이를 저에게 다시 돌려주는 방법도 있었을 텐데요. 물론 껄끄러웠겠지요."

"껄끄러운 게 컸겠죠. 그리고 어쩌면 아이는 아빠를 더 자주 보러 가고 싶었던 것 같아요. 고양이를 핑계로요. 물론 제 추측이지만요."

남자는 작게 고개를 끄덕이며 눈썹을 꿈틀거렸다. 문득 그녀는 지금까지의 경위를 쭉 설명하며 지오와 모리의 닮은 점을 발견했다. 나이가 같다는 것과 적게 먹는 것, 자주 우는 것 그리고 자신의 의지와 무관하게 함께 사는 보호자가 바뀐다는 것.

"그런데 그 여자분이 해외로 나가게 됐고, 제 애인이 그 집에 가서 아이를 돌봐야 하는 상황이 된 거죠. 그래서 제가 혼자 고양이를 돌보게 된 거고요."

현주는 '제 애인'이라는 단어를 힘주어 말했다.

"이제야 퍼즐이 맞춰지네요."

"죄송해요. 모리를 자꾸 이리저리 옮긴 것만 같아서. 환경이 자꾸 바뀌면 고양이한테 안 좋잖아요."

"아니요. 그간의 일들 중에 선생님의 의도로 벌어진 건 하나도 없는 것 같네요. 애초에 처음 고양이를 다른 사람에게 넘긴 건 저이기도 하고요."

"이제 제가 질문 드려도 될까요? 왜 모리를 돌려받고 싶으신건지."

현주는 차마 '지금 저는 고양이와 꽤 잘 지내고 있거든요'라고 거짓말할 수 없었다. 그녀는 모리가 어떻게 울었는지조차 기억이 가물가물했다. 그 고양이는 희한하게 울어 절대 잊을 수 없을 것만 같았는데 말이다.

남자가 다운 코트를 벗어 돌돌 만 뒤 옆 의자에 올려두었다. 마찬가지로 짧은 이야기는 아닌 듯했다.

"사실 모리는 주말에 여는 제 사진관에서 돌봐주던 길고양이였습니다. 사진관 근처에는 산과 이어진 습지 공원이 있는데, 그곳을 영역으로 삼은 아이였죠. 그 동네에 사시면 습지 공원을 아시겠네요?"

"네. 초등학교와 맞닿아 있는 공원이죠. 혹시 그 동네 출신이세요?"

남자가 고개를 가로저었다. "아니요. 고향은 청주입니다. 제가 성인이 되고 나서 이곳으로 가족이 다 같이 이사를 왔습니다."

"그렇군요."

"겉으로는 작고 연약해 보이지만 생각 이상으로 강한 고양이예요. 항상 밥만 먹고 도망가던 애가 어느 날 배가 불룩해져선 아예 사진관 앞에 자리를 잡았죠. 임신을 한 거예요. 덕분에 저도 얼마간 사진관에서 먹고 자며 출퇴근을 했죠. 자기 몸의 털을 입으로 물어뜯어 등 곳곳에 탈모가 생겼고 계속 저를 찾으며 아주 불안정해 보였어요. 그러다 언젠가 새벽에 제가 보는 앞에서 새끼 다섯 마리를 낳았어요. 무척 힘들게요."

남자는 말을 멈추고 남은 라테를 전부 들이켰다. 컵 안의 얼음이 서로 부딪치며 내는 소리가 비정상적일 정도로 크게 들렸다.

"곧 중성화를 시켰습니다. 그 과정에서 복수가 찬 사실을 뒤늦게 발견했어요. 게다가 병원에서는 이번이 처음 임신한 게 아니라고 하더군요."

"모리는 제 생각보다 더 긴 생을 살아왔네요."

"여섯 살이라고 했지만 추정일 뿐입니다. 실제로 나이가 더 많을지도 몰라요. 게다가 그 고양이, 비범한 안광을 가졌잖아요. 전생, 전 전생까지 기억할지도 몰라요. 고양이란 동물은 늘 인간의 상상을 뛰어넘는 생명체니까요. 어쨌든 모리의 몸이 많이 망가져서 더 이상 길거리 생활은 무리라고 판단했습니다. 그래서 새끼들을 입양 보내고 모리는 제가 키우기로 했죠. 그런데 실수였어요. 모리는 괴로워하며 밤마다 울었습니다."

"맞아요, 저희 집에서도 그랬어요. 그래서 입양을 보낸 건가요? 너무 시끄러워서?"

"아니요. 그건 아닙니다. 곧 모리가 무엇을 원하는지 알게 됐거든요. 모리는 산책을 원했어요. 원래 자기 영역이었던 습지 공원을 한 바퀴 돌면 모리의 불안 증세가 완화됐거든요. 거기에 가면 새끼들이 있을 거라고 여겼던 것 같아요. 그래서 매일 산책을 하며 이제 더는 새끼가 없다는 걸 상기시켜줘야 했어요."

그의 이야기를 듣자 현주는 자연스럽게 늙은 남자와 스코티시폴드가 떠올랐다. 그녀는 자신도 모르게 주먹을 꽉 쥐었다.

"밤마다 구슬피 운 이유가 새끼들과 지냈던 곳으로 가고 싶어서였군요."

"네. 어미와 자식을 떨어뜨려 놓으면 안 됐어요. 새끼 한 마리는 모리 옆에 두었어야 했어요. 제가 동물의 모성애를 과소평가했어요. 사실 치료만 해주고 다시 방생했어야 했는지도 몰라요. 집 안에서의 안전한 삶을 모리가 원했을까요? 평생을 갇혀 산 적 없는 고양이에게 안전은 오히려 족쇄가 아니었을까요?"

"인간은 고양이의 마음을 결코 알 수 없죠."

현주는 수의사가 자신에게 했던 말을 되풀이했다. 고양이의 생각을 간절히 알고 싶은 사람에게 해줄 수 있는 말은 그것뿐이었다. 그녀는 처음에 남자가 화를 내지 않은 이유를 이해했다. 남자는 모리의 묘생이 단단히 꼬여버리기 시작한 것이 전적으로 자신의 책임이라고 생각하고 있었다. 모리가 원하는 삶을 선택할 기회를 앗아간 것을 그는 후회하고 있었다.

"모리를 포기한 이유는 다른 데 있었어요. 당시에 결혼을 전제로 만난 여자친구가 있었어요. 약혼까지 한 상태였죠. 그런데 그 사람, 어렸을 때 길고양이에게 목에서 가슴까지 할퀸 경험이 있었어요. 할큄병에 걸려 고생한 탓에 고양이를 끔찍이 무서워했죠. 아마 벼룩에 감염된 길고양이였을 겁니다. 운이 안 좋았죠. 고양이 알레르기도 있다고 했는데, 제가 봤을 때 그건 심리적인 문제였고요. 고양이냐 사람이냐, 선택의 기로에서 저는 애인을 택했습니다. 그래서 새끼에 이어 모리도 곧바로 입양을 보내게 됐죠. 그런데 얼마 전에 애인과 헤어졌습니다. 그래서 다시 고양이와 함께할 수 있는 환경이 마련됐어요."

그녀가 어떻게 반응해야 할지 고민하다 타이밍을 놓친 사이 남자가 비죽 웃었다.

"그래도 이혼보다는 파혼이 낫죠."

남자는 이별을 웃음으로 승화해버렸다. 현주가 살짝 고개를 비틀어 미소 지으며, 자신이 그의 말을 심각하게 받아들이고 있지 않다는 뉘앙스를 비췄다.

어느새 창문 밖으로 눈이 내리기 시작했다. 지면에 닿기까지 오래 걸리는 굵은 눈송이였다. 결코 멎을 것 같지 않았다. 성질머리가 고약했지만 어린아이 앞에서는 인자하고 참을성 있던 그 훌륭한 고양이는 지금 어디에 있을까. 문득 그녀는 계속되는 정적에 그가 석연찮은 낌새를 감지할 것만 같아 불안했다.

"모리를 보고 싶습니다."

그의 말에 현주의 팔뚝 안쪽 여린 피부에 소름이 돋았다.

"모리를 돌려받으시면 집에서 키우실 건가요?"

그녀는 동물보호센터의 까다로운 입양 담당자처럼 굴었다. 그가 고양이의 보호자로 적격한 인물인지 판단하려는 것처럼.

"그래야죠. 길 위에서 모리는 더 이상 강한 고양이가 아니니까요. 대신 아이가 답답해하지 않도록 산책을 시켜줄 거예요."

남자가 작게 미소 지었다.

"고양이를 산책시키겠다…."

그녀는 고양이를 잃어버렸다는 사실을 인정하고 싶지 않았다. 뉴스에 나오는 끔찍한 동물 학대범이 된 것만 같았다. 개처럼 고양이를 산책시키는 동네의 늙은 남자와 자신이 별 다를 바 없는 것 같았다. 거짓말하고 있다는 긴장감 때문에 눈치채지 못한 사이에 카페가 어수선해졌다. 카페에 개를 데리고 들어오려는 사람과 직원 간에 실랑이가 이어졌다. 결국 견주는 테라스 울타리에 개를 묶어두고 혼자 카페로 들어왔다. 개 짖는 소리가 가장 안쪽 자리에 앉은 그들에게까지 들렸다. 개의 말을 절대 알아들을 수 없으면서, 견주는 자꾸 뒤돌아 개에게 무어라 말했다. 개의 울음소리를 듣자 이상하게 그녀의 마음이 편안해졌고 이내 뻔뻔해지기로 했다.

"그거 아세요? 어디를 가도 개는 짖어대고 고양이는 도망가요."

말뜻이 이해되지 않는다는 듯 남자가 눈을 가늘게 뜨고 그녀를 바라봤다.

"음, 그러니까 제가 하고 싶은 말은… 모리가 도망갔어요. 잠깐 문을 열어둔 사이 뛰어가더라고요. 정말 빨랐어요. 잡을 수 없었어요. 집이 13층인데 모리가 나간 순간 엘리베이터 문이 열렸고 그대로 그걸 타고 내려갔어요. 엘리베이터를 타고 내려간 고양이라니, 제가 말해놓고도 어이가 없네요."

현주는 떠밀리듯 그날의 이야기를 털어놓았다.

"난처하네요." 남자는 얼음이 녹은 찬물을 마시고 말했다. "사라진 지 얼마나 됐죠?"

응당 화를 내야 하는 상황인데, 남자는 침착함을 유지하고 있었다.

"한 달 정도요. 모리를 찾으려고 온갖 노력을 했어요. 오늘 밤에도 나갈 계획이에요. 눈이 오면 길고양이는 더욱 궁지로 몰리니까요. 사실 카페에서 이렇게 꾸물거릴 시간도 없어요."

현주는 말이 빨라지지 않게 조심했다. 말하는 와중에도 잘못을 고백하는 게 아니라 사실을 전달하는 것뿐이라고 스스로를 격려했다. 그녀는 고양이를 잃어버린 적이 처음이다. 어렸을 때 봤던 고양이들은 훌쩍 떠났다가도 다시 돌아왔고, 안 돌아오면 삶의 터전을 바꾸었거나 죽은 줄 알았다. 길고양이에게는 잃어버린다는 개념이 성립하지 않았다. 그러나 집고양이는 달랐다.

"모리는 잘 있습니다."

그의 말을 이해하지 못해 그녀는 눈만 동그랗게 뜬 채 몇 초간 아무 말도 하지 못했다. 이내 놀란 마음을 숨기지 못하고 어눌한 발음으로 말했다. "무슨 말씀인지…."

"얼마 전부터 모리를 닮은 고양이가 사진관을 얼쩡거렸어요. 진위를 확인하고 싶어서 캔과 물을 두고 제 앞까지 오도록 유도했죠. 그 고등어 얼룩과 눌러앉은 눈두덩이, 모리가 맞더군요."

그녀는 손가락 끝까지 힘이 풀렸다. 방금까지 그를 속이려고 했으나, 되레 그녀가 속아버렸다. 뻔뻔스럽게 거짓말을 한 남자에게 화가 나기보다 모리가 잘 있다는 사실에 안심이 됐다.

"모리가 사라진 걸 알면서 떠보려고 한 건 죄송합니다. 그저 모리가 어떻게 다시 돌아온 건지 궁금했어요. 처음에는 화가 났고 나중엔 걱정했어요. 혹시 모리가 못된 인간에게 입양돼 도망친 게 아닐까 해서요. 제가 아무런 절차나 확인 작업 없이 모리를 보냈다는 죄책감도 있었어요. 어떤 입양 홍보 글에는 자가나 최소 전셋집을 가진 사람에게만 집사의 자격을 준다고 명시하더군요. 이건 조금 과한 것 같지만요. 요즘 동물 학대범들은 무척 고

단수이고, 당연하게도 자신이 그런 인간이라는 걸 직접 말하고 다니지도 않잖습니까. 제 나름대로 확인 작업이 필요했어요. 의심해서 죄송합니다. 선생님은 고양이를 꽤 좋아하는 것 같네요."

"아아… 아니에요. 모리가 옷장에서 안 나올 거라고 생각해서 안일하게 현관문을 활짝 열어둔 제 불찰이 커요. 어쨌든 저희 둘 다 거짓말을 한 셈이네요. 그리고 가장 중요한 건 지금 모리가 안전하다는 거고요."

남자가 느리게 고개를 끄덕였다.

"제 상상이 빗나가 다행입니다."

남자는 취조에서 원하는 자백을 얻어낸 형사처럼 만족스러운 미소를 보였다.

"정말 괴로운 한 달이었어요. 정말, 말도 안 되게요."

그녀가 길게 숨을 내뱉고 두 손을 비볐다. 긴장으로 차갑게 굳어진 손에 온기가 돌기 시작했다.

"그럼 이제 회사로 다시 돌아가시는 건가요?"

"아뇨. 집으로 갑니다."

원하는 것을 전부 얻은 그가 빠르게 자리를 파하려고 하는 것 같아 그녀는 묘하게 기분이 뒤틀렸다. 테이블을 둘러싼 공기가 다시 빠르게 바뀌었다.

"잠시만요. 이대로 끝인가요?"

"네?"

"이젠 상황이 바뀌었어요. 저야말로 모리를 돌려받고 싶어요."

남자가 미간을 찌푸리며 마른기침을 했다.

"쓰읍, 글쎄요, 그건…."

"제가 모리에게 좋은 보호자가 아니라고 생각하시겠지만… 사실 저는 모리를 필요로 해요."

"지금 이기적인 말을 하고 계시네요. 고양이를 돌려받는 데 전혀 도움이 안 되는 말씀입니다."

"알아요. 그런데 그쪽도 모리를 입양 보낼 땐 언제고 이제 와 모리를 필요로 하지 않나요?"

남자가 신경질적으로 앓는 소리를 냈다. "모리에게 둘 중 하나를 선택하라고 할 수도 없는 노릇이고…. 이 문제는 조금 더 생각해봐야 할 것 같네요. 선생님도 그간 모리에게 쌓인 정이 있을 테니까요."

"우선 모리를 만나고 싶어요. 최대한 빨리요."

"그거야, 뭐. 그러면 주말에 한번 사진관으로 오세요. 모리를 데려가겠습니다."

"그러죠."

그들은 카페에서 나와 외부 주차장으로 향했다.

"성함이 어떻게 되시죠? 저희 통성명도 하지 않았네요."

처음에 비해 그다지 예의를 갖추지 않은, 다소 메마른 목소리로 남자가 물었다.

"오현주입니다. 그쪽은…?"

"이성원입니다. 저는 역 쪽으로 갑니다. 그럼 조심히 들어가시고 연락하시죠."

남자가 먼저 등을 보였다. 남자의 손에 장우산이 들려 있었다. 언젠가 지하철 문에 끼인 것과 똑같은 다홍과 검정이 교차된 줄무늬 우산이었다. 문을 열어 달라고 외치던 남자도 꼭 이렇게 대나무를 두들기는 것 같은 목소리였다. 남자를 붙잡아 출퇴근할 때 7호선을 타는지 물으려다가 어깨만 들썩이고 말았다. 남자가 우산을 펼쳐 눈 속을 뚫듯이 걸어갔다. 아직도 눈은 무서운 기세로 쏟아지고 있었다. 그녀는 이제 눈이 두렵지 않았다. 눈이 온세상을 덮을 만큼 펑펑 내려도 괜찮을 것 같았다.

❀

진성이 도어락을 여는 소리에 현주가 침대에서 몸을 일으켰다. 그녀는 낮에 성원을 만난 후로 계속 반수면 상태로 침대에만 누워 있었다. 무척 피곤한데도 잠은 오지 않았다. 바로 일어나면 어지러울 것 같아 걸터앉은 채로 고개만 내밀어 그를 반겼다.

"왔어?"

"응. 집 오랜만에 온다."

진성이 패딩을 벗어 식탁에 아무렇게 놓았다. 아직도 눈이 내리는 듯 패딩 곳곳이 축축하게 젖어 있었다.

그는 집에 모리가 없는 것 외에 거실 테이블도 없어졌다는 걸 알아챘다.

"테이블, 버렸어?"

"응. 아무리 닦아도 아래쪽에 냄새가 안 지워지더라고."

"아, 그래? 예뻤는데, 아쉽네."

진성이 방으로 들어와 책상 의자를 돌려 침대를 마주 보고 앉았다. 그러고는 협탁 위에 구겨진 채 놓여 있는 맥주 캔을 훑으며 말했다.

"저녁은?"

현주가 그의 눈치를 보며 도리질했다. 발아래 휴지통에 캔을 쓸어 넣었다. 모두 네 캔이었다.

"부엌에 뭔가 좀 있을까?"

"바로 먹을 만한 건 없을 거야. 장을 본 지 오래돼서 재료도 마땅치 않고."

현주가 협탁 위에 놓여 있는 프렌치파이 봉지를 뜯어 입어 넣었다. 단걸 씹으니 조금 정신이 들었다.

"그럼 시켜 먹자. 피자 어때? 페퍼로니."

"좋아."

배달을 기다리며 둘은 나란히 누웠다. 현주는 진성을 바디 필로우 인형처럼 껴안았다.

"보다시피 모리는 이제 없어. 오늘 낮에 집에 와서 직접 데리고 갔어."

현주는 오늘 낮에 모리의 전 주인과 만난 이야기를 축약하고 또 왜곡해 전달했다.

진성이 얼굴을 찡그렸다.

"오늘? 나한테 말하지 그랬어. 내가 같이 있어줘야 했는데."

"괜찮아. 그 사람, 고양이를 끔찍이 아끼더라." 현주가 뜸을 들이다 물었다. "지오는, 괜찮대?"

"안 그래도 오늘 물어보기에 사실대로 말했어. 원래 주인에게 돌아갈 거라고."

"그랬더니 뭐래?"

"어쩔 수 없네, 라고 말했어."

"아아…." 현주가 아무런 중량을 가지지 않은 신음을 내뱉고 눈을 감았다. 그러고는 더욱 세게 진성을 껴안으며 한 손을 그의 스웨터 안으로 집어넣었다. 겨울이었고 맨살까지는 장애물이 많았다. 그녀의 찬 손이 약간 딱딱한 배에 닿자 곧바로 그의 피부에 소름이 돋았다.

"두고 갔던 남색 스웨터 말이야, 모리 털로 엉망이 됐어."

"괜찮아. 모리 발톱 때문에 올이 많이 나가서 버리려고 했어."

진성이 조심스럽게 그녀의 바지 안으로 손을 집어넣었다. 반면에 그녀의 손은 그의 바지 안으로 절대 들어갈 수 없다. 마치 투명하고 미끈한 막이 청바지 지퍼를 내릴 수 없도록 저지하고 있는 것 같았다. 그의 손가락이 그녀의 몸 깊숙한 곳부터 덥혀왔다. 무척 오랜만이었지만, 그녀의 얼굴은 전혀 기뻐 보이지 않았다.

"네가 좋지 않다면 하지 않을 거야."

다정하지만 힘없는 말투로 진성이 말했다. 그녀가 싫다고 하면 금방이라도 그녀의 몸에서 손을 뗄 태세였다.

"계속해줘."

오늘 그의 애무는 기교적이기만 하고 부드러움이 없었다. 현주는 그가 몸의 무게를 이용해 자신 위에 올라타 짓눌러주길 바랐다. 심장이 그와 침대 사이에서 압박되며 헐떡이길 원했다. 그렇지만 그가 결코 원하는 대로 해주지 않을 거라는 걸 알았다. 그녀는 그에게 아무것도 요구하지 않기 위해 입술을 꽉 깨물어야만 했다.

'시늉' 같았던 관계가 끝난 후 그녀는 돌아누워 그가 손을 닦고 침대 헤드 위에 올려둔 구겨진 휴지를 물끄러미 바라봤다. 모든 것이 너무 가볍다고 생각됐다.

섹스 후에 먹는 밥은 맛있다. 자극적이고 뜨거울수록 더 좋다. 몸속에서 무언가 빠져나갔기 때문이다. 섹스를 하고 나면 몸뿐만 아니라 정신적인 에너지도 많이 소모되기 때문에 더 많은 칼로리를 필요로 한다. 현주는 진성도 그런 식사를 한 적이 있는지 궁금했다. 그 여자와는 다디단 식사를 먹지 않았을까, 짐작할 뿐이었다. 피자로 배가 채워질수록 안이한 평화를 느끼며 그녀는 역시 그에게 관계를 요구하면 안 됐다고 후회했다.

게걸스러운 식사를 마친 후 그들은 소파에 엉켜 앉았다. 그녀가 새로 산 아크릴로 된 모듈 테이블 위에는 땅콩버터와 아직 표면에 물기가 도는 딸기가 담긴 검은 도기 그릇이 놓여 있었다. 오랜만에 크쥐시토프 키에슬로프스키 감독의 '세 가지 색' 삼부작을 연달아 보는 중이었다. 〈레드〉가 끝나갈 즈음에 진성은 소파에 앉아 고개를 돌리며 스트레칭을 했다. 족히 여섯 번은 넘게 본 터라 영화의 결말은 이미 알고 있었다.

"나는 이제 〈레드〉가 제일 재미있는 것 같아. 우연한 만남이 겹치고 겹쳐 결국 필연이 된다는 데 동의하게 됐어."

현주가 눈을 화면에 고정한 채 말했다.

"이젠 우연과 인연을 믿어?"

진성이 물었다.

"응, 믿어. 있더라고. 앞으로도 많았으면 좋겠어."

"변했네."

현주가 어깨를 으쓱해 보였다.

"재미있는 점은, 모든 게 주인공이 개를 좋아하는 사람이었기에 시작됐다는 거야. 교통사고를 당한 길 잃은 개를 그냥 지나쳤다면 결국 아무것도 시작되지 않았을 거야." 진성이 말했다.

"나라면 지나쳤을 거야."

"아니, 너라면 꼭 저 주인공처럼 개를 병원에 데려가서 치료해 줬을 거야. 그리고 인식표에 적힌 주소지로 찾아가서 말하겠지. 개를 사랑하지 않으세요?"

현주가 푸핫 하고 웃음을 터뜨렸다.

"설마! 고양이라면 모를까."

진성이 겉옷을 챙겼다. 물기는 이미 다 말랐고, 어느새 눈도 멎어 있었다.

"자고 가는 것 아니었어?"

"지오 데리러 가야 해. 지금 외할머니 댁에 있거든."

"오늘 하루만."

그녀가 토라진 목소리를 냈다.

"그럼 주말에 올게."

진성이 달래듯 그녀의 볼에 짧게 입을 맞췄다. 그녀가 그의 얼굴을 손으로 밀어 내쳤다. 표정은 험악하면서도 어딘가 간절해 보였다. 진성은 갑작스러운 그녀의 감정 변화에 당황해 잠시 할 말을 잃었다.

"미안."

그가 그녀의 손을 잡고 엄지로 손등을 쓰다듬었다. 그녀도 방금 자신이 한 다소 거친 행동에 놀랐다.

"오늘 모리가 가버려서 마음이 뒤숭숭한가 봐."

그가 항복의 표시로 그녀의 손에 깍지를 끼고 자신의 가슴팍에 댔다.

"이해해. 그렇지만 오늘은 어쩔 수 없는걸."

고저가 없는 그의 목소리는 무력하게 흩날리는 마른 낙엽 같았다.

"지금 내 상황이 괜찮은 게 단 하나도 없어. 무엇보다 주인 없는 집에 계속 있는 게 이상해. 퇴근하고 도어락을 누르는데, 마치 도둑이 된 것 같았거든." 현주가 젓가락을 내려놓으며 말했다. "너한테 뭘 바라는 건 아니지만."

진성이 현주의 말이 버거운 듯 콧등을 찡그렸다.

"이사하는 건 어때? 계속 이 집에 살 필요는 없어. 전에 알아봤던 회사 근처 오피스텔…"

현주가 고개를 떨궈 그는 말을 중단해야 했다. 잠시 공기의 흐름이 멈춘 것만 같았다.

그녀는 그에게 묶인 손을 빼내고 정신을 차리기 위해 두 손으로 얼굴을 가볍게 쳤다. 건조한 피부끼리 부딪혀 생긴 따가움이 현실감을 일깨워줬다. 폐에 차 있는 숨을 천천히 빼내며 흉통을 조이고, 다시 숨을 천천히 밀어 넣길 반복했다. 그래도 그에게 모리가 항우울제를 먹었으며 이 집을 탈출해 전 주인에게 제 발로 걸어갔다는 사실을 말하고 싶은 충동이 일었다. 그러면 진성이 그녀를 불쌍하게 여겨 오늘 밤 옆에 있어주지 않을까. 그러나 일련의 사건이 너무나 빠르게 전개됐고, 지금의 그녀로선 그에게 논리정연하게 설명할 자신이 없었다. 돌봐야 할 것을 제대로 돌보지 못하는 여자에게 진성이 어떤 표정을 지을지 알고 싶지 않았다.

"그런데 시는 계속 써?"

그녀가 무릎을 모으고 양팔로 다리를 감싸 안아 몸을 동그랗게 말았다. 체온을 유지하려는 고양이처럼.

"응, 되도록이면 쓰려고 해. 네 감시가 없어도 꽤 성실하지?"

"기특하네."

"지오가 나를 따라서 가끔 시를 써. 꼬맹이가 나보다 나은 표현을 쓸 때가 많아."

현주의 눈이 씁쓸하게 빛났다. 그들은 마음에 빈방이 많은 시기에 본능적으로 서로를 찾았었다. 그런데 지금 진성의 방들은 다른 어떤 것들로 모두 채워진 것만 같았다. 비어 있는 건 그녀뿐이었다.

"네가 쓴 작품이 오십 편이 넘으면 몰래 인쇄해서 공모전에 출품하려고 했어. 시 부문에서 제일 큰 상 있잖아, 거기에."

"아직 오십 편이 안 돼."

"시가 넉넉하게 쌓이면 말해줄 거야?"

진성은 고개를 끄덕였지만, 사실 계속 시를 쓸 자신은 없었다. 형편없었으니까. 얼마 전에 그는 현주에게 말하지 않고 작은 공모전에 시를 응모했다. 그러나 지금 그는 그 시가 적힌 종이가 심사위원들 손에 들어가기 전에 당장이라도 달려가 원고를 찢어버리고 그 조각을 다시 맞추지도 못하게 불태워버리거나 변기에 넣고 물을 내려버리고 싶은 심정이었다.

"나를 강압적인 사람으로 만들지 마."

현주가 짓궂게 말했다.

"어디 한번 돼보라지."

"진지하게 내 말 들어봐. 나는 한국 사회가 지나치게 등용문을 중시한다고 생각해. 어떤 글이든 꾸준히 쓰는 사람은 모두 작가야."

"그렇다면 너도 작가인 거네? 매일 지하철 이용객들을 위해 말을 짓잖아."

"내 경우는 조금 다르지. 그렇지만 넌 자격 있어."

"글쎄, 이 나라에선 녹록지 않아."

진성이 부드럽게 미소 지으며 그녀의 정수리에 입을 비볐다.

"이제 가볼게."

문 앞에서 진성이 그녀를 길게 안아주고 천천히 힘을 빼며 놔주었다. 방금 그녀를 한가득 안았음에도, 그는 두 팔에 아무것도 닿지 않은 것만 같았다. 문이 닫히며 손을 흔드는 그녀가 눈앞에서 사라졌다. 진성은 조용히 문에 기대서서 희미하게 들리는 그녀의 가벼운 발소리를 들었다. 이내 복도는 적막에 휩싸였다. 그가 엘리베이터 앞에 섰으나 불이 켜지지 않았다. 진성은 내일 아침에 일어나면 관리사무소에 전화를 걸어 왜 센서 등을 아직도 고치지 않은 것인지 따져야겠다고 생각했다.

15

현주가 모리를 만나기로 한 주말은 흐리고 습했다. 약속은 성
원의 사진관에서 오후 3시로 정했다. 현주는 그에게 당장 무엇을
결정하자는 게 아니라 단지 고양이가 잘 있는지 보고 싶다고만
말했다. 사진관은 차로 가기엔 너무 가까워서 그녀는 걸어가기로
했다.

몸집을 한껏 커 보이게 하는 회색 모헤어 코트 안에 브이넥 니
트를 입어 목이 조금 시렸다. 어느새 꽤 자란 머리카락이 걸을 때
마다 나풀거리며 목덜미에 스쳤다. 머리를 자르지 않아도 불안하
지 않았고, 머리가 길어도 자르고 싶은 충동이 들지 않았다. 모리
를 찾는 데 온 신경을 집중하는 사이 단발머리에 집착하는 강박
증이 어느새 사라졌다.

현주는 건물 앞에서 사진관을 찾지 못하고 헤맸다. 건물을 빙

둘러 걸어가니 뒤쪽에 검은 외관의 작은 사진관이 보였다. 불이 켜져 있었고 인기척이 느껴졌다. 그녀가 문을 열자 풍경 소리가 짧게 울렸다. 기념품으로 사 온 것 같은 일본풍 디자인의 풍경이었다. 사진관은 실내 공간이 한눈에 다 들어올 정도로 협소했고, 문을 마주 본 카운터에 성원이 서 있었다.

"안녕하세요."

그가 못해도 삼십 분은 일찍 도착해 있었던 듯 실내는 히터 바람으로 무척 따뜻했다. 그는 딸기우유 색 옥스퍼드 셔츠만 입고 있었다. 소매를 팔꿈치까지 걷어 올린 채였다.

"아, 오셨군요. 모리는 저기 있어요."

모리는 문 바로 옆의 기다란 소파 위에 천연덕스럽게 앉아 있었다. 현주는 그 앞에 무릎을 꿇고 자신도 모르게 손으로 모리의 머리를 거칠게 쓸어내렸다.

"너, 여기 있었구나."

모리는 그녀의 손길을 참아주는 듯하더니 금방 고개를 털며 불쾌감을 적극적으로 표현했다. 여전히 성질머리가 고약한 고양이였다.

"지금 기분이 어때요?"

성원이 카운터에서 몸을 내밀고 흐뭇한 표정을 지어 보이며 고양이와 현주의 재회를 감상했다.

"솔직히 한 대 쥐어박고 싶어요. 찾느라 고생한 사람 마음도 모르고 여기에 늘어져 있다니."

"저라도 그럴 거예요."

"그래도 다행이에요. 전보다 더 털에 윤기가 흘러요. 저랑 있을 때보다요."

"다시 돌아온 후로 무척 잘 먹더군요."

"아마 항우울제 영향도 있을 거예요."

현주가 모리 옆에 약간의 거리를 두고 앉았다.

"항우울제요?"

"집을 나가기 전에 모리는 조금 이상했어요. 먹지도 마시지도 않고 내내 기운이 없었어요. 병원에 데려갔더니 항우울제를 처방해줬어요. 식욕을 돋우게 해줄 거라면서요. 정말 얼마간 먹이니 잘 먹긴 하더라고요. 마음속으론 여전히 자살하고 싶어 했는지도 모르지만."

성원 앞에서는 모리에 대해 모든 걸 말할 수 있었다. 고양이를 잃어버린 큰 죄를 이미 들켰기 때문이었다.

"지극한 모성애가 비극을 부를 뻔했네요."

모리가 불현듯 고개를 팩 돌려 목덜미 아래쪽을 혀로 핥았다. 이어서 왼 앞발로 오른 뒷발을 붙잡아 허리를 튼 다음 엉덩이 쪽 털을 혀로 빗어댔다. 모리는 털을 관리할 때면 열성을 다해 불편한 자세로 몸을 비틀곤 했다. 인간의 입장에서야 그렇지, 고양이 입장에선 이런 자세도 취하지 못하는 인간을 애송이라 생각할 것임에 틀림없다. 고양이는 스스로를 전지전능한 신이라 생각하는 경향이 있다.

모리의 묘기 같은 몸단장에 둘은 눈을 맞추고 동시에 소리 내 웃었다.

"모리는 괜찮나요? 지금의 생활을 마음에 들어 하는 것 같지만."

"네, 보시다시피. 새끼들이 없다는 걸 받아들이기 시작한 것 같아요. 이제 그렇게 불안해하지 않아요. 훨씬 집고양이다워졌어요. 여전히 산책을 즐기지만요."

"죽어도 변하지 않을 것 같던 성질이 결국 변한다는 게 슬프기도 하네요."

"적응, 적응하는 거죠."

그녀가 일어나 코트를 벗어 절반으로 접은 뒤 일인용 소파 위에 두려는데, 그가 카운터에서 스프링처럼 튀어나와 코트를 가져가더니 스탠드 옷걸이에 걸었다. 현주는 아까 사진관의 문을 열기 전까지와는 달리 느긋해졌다. 그에게서 어떠한 적의나 나쁜 의도도 느껴지지 않았다. 모리를 누가 키울지에 대한 논의는 시작도 하지 않았는데, 벌써 그와 싸울 의지를 잃은 것만 같았다. 모리는 지금 너무나 편안해 보여서 그녀가 억지를 부렸다는 느낌마저 들었다.

히터 바람에 현주의 볼이 약간 발그레해졌다. 그녀는 광대

쪽을 손바닥으로 지그시 누르며 일어나 사진관을 둘러봤다. 안쪽의 스튜디오를 제외하고 나머지 벽면에는 서로 크기가 다른 액자들이 테트리스처럼 걸려 있었다. 전부 동물의 사진이었다. 80퍼센트 이상이 개였고, 10퍼센트가 고양이, 나머지는 파충류와 새들이었다. 한눈에 봐도 야생의 동물들은 아니었다. 잘 관리된 청결한 몸과 노쇠한 눈빛…. 그런데 절반 이상이나 동물 사진의 배경이 검은색이었다.

"그 의심의 눈초리는 뭐예요?"

성원이 현주의 시선을 따라가며 물었다.

"동물을 죽이기 전에 사진을 남겨두는 악취미를 가진 사이코패스와 동물의 영정 사진을 전문적으로 찍는 사진사, 둘 중 뭐가 맞는 거예요?"

"제가 전자이길 바라는 건 아니죠?"

남자는 결코 억지라 생각되지 않는 익살스러운 표정을 지으며 그녀를 바라봤다.

"그럴 리가요."

"저는 동물 사진을 전문으로 찍어요. 영정 사진만 찍는 건 아닌데, 사실 그 문의가 압도적으로 많아요. 죽음이 찾아오기 전에 반려동물의 생전 사진을 남기고 싶은 거죠. 부디 저를 잔인하고 감정 없는 범죄자로 보지 말아요."

"그렇게 안 봐요. 궁금해서 그래요. 왜 이 일을 시작하게 됐어요?"

현주가 다시 소파에 앉자 성원도 맞은편의 일인용 소파에 앉았다. 모리는 평온함에 취한 얼굴로 어느새 졸고 있었다.

"원래 강남 쪽에서 회사를 다녔어요. 그러다 회사가 이쪽으로 이전하게 돼서 근처에 집을 구했어요. 부모님이 이 동네에 살고 계셨고, 이 사진관은 아버지가 운영하셨죠. 사진관을 처분하려는데 여의치 않던 차에 '내가 운영해보면 어떨까' 하는 생각이 들었고, 보시다시피 이 년 넘게 하고 있어요."

성원이 십자가에 매달린 것처럼 두 팔을 들고 사진관을 한 번 크게 둘러봤다. "언제까지 할진 모르겠지만요."

"그래도 꽤 입소문을 탄 모양이에요. 이 사진관을 검색해봤는데 후기도 많고 평도 좋더라고요."

"덕분에 주말을 무료하지 않게 보내고 있어요. 동물들은 늘 사랑스러워요. 가끔 겁 많은 고양이가 오면 고생이지만요."

"좋네요. 휴일을 잘 보내는 법을 아는 사람은 생각보다 흔치 않아요."

"꼭 현주 씨는 그런 사람이 아니라는 것처럼 들리네요."

"전 휴일이 불규칙해서 정해진 요일에 일이 아닌 무언가를 꾸준히 한다는 게 불가능해요. 쉬는 날에는 잠을 자는 게 전부예요. 어느새 어떻게 쉬어야 잘 쉬는 건지 모르겠더라고요."

"휴식에 익숙하지 못한 거군요."

구석구석 빈 데 없이 가득 찬 벽을 둘러보며 그녀는 신비한 상자 안에 들어와 있는 것 같다고 생각했다.

"문득 모리가 탈출해서 다행이라는 생각이 들어요. 만약 모리가 제 곁에서 죽어갔다면 저는 저런 멋진 영정 사진을 남길 생각조차 못 했을 거예요."

"모리를 포기하는 거예요? 생각보다 쉬운데요?"

"잘 모르겠어요. 오늘 모리를 보자마자 이런 생각이 들었고 솔직하게 말하는 것뿐이에요."

"현주 씨가 사진관에 들어올 때 느꼈어요. 저 사람 고양이를 달라고 말하려 온 게 아니구나. 모리를 포기하려고 온 거구나. 표정에 무게감이 없었다고나 할까."

"들켰네요."

그녀가 무릎 위에서 손가락을 꼼지락거렸다. 검정색 올 스커트 아래로 보이는 종아리에 스타킹 올이 나간 것이 신경 쓰였다.

"돌아가는 길에 함께 산책해도 될까요?"

"그럼요. 모리와 산책은 처음이죠?"

"네."

"기념일이 되겠네요."

성원이 가죽으로 된 두꺼운 패딩을 꺼내 입었다. 정갈한 수염과 가죽 패딩이 어쩐지 잘 어울렸다. 그가 능숙하게 하네스를 채웠다. 모리는 산책이 삶의 유일한 낙인 개처럼 얌전하게 하네스를 입었다. 자신에게 가장 잘 어울리는 옷을 입은 것만 같았다.

"그 방울은 뭐예요?"

하네스에 작은 방울이 하나 달려 있었다. 모리가 움직일 때마다 딸랑딸랑 하고 맑은 소리가 났다.

"천적이 가까이 있어도 알지 못하는 눈먼 새들을 위해서예요. 이 방울 소리를 듣고 도망갈 수 있게요."

그녀는 조금 놀라 그를 바라봤다. 고양이를 산책시키는 사람 중에 이런 생각을 할 수 있는 이가 과연 몇이나 될까.

"확실히 모리가 살생을 하는 건 보고 싶지 않네요."

"모리가 야생 고양이였다는 걸 간과하면 안 돼요."

성원은 배변 봉투를 패딩 주머니에 넣고, 준비가 다 됐다는 듯 그녀에게 미소 지었다. 그녀가 먼저 나가 문을 열어주었다. 성원이 모리의 속도에 맞춰 느릿하게 문을 통과해 나왔다. 그러고는 잠시 그녀에게 줄을 맡기고 쪼그려 앉아 열쇠로 문을 잠갔다.

"오늘 저 때문에 사진 일을 못 하는 건가요?"

"오전에 바다거북이 출장 촬영 예약이 하나 있었어요. 그걸로 업무는 끝."

성원이 일어나고 현주가 그에게 다시 줄을 넘기며 말했다.

"아무래도 손실이겠네요, 오늘은."

"사진은 정말 취미로 하는 거라 괜찮아요. 주말에만 문을 여는 이 사진관을 유지할 정도면 충분해요."

그가 줄을 잡아보겠냐고 제안했지만, 현주는 손사래를 치며
거절했다.

　산책은 변칙적이고 또 어수선했다. 방향 선택권은 모리에게
있었다. 성원의 집 쪽으로 가려고 했지만, 어쩔 수 없이 조금씩
길을 돌아가게 됐다. 성원은 현주와 대화를 하는 중에도 모리의
안전을 살폈다. '고양이를 산책시키는 방법'의 매뉴얼이라도 있
는 것 같았다. 성원은 그 매뉴얼을 완전히 숙지한 묘주처럼 능숙
하게 산책을 했다.
　현주는 그에게 고양이 남자에 대해 말해주었다.
　"산책할 때마다 고양이는 도살장에 끌려가는 소 같은 표정이
었어요."
　"그 남자를 마주친다면 과연 제가 그건 산책이 아니라 학대
라는 걸 말할 수 있을까요?"
　"아무래도 어렵겠죠."
　"고양이를 무척 사랑해서일 텐데, 방식이 잘못됐다고 말해줘
도 받아들이지 못하겠죠. 멀리서 노려보며 분노하는 게 제가 할
수 있는 전부일 거예요."
　"저도 그랬어요. 계속 관찰하게 되지만, 할 수 있는 건 없었어
요."
　습지 공원 바깥쪽의 산책로는 완만한 오르막길이었다. 현주

는 자신이 아주 중요한 질문을 하지 않았다는 걸 깨달았다.

"늘 궁금했던 게 있어요. 이름이 왜 모리인가요?"

"모리는 일본어로 숲이란 뜻이에요. 저 녀석, 울창한 숲 같은 초록의 눈을 가졌잖아요. 사실 전 애인이 일본인이었어요. 모리가 처음 이 사진관 앞을 어슬렁거렸을 때, 애인이 그렇게 이름을 붙여줬어요. 고양이를 무서워하면서도 이름을 붙여주다니, 다정한 사람이었죠."

"라틴어나 프랑스어가 아니라 일본어였군요."

현주는 마치 진리를 발견한 것처럼 몸 한가운데서 무언가 넘쳐흐르는 느낌을 받았다. 동시에 지겹게 불렀던 고양이의 이름을 통해 어떤 연애의 단상을 보게 됐다. 어쩌면 상흔과 고름이 가득할지도 모르지만, 그녀는 궁금증을 참지 못했다.

"왜 헤어졌는지 물어봐도 될까요?"

"글쎄요. 그냥 헤어지게 되더라고요."

아주 오래전에 헤어진 사람에 대해 말하는 것같이 무덤덤한 말투였다. 그는 담배 연기를 내뿜듯 코로 숨을 길게 뺐다.

"그래도 그 사람 고향인 나가사키에 갔을 땐 참 좋았어요. 그 사람 아니면 딱히 그 도시에 갈 일이 없었을 테죠."

"그것뿐이에요?"

"참, 그거 알아요?"

갑자기 성원이 줄을 현주에게 넘기고 멈춰 섰다. 그녀는 잔뜩 긴장해 줄을 꽉 잡았다. 다행히 모리도 그들과 함께 걸음을 멈췄다. 그들이 서 있는 부드러운 잔디가 난 땅이 마음에 드는 듯 계속 한자리를 맴돌며 코를 킁킁거렸다. 성원이 나뭇가지 하나를 주워 얇게 쌓인 눈 위에 글씨를 썼다.

"전 일본어에 까막눈이라 못 읽어요."

"우리나라에서는 모리처럼 흰 바탕에 검푸른 줄무늬가 있는 고양이를 고등어 고양이라고 부르잖아요. 일본에서는 그런 고양이를 기지시로キジ白라고 불러요. 여기 '흰 백' 자 보이죠?"

성원이 한자에 동그라미를 쳤다.

"배나 다리의 흰 털까지 묘사하는 이 단어가 다정하게 느껴지지 않아요?"

"그러네요."

현주는 그 단어를 그렇게 해석하는 성원이 귀여웠다.

"그 사람이 알려줬어요. 막상 알려준 사람은 별 감흥이 없었는데, 제가 이 단어에 애착을 가지게 됐죠. 연인 관계가 끝나고 이런 것만 기억나요. 아주 사소하고 별 내용 없는 대화들과 그 사람이 알려준 외국어 단어들이요."

현주는 진성과 헤어지게 된다면, 함께 나눴던 말들 중 어떤 것을 가장 오래 기억할지 궁금했다. 아마 '기지시로'처럼 지루하지만 귀여운 대화일 것이다.

곧장 밤이 돼도 이상하지 않을 정도로 하루 종일 하늘이 어두웠다. 경계가 흐릿하고 무거운 구름이 넓게 층층이 펼쳐져 있었다. 30미터가 채 되지 않는 짧은 터널을 통과하자 주변 건물들과 달리 홀로 높이 솟아 있는 고급 빌라 단지가 나왔다. 외관은 샛노란 버터 색으로 칠해져 있었다.

"그쪽이 아니라 이쪽인데."

성원이 버터 색 빌라 옆을 가리켰다. 배달 전문 치킨 집과 편의점, 작은 공방들이 1층에 있고, 그 위로 주거용 집이 마련돼 있는 저층의 상가 빌라가 밀집된 골목이었다. 산 바로 아래에 있다 보니 전체적으로 지대가 높았다. 주변에 아파트나 높은 건물이 없어서 맑은 날에는 빛이 잘 들어 싱그러워 보일 것 같았다. 그러나 듬성듬성 세워진 오래된 가로등의 상태로 보아, 밤에는 혼자 걷기 무서울 것 같았다. 성원은 골목 입구에 멈춰서 산책의 종결을 알렸다. 마을버스 한 대가 지나가자 그녀는 실눈을 뜨고 버스를 쫓았다. 그녀의 집 앞으로 가지 않는 버스였다. 꽤 긴 산책으로 지쳐버려 집에 갈 때는 걸어가고 싶지 않았다. 버스가 일으킨 바람이 그들의 몸을 구석구석 훑듯이 천천히 지나갔다.

"이후 일정이 없으시면 모리를 위에 두고 이른 저녁이라도 먹을까요?"

"그러면 좋겠지만, 점심을 늦게 먹어서요."

"그래요, 그럼."

남자는 전혀 민망해하지 않고 미소를 지으며 자신의 제안을 거둬들였다. 모리는 그들이 간결한 인사를 주고받는 동안 성원의 발밑에서 꼬리를 동그랗게 말아 앞발을 감싼 채 앉아 있었다. 인간들의 대화가 얼른 끝나길 기다리는 눈치였다. 현주는 이제 그를 놓아줄 생각으로 모리를 봤다. 모리는 어느새 입가를 핥고 있었다.

　"어, 모리가 뭔가를 주워 먹은 것 같아요."

　"아, 이런." 그가 말했다. "벌레가 아니라면 이따가 사료와 물을 먹고 토해낼 거예요. 뭔지 알죠?"

　현주가 바람 빠지는 소리를 내며 웃었다. 고양이는 이상한 걸 먹으면 속에 있는 걸 쉽게 토해낸다.

16

현주는 그 뒤로 모리가 보고 싶을 때나 진성을 만날 수 없는 휴일 그리고 가끔 마음이 내킬 때면 성원을 만났다. 모리는 하루에 한 번 삼십 분가량 동네를 걷는 것으로도 충분히 만족했다. 이제 현주도 줄을 잡고 고양이를 산책시키는 법을 배웠다. 산책의 기술을 배우며 그녀는 모리라는 세상을 감싸고 있는 얇지만 질긴 막을 통과하는 기분이었다. 질겨 보였던 막은 사실 푸딩같이 뭉글뭉글해서 조금만 힘을 주면 뚫고 들어갈 수 있었다. 모리가 밤마다 현관문을 보며 울었을 때 왜 의심조차 하지 못했을까? 안전한 집을 제공하고 위험이 도사린 바깥과 차단하는 것은 모리가 원하는 사랑의 방식이 아니었다.

현주는 성원과 만난 후엔 항상 진성에게 전화를 했다. 성원과 어디서 만나 어떤 경로로 산책했는지 친절하게 보고했다. 하지만 진성은 현주가 산책에 대해 아무 말도 해주지 않길 바랐다. 그녀의 전화를 받을 때마다 진성은 인정하고 싶지 않은 진실을 마주하게 됐다. 그는 그녀를 변화시킬 수 없다. 변화시키는 듯 보이지만, 결국 그의 역할은 그녀를 되돌려놓는 것에 불과하다. 현주를 지금까지와 다른 방향으로 나아가게 하는 사람은 늘 낯선 사람들이었다. 이제 선택권은 오롯이 현주에게 있다고 진성은 생각했다.

🐾

네 번째 산책 중에 현주가 성원에게 물었다.

"모리는 산책하는 동안 자주 멈춰 주저앉곤 하잖아요. 그러면 더러워진 엉덩이와 꼬리는 어떻게 닦나요?"

지금도 모리는 바닥에 엉덩이를 대고 앉아 일 분 넘게 망부석이었다.

"녀석을 붙잡고 물티슈로 박박 닦아요. 정 더럽다 싶으면 화장실에서 씻기고요."

성원은 그것이 산책의 가장 성가신 부분이라고 덧붙였다.

"사실 저는 모리를 잘 못 만지겠어요. 모리를 키우면서 알게 된 사실이 뭔 줄 아세요? 제가 고양이를 무서워한다는 거예요. 어렸을 때 마당에 놀러 오는 동네 길고양이들을 돌봐서 고양이에 대해 잘 안다고 자부했어요. 그런데 저 자신에 대해선 몰랐더라고요. 막상 집에서 같이 살아보니까 제가 고양이라는 동물을 신뢰하지 못한다는 걸 알게 됐어요."

성원이 천천히 고개를 끄덕였다.

"모리가 심하게 공격한 적이 있나요?"

"적의를 가지고 공격한 적은 없어요. 저도 제가 왜 이러는지 모르겠어요."

"고양이가 무서울 수 있어요. 그렇지만 고양이에게 자신이 겁내고 있다는 걸 티 내선 안 돼요. 현주 씨가 모리보다 힘이 더 세고 강하다는 걸 인식시켜줘야 해요."

성원은 무척 진지해 보였다.

"서열 정리를 깔끔하게 하라는 말이군요."

"동물의 세계에서 서열은 중요하니까요. 만약 모리가 공격성을 보인다면 양손을 겨드랑이에 끼고 높이 들어 올린 다음 살짝 흔들어봐요. 눈을 똑바로 쳐다보고 단호한 목소리로 안 된다고 말하고요. 아무것도 디딜 곳이 없는 공중은, 고양이의 몸에서 가장 큰 힘이 나오는 뒷다리를 무력하게 만드니까요."

"저에겐 무리예요. 저는 집고양이를 키울 자격이 안 돼요."

성원이 푸하하 하고 크게 웃었다.

"자격 같은 게 어딨어요? 모리가 성격이 고약한 고양이가 아니라는 걸 보여줄게요."

"어떻게요?"

"이 녀석 지금 충분히 더러운 상태라 씻겨야겠다고 벼르고 있었어요. 같이 씻기지 않을래요? 아무래도 고양이를 혼자 씻기는 건 버겁거든요."

현주는 망설였지만 이내 그의 제안을 승낙했다. 모리의 양육권을 성원에게 넘긴 것이나 마찬가지였지만, 그녀는 여전히 모리를 행복하게 하고 청결하게 유지시키고 보살피는 데 책임감을 느꼈다. 현주는 성원과 모리를 아주 긴밀하게 공유하고 있다는 느낌을 받았다. 그녀는 관계 사이에 어떤 매개체가 있다는 것이 낯설었다. 상대와의 유대감과 무관하게, 책무가 마음을 움직이게 하는 관계 또한 애정과 시간으로 견고히 쌓아온 관계 못지않게 진중하고 그럴싸할 수 있다는 것을 그녀는 처음 깨달았다.

현주는 기하학 패턴이 새겨진 흑백의 카펫이 멋지다고 생각하며 신발을 벗고 집 안으로 들어갔다. 성원의 집은 검은색과 청록색이 절묘하게 어우러져 마치 밤의 숲을 연상케 했다. 가정집보다 요즘 유행하는 미니멀한 인테리어의 카페 같았다. 최소한의 가구와 색을 사용한 그의 집은 그녀의 집과 대비돼 더욱 깔끔해 보였다. 3층이라 창문을 통해 나무들이 잘 보여 고양이가 살기에 더없이 좋은 환경이었다. 어느새 현주는 그에게 모리를 떠맡기고 싶어 하는 게 아닐까 하는 의구심이 들 정도로 그를 고양이의 훌륭한 보호자로 인정하고 있었다.

부엌의 아일랜드에 독특하게도 청록색 상판이 깔려 있었다. 다용도실로 나가는 문 바로 옆엔 와인 셀러가 있었다. 집에 손님이 자주 드나드는 듯 꽤 많은 와인 잔이 구비돼 있었다.

"와인에 관심 있으세요?"

와인을 살피는 현주를 보고 성원이 물었다.

"조금요. 잘은 모르지만요."

"술을 좋아해요? 전 엄청 좋아하거든요."

성원은 자신이 애주가라는 걸 자랑스러워했다. 언젠가부터 현주는 음주를 남에게 들켜선 안 되는 나쁜 행위라고 느끼고 있었다. 이렇게 또 진성의 흔적이 묻어나왔지만, 그녀는 솔직하게 답했다.

"좋아하는 편이에요."

고양이를 씻기는 건 두 번은 못할 짓이었다. 모리의 몸부림은 상상 이상이었다. 두 사람이 일사불란하게 움직였지만, 옷이 다 젖고 말았다. 다행히 현주는 성원의 맨투맨을 빌려 입었다. 그녀는 모리를 씻기는 내내 귀에 물이 들어가지 않을까 노심초사하며 샤워기를 무척 세심하게 움직였다.

둘은 거실의 일인 암체어에 각자 앉았다. 현주는 등으로 의자를 깊숙이 누르며 눈을 감고 빠르게 뛰는 심장 박동을 느꼈다. 모리는 기운이 쭉 빠진 핼쑥한 얼굴을 하고 초록 눈을 번뜩이며 상자에 들어가 있었다. '생화 생물 당일 배송'이라고 적힌 택배 상자였다. 아일랜드 위에 놓인 화병에는 잎이 약간 시든 빨간 튤립이 꽂혀 있었다.

"꽃을 택배로 받아요?"

현주가 물었다.

"정기 구독하고 있어요. 이 주에 한 번씩 꽃이 배달돼요."

"화분도 아니고… 꽃은 금방 시들잖아요."

"잠깐이라도 기분이 좋잖아요. 그리고 꽃이 시들 즈음에 또 새로운 꽃이 배달돼 오니, 화병은 계속 채워져 있는 셈이죠."

그사이 성원은 나폴리탄 파스타를 뚝딱 만들어 5백 밀리리터짜리 캔 맥주와 함께 내주었다. 그의 냉장고 한 칸에는 캔 맥주를 정리할 수 있는 디스펜서가 있었다. 빈곳 없이 다양한 맥주로 꽉 채워져 있었다.

그녀는 나폴리탄을 처음 먹어봤다.

"채소 육수를 섞은 케첩 맛이라고 해야 할까요."

현주가 솔직히 평했다.

성원이 눈을 가늘게 뜨고 한 손으로 턱을 괸 다음 "그러니까 별 맛 아니라는 뜻?"이라고 되물었다.

"맞아요. 그래도 맥주랑 잘 어울려요."

현주는 크게 웃었다.

각자 맥주 두 캔씩 마신 후에야 늦은 점심 식사가 끝났다.

"솔직히 조금 아쉬워요." 빈 그릇을 개수대에 가져가며 현주가 말했다. "더 마시고 싶어요."

"한동안 술을 못 마시기라도 한 거예요? 건강상의 이유 때문
이라든가."

"그런 건 아닌데, 같이 마실 사람이 궁했어요."

말에 외로움이 묻어났지만 현주는 숨기지 않았다.

"그리고 좋은 동네 술친구를 찾으셨고요."

성원이 능글맞게 웃으며 검지로 자신을 가리켰다.

현주는 집으로 걸어가며 여느 때와 같이 진성에게 전화를 걸
었다.

"오늘 모리를 씻겼어."

"쉽지 않았겠는걸."

"응, 정말 격렬한 사투였어. 그리고 오늘은 모리를 가장 많이
만진 날이야."

진성은 아무 말이 없었다.

"고양이를 만지는 거, 생각보다 별일 아니더라고."

신발 앞코에 흙이 지저분하게 묻어 있었다. 아까의 사투로 그
녀의 이마와 두피에는 땀이 말라붙었다. 거기에 바람이 닿으니
온몸에 한기가 들었다. 현주는 따뜻한 물로 목욕하고 싶은 마음
이 간절했다.

🐾

목요일 저녁 8시, 성원의 빌라는 어두웠지만 침울한 분위기는 아니었다. 항상 깨끗하게 반짝이는 청록색 아일랜드 상판 덕분인지도 몰랐다. 그가 거실에 들어가 등을 켜기까지 현주는 신발장 앞에 가만히 서 있었다. 모리의 울음소리가 멀리서 들려왔다. 마중을 나오진 않았지만, 사람이 오갈 때마다 자신의 존재를 열심히도 알렸다. 모리는 성원에게 돌아가고부터 활기차졌다. 부정할 수 없는 사실이었다.

거실 불이 켜지자 노르스름한 인공의 구릿빛만이 집을 채웠다. 그건 나름대로 포근했고, 밖과는 완전히 단절된 세계에 와 있는 듯한 묘한 감각을 그녀에게 선사했다.

"안 들어오고 뭐 해요?" 성원이 말했다.

그들은 방금 이자카야에서 저녁을 겸해 맥주를 마셨다. 그녀가 모리를 보고 싶다고 고집을 부려서 성원의 집에 오게 됐다.

현주는 발치에 다가온 모리에게 손등을 내밀며 인사했다. 함께 살 때보다 더한 친밀함을 느꼈다. 모리를 만지는 게 전보다 편해졌다. 따로 사는 것이 도움이 된 건지도 몰랐다. 어린 시절, 멀리서 고양이를 바라봤던 것처럼.

"너무 배불러서 조금 힘들 지경이에요."

그녀는 목이 긴 하얀 패딩을 벗어 식탁 의자에 걸쳐놓고 그 옆에 앉았다. 그녀에게 마시고 싶은 주종을 묻지 않고 성원이 알아서 와인을 고르고 찬장에서 잔을 꺼내왔다.

"섞어 마시면 내일 속이 좋지 않을 텐데…"

그녀의 말 속에 정말로 걱정이 어려 있는 건 아니었다.

"이왕 제 집에 오셨는데, 와인을 안 마시기엔 아쉽잖아요. 제 친구들은 와인을 마시고 싶을 때만 저를 찾아오기도 하는걸요."

성원이 그녀의 잔에 술을 따르며 말했다. 그는 평소에도 발랄한 편이지만, 술을 마실수록 더 생기가 도는 것 같았다. 안주는 오징어 맛 과자 한 봉지와 귤, 약간의 브리 치즈가 전부였다. 둘은 아직 취하지 않았고 시간은 고작 9시가 조금 넘었을 뿐이었다.

"물어보고 싶은 게 있어요." 성원이 치즈의 포장을 뜯으며 물었다. "그 애인과는 잘 지내고 있는 거예요?"

현주가 작게 음 하고 소리를 냈다. 반사적으로 비집고 나온 신음에 곤란한 질문을 했다고 암시하는 걸로 느껴질까 봐 그녀는 약간 당황했다. 자세를 고쳐 앉고 곧바로 입을 뗐다.

"되게 평범하게 지내고 있어요."

"여전히 아들하고 지내고요?"

"그렇죠. 애 엄마가 프랑스에서 아들과 살기 위해 바쁘게 준비하는 것 같더라고요."

현주는 이솔을 부르는 '애 엄마'라는 호칭이 말해놓고도 어색했다.

"그럼 아들은 곧 프랑스로 가겠네요. 남자친구분도 곧 돌아올 거고요. 그러면 원상 복귀."

"원상 복귀…."

현주가 읊조렸다. 일상이 정상 궤도로 돌아갈 거라는 예측을 하기 어려웠다. 지금 이 생활에 익숙해진 건지도 몰랐다. 아니 애초에 그녀의 원래 일상이 무엇인지 확신할 수 없었다.

"글쎄요. 저는 그렇게 되는 게 정상적인 상태라고 생각하지 않아요. 그의 입장에서 정상의 삶이란 지금일지도 모르고요."

"왜 그렇게 생각해요?"

"그 사람은 부성애가 강하거든요. 부성애는 배우는 게 아니라 타고나는 거죠. 지금의 삶이 더 안정적이라 생각할지도 몰라요."

"관계가… 혼란스러운 거예요?"

"상황은 분명 어지러운데, 모순되게도 저는 평온해요. 마치 남의 일처럼요."

그녀는 삶이라는 바다에 발목만 담그고 있는 것 같았다. 마치 자신이 그 바다의 주인이 아닌 것처럼.

"그거 알아요? 과한 자극이 지속되면 방어기제가 발휘돼서 지금 내 삶이 내 것이 아니라고 부정하게 되는 거."

"지금 제 상태인 것 같네요. 아니, 사실 오래전부터 그렇게 살아왔던 것 같아요."

현주가 와인 잔을 천천히 돌렸다. 와인 한 병을 다 비웠지만,

둘은 여전히 취하지 않았다. 11시를 넘기기 전에 그녀는 그의 집에서 나가겠다고 말했다. 성원도 너무 늦으면 애인이 좋게 보지 않을 거라며 동의했다.

10시 45분을 지나고 있었다. 시침이 없어 부산스럽지 않은 시계였다. 술을 먹어서인지 분침이 원래 속도보다 느리게 가는 것처럼 느껴졌다. 모리는 침대에 올라가 있었다. 현주는 작별 인사를 나누기 위해 침대에 걸터앉아 고양이를 바라봤다. 성원과의 관계는 정의 내리기 어려운 구석이 있었다. 급속하게 친밀해질 수도 있었고, 반대로 언제든 해체될 수도 있었다. 그래서 그녀는 늘 오늘이 모리를 마지막으로 보는 날일지도 모른다고 생각했고, 헤어질 때면 애틋하게 인사를 나눴다.

뒤따라온 성원이 바닥에 앉아 침대에 기댔다. 현주는 성원의 코를 내려다봤다. 코가 크고 잘생겼다. 진성과 달리 콧부리가 튀어나오지 않고 직선으로 길게 뻗어 있다. 그녀는 그를 만지면 어떨까 하고 생각했다. 어렵지 않을지 모른다. 하지만 그녀는 결코 성마르게 행동하지 않는다. 머릿속에서 늘 여러 가지 가정을 해보는 걸 즐겼지만, 실제 행동으로 옮기기보다 상대가 먼저 그런 상황을 만들도록 유도했다.

"방금 저 그쪽하고 하면 어떨까, 생각했어요."

현주는 이런 말이 어떤 뉘앙스를 풍기는지 잘 알았다.

"저는 상상했는데."

성원이 쭈뼛거리며 바닥에서 일어나 그녀 옆에 앉았다. 모리가 갑자기 벌떡 몸을 일으키며 뒷발로 귀를 긁어 그들의 시선이 고양이에게 향했다. 간지러움이 해소된 듯 만족한 표정으로 다시 한 번 얼굴을 양옆으로 털더니 바닥으로 내려가 그대로 네 다리를 몸통 안에 숨긴 자세로 앉았다. 성원이 상체를 기울여 현주에게 입을 맞췄다. 그의 손이 미세하게 떨리고 있었다. 수염이 현주의 턱에 닿아 까끌까끌했다. 그녀는 이 일련의 행동이 전부 진부하다고 느꼈다. 순간 성원이 현주의 몸을 끌어당겼고, 그녀는 충분히 버틸 수 있었음에도 몸에 힘을 빼 그에게 안겼다. 콘돔을 끼우는데 발기한 남자의 성기가 낯설게 느껴졌다. 속에서 피가 흐르며 꿀떡대는 힘줄이 서 있는 페니스는 눈앞의 그가 살아 있는 사람이라는 걸 다시금 상기시켰다. 함께 동적으로 움직이는 섹스는 오랜만이었다.

그들은 아직 씻지 않았고 나체인 채로 이불을 덮고 누워 있었다. 일이 끝난 후 서로를 안아주며 사랑의 단어를 속삭이는, 연인 사이에서 할 법한 친밀함의 표현은 하지 않았다. 둘 모두 그런 행동을 해선 안 된다는 걸 알고 있었다.

긴 정적을 깨고 현주가 입을 열었다. "방출이었어요. 성적 욕구의 방출." 아무 일도 아니었다는 듯 담담하게 설명했다.

"애인과 오랫동안 하지 못했죠?"

성원은 첫 만남에서 그랬던 것처럼 기자가 인터뷰하듯이 그녀에게 질문했다. 그가 그녀를 바라보며 옆으로 누웠다. 현주는 잠자리가 끝난 후 남자들이 자신의 얼굴을 보는 게 싫었다. 옷을 벗기 전보다 오륙 년은 더 늙어 보일 것이고, 과장을 보태면 모든 생명력을 빼앗긴 노파처럼 보일 것 같았다. 창문으로 희미하게 들어오는 가로등 불빛이 싫었다.

"왜 그렇게 생각해요?"

"잔뜩 겁먹었던데요."

"관계를 자주 하지 않는 편이기도 하고…. 그이가 손으로만 저를 해줘요."

"맞네요. 오랫동안 함께 하지 않은 거. 상대가 그러길 원해요?"

"아니요. 제가 그러자고 했어요."

현주는 금방이라도 낙숫물 같은 눈물이 쏟아질 것 같아서 자신을 위해 거짓말을 했다.

성원은 더 이상 그녀의 사적인 연애에 대해 묻기가 꺼려졌다. 그들이 지금 살을 맞대고 껴안고 있지 않기 때문이었다. 그녀가 옆에 있지만 몸에 닿는 건 이불뿐이었다. 동시에 자신은 그녀를 만족시켰다는 남자로서의 유치한 우월감을 느꼈다.

"나는 섹스가 좋아요."

술이 좋다고 말했을 때만큼은 아니었지만, 그의 목소리에 자부심이 묻어났다. 현주는 자신도 섹스가 좋으면서도, 방금 전까지 그와 몸을 섞었으면서도 그를 경멸했다. 그녀는 남자의 몸에 끌리면서도 동시에 그것이 비일상적이고 폭력적인 일처럼 느껴졌다.

현주가 먼저 씻기 위해 화장실로 들어갔다. 씻고 나왔을 때도 모리는 여전히 같은 자세로 앉아 있었다. 성원이 씻으러 들어가고 그녀는 모리를 향해 등을 구부려 바닥에 누웠다. 모리의 얼굴 아래에 손가락을 가져다 대자 미지근한 숨이 느껴졌다.

현주는 다음 날 아침에 그의 집을 나섰다. 그는 바나나와 누텔라를 올린 요거트를 아침으로 차려주었다. 묵직한 향의 드립백 커피도. 성원은 친절한 남자였다. 그녀는 이제 모리를 만나지 않겠다고 말했다. 그러니 이제 자신을 만날 필요도 없다고.

집으로 돌아오며 현주는 진성에게 전화를 걸었다.

"여보세요?"

"응, 나야."

"현주야, 오랜만에 날이 화창해. 오늘 쉬는 날이지? 만날까?"

"아니, 오늘은 집에 있고 싶어."

"그래? 어제 일이 피곤했나 보네. 그럼 집으로 갈게."

"혼자 있고 싶어."

휴대폰 너머로 진성의 규칙적인 숨소리가 들려왔다.

몇 초의 공백 끝에 현주가 입을 뗐다.

"그보다, 나 이사 가려고."

영영 떠나지 못하는 도시는 없다. 젊은이들은 도시의 지하철처럼 출발과 도착 그리고 환승을 반복할 뿐이다.

17

따뜻하지만 유독 눈이 많이 내리는 해였다.

"어제 새벽에 내린 눈이 마지막이었으면 좋겠어."

마트를 나오며 현주가 말했다.

진성은 손에 종량제 봉투를 들고 있었다. 그녀의 이사 날이 다가오고 있었다. 삼 주 전 전화로 진성은 "그게 더 좋을 거야. 덜 피곤할 거고. 그렇지?"라고 말했다.

둘은 점심을 해결하기 위해 동네의 오래된 고기국수 식당에 갔다. 오픈 주방에 바 테이블만 여덟 자리가 있는 작은 식당이었다. 기본 반찬으로 나오던 단무지와 콩나물무침이 사라지고 김치만 있었다. "장사가 잘 되지 않는 모양이야"라고 현주가 속삭였다. 그렇지만 진성은 이곳이 사라지지 않을 거라고 확신했다.

둘 다 맑은 국물 국수로 주문했다. 진성은 면을 대자로, 현주는 중자로 택했다. 예전 그대로 면의 양에 추가 요금은 붙지 않았다. 중자여도 샛노란 면이 국물 위로 족히 2센티미터는 튀어나올 정도로 수북했다. 기름기를 쫙 뺀 살코기 다섯 점이 면 위에 올려져 나왔다. 옆에 앉은 남자가 넓은 앞접시에 찬물을 담아 김치를 씻어 먹었다. 투명한 물에 고춧가루와 빨간 국물 기름이 둥둥 떠다녔다. 현주는 조금 비위가 상했다. 주로 혼자 먹는 사람이 많아서 식당은 조용했고 종종 젓가락으로 면을 올려치는 소리만 났다. 그들도 특별한 말 없이 식사를 마쳤다.

안경점이 있는 사거리의 횡단보도를 지날 때 현주는 무언가가 미세하게 달라졌다고 느꼈다.

"희미해진 횡단보도의 하얀 선을 다시 칠한 건가? 요즘 이 동네 곳곳에서 노후 시설을 고치고 있잖아. 곧 아파트도 외벽 페인트칠을 시작할 거래."

자꾸만 고개를 갸웃거리는 현주에게 진성이 대수롭지 않은 투로 말했다.

"그게 아니야."

현주가 앓는 소리를 내며 신경을 거슬리게 하는 어떤 미세한 변화를 알아내려 애썼다. 결국 아무 성과 없이 건너편 인도에 도착했다. 그녀가 뒤를 돌아봤을 때 초록불에 숫자 6이 깜빡이고 있었다.

"아, 진성아." 틀린그림찾기에 성공한 그녀가 기쁜 목소리로 외쳤다. "신호등, 신호가 길어졌잖아!"

"그러네. 카운트다운도 생겼어."

"그 할아버지가 민원을 넣은 게 분명해. 그 사람 호통에 빨리 진행됐을 거야. 공사를 했는지도 몰랐네."

그녀는 요즘 회사 외에는 밖에 잘 나가지 않았다. 얼굴이 더 하얘져서 진성이 뱀파이어 같다고 놀리기도 했다.

"좋네. 여기를 건널 때면 언제 빨간불로 바뀔지 몰라서 신호 등을 계속 곁눈질해야 했는데."

현주는 늙은 남자와 스코티시폴드를 마지막으로 본 날을 떠올렸다. 지오와 자전거를 탄 날이었다. 늦가을이었고, 그해 마지막 라이딩이었다. 셋 다 장갑을 꼈고 지오는 비니까지 썼다. 자전거를 타고 울퉁불퉁한 인도를 달릴 때였다. 앞서가던 지오가 갑자기 페달에서 발을 떼고 자전거를 멈췄다. 상가 앞 우체통 기둥에 귀가 접힌 고양이가 묶여 있었다. 얼마 지나지 않아 늙은 남자가 지하 마트에서 빨간 말보로 두 갑을 손에 쥐고 나왔다. 줄을 풀기 위해 남자가 쪼그려 앉는데, 오랫동안 작동하지 않은 기계처럼 무릎 관절이 아주 느리게 접혔다. 작은 고양이는 남자를 보자 비통하게 울기 시작했다. 바깥세상을 두려워하며 울지도 못했던 고양이가 어느새 적극적으로 늙은 남자에게 말을 걸고 있었다. 산책에 적응한 것인지도 몰랐다. 남자는 손으로 고양이의 머리를 거칠게 비비며 "예쁘다" 하고 아주 다정한 어조로 말했다. 지오는 그 장면을 계속 응시했다. 보다 못한 진성이 예의가 아니라며 한소리를 했다. 지오는 그의 말을 못 들은 것처럼 그녀에게 모리도 함께 산책에 나오면 안 되냐고 물었다. 그때 현주는 이렇게 답했다.

"고양이와 산책을 하려면 잃어버릴 각오를 해야 해."

고양이를 산책시키고 싶어 했던 지오는 프랑스로 떠났다. 엄마를 보기 위해서. 그곳에 정착하기 위해서. 진성은 "나는 서른이 가까워지도록 그 나라 언어를 배우고 있는데 지오 걔는 그곳에 살며 저절로 습득하게 될 거야. 놀랍지 않아?"라고 말했다.

이솔이 잠시 한국에 들러 집을 처분하고 지오를 데리고 가자 진성이 그녀에게 돌아왔다. 현관문을 열고 들어왔을 때 그는 겸연쩍은 표정을 짓고 있었고, 그녀가 좋아하는 원두를 손에 들고 있었다.

"그 표정이 아니지." 현주가 말했다.

"미안해서 어떤 표정을 지어야 할지 모르겠어."

"웃어주면 안 될까?"

현주의 부탁에 진성이 고르고 작은 이를 드러내며 우스꽝스럽게 미소 지었다. 그와 공간을 공유하고 경제적 공생을 하는 삶이 다시 시작됐다.

첫 번째 주말, 잠들기 전에 현주는 불온했던 어느 목요일에 대해 이야기했다.

"그날 모리를 마지막으로 봤어."

그녀는 그를 등진 채 모로 누워 있었다. 진성은 안경을 쓰고 침대 헤드에 등을 기댄 채 다리를 쭉 뻗어 발목을 꼰 자세로 책을 읽고 있었다. 그의 저녁 루틴 중 하나였다.

"헤어지는 게 쉽지 않았겠네. 정을 많이 줬잖아."

"모리와 작별 인사를 길게 나눴어. 그러다가 자버렸어, 그 사람이랑."

죄책감을 덜기 위해 말한 것은 아니었다. 관계를 파괴하기 위해서도 아니었다. 자애로운 우정을 지키기 위해서였다.

현주의 손이 이불보 끝을 찾아 헤맸다. 슈퍼 싱글 침대였지만, 현주가 이불보를 퀸 사이즈로 주문하는 바람에 가장자리는 늘 비어 있었다. 진성은 아무 말이 없었다. 그녀가 눈을 감고 어금니를 꽉 깨물어 힘을 주었다.

"더 이상 만나지 않기로 했어. 실제로 안 만났고."

현주가 슬며시 눈을 뜨고 천천히 몸의 힘을 풀었다. 모든 근육에 젖산이 끼어 있는 것같이 찌뿌듯했다.

"그래."

진성이 그녀가 말하는 건 뭐든지 겸허히 받아들이겠다는 태도로 그림자 없는 미소를 지어 보였다. 그는 극적인 사건을 아주

정적인 일상의 한 조각으로 만들어버렸다.

"이런 이야기를 듣고도 아무렇지 않아?"

"아무렇지 않은 건 아니야. 그런데 더 이상 내가 할 수 있는 게 없어."

"괜찮지 않다고 말해줘. 나를 포기하지 말아줘. 차라리 화를 내."

"난 너를 바꿀 수 없어. 너도 잘 알잖아."

"이대로 우리 관계를 내버려둘 거야?"

잠시 무거운 침묵이 흘렀다. 현주가 다시 차분한 목소리로 말했다.

"나한테 서로를 위해 변할 수 있는 관계는 연인이야. 그리고 있는 그대로 어울리는 건 친구고. 우린 이제 친구인 거야. 연인이자 친구가 아닌 그냥 친구."

그들은 자신과 아주 다른 친구들과 어울릴 수 있었다. 그렇지만 연인 사이는 다르다. 서로의 조각이 맞붙어야 한다. 그러니 서로의 홈에 더 잘 맞아들도록 형태를 깎아내야 한다. 한때 진성과 현주는 각자의 모양을 크게 바꿔가면서까지 서로에게 더 가까이 맞닿으려 했다. 그러나 이제 현주에게는 더 이상 깎아낼 조각이 남아 있지 않았다. 진성에겐 깎아낼 의지가 없었다. 그녀는 이제 자신의 사랑 방식을 잘 알고 있었다. 그 방식이 상대와 맞지 않는다면, 더 이상 같은 보폭으로 걸을 수 없다는 것도.

진성이 말없이 안경을 벗었다. 책을 덮어 바닥에 두고 간접 등의 스위치를 눌러 껐다. 방이 어두워지고, 진성이 침대에 눕기 위해 움직이자 매트리스 스프링에서 쉭쉭 소리가 났다. 그녀는 그가 이불을 덮기 편하도록 이불보를 놓아주었다.

겨울에서 봄으로 향하기 위해, 뜨거운 물에 아이스크림을 넣은 것처럼 빠르게 하루가 사라져갔다. 친구로 관계를 재정의한 뒤에도 그들의 일상은 크게 달라지지 않았다. 여전히 그 작은 아파트에서 조화롭게 공생했다. 끝이 정해져 있었기 때문인지도 몰랐다. 다가오는 주말, 그녀는 이 아파트를 떠난다.

겨울새의 울음소리가 아스라이 들려왔다. 이어서 낡은 냉장고를 닮은 트럭의 스피커에서 중고 피아노를 산다는, 늙수그레한 남자의 가래 낀 목소리가 들려왔다. 현주와 진성은 집으로 걸음을 느리게 옮겼다.

집에 도착해 그들은 등을 소파에 대고 나란히 앉았다. 진성은 가부좌를 틀어 노트북을 다리에 올려두고 퇴고에 열중했고, 현주는 반쯤 누운 자세로 에어팟을 꽂고 영화를 봤다. 진성은 코코아를, 현주는 블랙커피를 마셨다. 소파 앞 테이블에는 페이스트리 가루가 잔뜩 묻은 종이봉투가 놓여 있었다. 아까까지 녹색 광선 카페의 에그타르트가 세 개 있었다.

글이 잘 풀리지 않는 듯 진성이 노트북을 바닥에 내려두고 책을 꺼내 들었다. 그러곤 코코아의 마지막 모금을 마셨다. 가루의 침전물은 달다 못해 썼고 혀가 텁텁했다. 이십 분 뒤 영화가 끝나고 그녀가 에어팟을 뺀 후 앉은 채 어깨를 돌려 스트레칭을 했다. 집 안은 미리 싸놓은 그녀의 짐들로 어수선했다.

"영화 어땠어?"

진성이 읽고 있던 페이지에 책갈피 끈으로 표시를 하고 책을 덮었다. 그는 이미 본 영화였다.

"많이 지루하고, 아주 불편한 영화였어."

"나도 딱 그런 생각이었어. 모두가 찬사를 보내는 이유를 모르겠어. 영화제에서 많은 상을 받은 것도 이해되지 않아."

"어쩌면 주인공이 나와 너무 비슷해서 불쾌했는지도 모르겠어." 현주가 한숨을 쉬고 다시 말했다. "아무리 생각해도 나야, 저 주인공."

진성은 그녀가 어느 부분에서 주인공과 동질감을 느꼈는지 곰곰이 생각해봤지만 영화의 장면과 대사들이 흐릿하게 기억날 뿐이었다. 그다지 흥미롭지 않았다는 감상만 남아 있었다.

"시는 잘 돼가?"

그녀가 노트북을 들어 올려 펼치며 물었다. 모니터에는 한글 파일이 열려 있는 채였다. 진성은 저번에 응모했던 작은 공모전에 당선됐다. 상금은 세금을 제하고 26만 원 정도였다. 최종 게재가 이뤄지기 전에 일주일간 퇴고할 시간을 주었다. 진성은 열 편의 시를 절반 이상 고쳤다가 다시 처음 당선된 형태 그대로 되돌렸다. 본래 형태를 너무 어그러뜨리는 건 별로라는 생각이 들어서였다.

"다음엔 내가 말한 곳에 내보는 게 어때? 상금이 천만 원이래." 그녀가 "어려울 것 없잖아" 하고 덧붙였다.

"더는 시를 쓰지 않을 거야."

"왜?"

"빈정거림밖에 없어, 내 시에는."

"심사위원들은 네 시가 괜찮다고 인정했어. 지금 전문가들의 의견을 무시하는 거야? 게다가 네 시가 뽑혔기 때문에 다른 누군가는 기회를 박탈당했어." 그러고는 그녀가 장난스럽게 덧붙였다. "빈정거리는 건 이런 거지."

"아무도 인정해주지 않는 공모전이야. 대부분 이름조차 모르는 공모전인걸."

"그럼 네가 죽은 후에 내가 시를 모아 작품을 내는 수밖에 없겠네. 무척 높은 값에 팔릴 거야. 강진성 시인의 미공개 유작, 이런 타이틀로 홍보해야지."

현주는 그의 자신감 없는 모습에 더 놀리고 싶어졌다.

"나 리옹에 가려고." 진성이 불쑥 말했다.

"응?"

"박사 과정을 프랑스 대학에서 밟게 됐어. 언어학으로."

현주가 눈을 깜빡이지 않고 잠시 그를 바라봤다. "정말 잘된 일이네. 언제 결정된 거야?"

"오늘 아침 마트 가기 전에 메일을 받았어."

"아니, 네가 언제 지원했냐고 물은 거야."

"지오와 둘이 살 때였을 거야. 장학금도 받을 수 있어. 일을 하면서 다닐 수도 있고. 반신반의하며 원서를 써냈는데, 운이 좋았지."

"지오와 함께 사는 거야?"

진성이 고개를 저었다. "그 아인 계속 엄마와 살 거야."

"그래도 마음만 먹으면 언제든 아빠를 볼 수 있으니 지오가 기뻐하겠다."

"그렇지만 이번 결정은 어느 누구도 아닌 나를 위한 결정이었어."

진성은 이제 다른 사람의 불행을 보듬느라 많은 시간을 허비하지 않기로 했다.

"좋네. 너를 위한 결정."

"다른 사람을 위하느라 정작 나는 주어진 그 어떤 역할도 제대로 수행해본 적 없더라."

현주가 진성의 이마에 흘러내린 머리카락을 쓸어 넘겨주었다. 진성이 그 손을 부드럽게 감싸 쥐었다.

"괜찮아. 너무 어려운 역할들이었어. 그렇지만 잊지 마. 너는 나에게 최고의 애인이었어. 타인한테서 이 정도로 강한 친밀감을 느껴본 사람은 많지 않을 거야. 그래서 요즘 나는 내 삶이 꽤 괜찮다고 느끼고 있어. 힘들 때 떠올릴 만한 사람이 생겼잖아. 네가 나에게 준 거야. 계속 떠올리고 싶은 시간을."

열여섯 살에 그를 만나 그녀는 성장했다. 스물여덟 살에 다시 만났을 땐 이상하게도 함께 성장이 유예됐다. 그렇게 삶의 어느 구간에 갇혀서 둘이 할 수 있는 거의 모든 것을 해봤다. 이제 자립만이 남아 있었다.

그녀는 삶이 한 꺼풀 더 두터워졌다는 걸 느낄 수 있었다. 얇지만 그녀를 보호해줄 수 있을 정도로 충분히 강하고 질긴 한 겹이었다.

"무엇보다 넌 늘 옳은 선택을 해왔잖아. 나는 늘 네가 옳다고 생각해왔어."

현주가 나긋하게 말했다.

"무서울 거야."

"무서울 수밖에 없어."

현주가 확신을 주듯 계속 고개를 끄덕이며 말했다. "그저 나아갈 뿐이야."

서로에게서 사라지는 건 없었다. 조금 물러나 있을 뿐. 평온한 얼굴의 현주가 그의 손을 바닥에 내려놓았다.

토요일 아침 현주가 트렁크에 마지막 짐을 실었다. 두 번 왔다 갔다 할 필요 없이 그녀의 짐은 승용차 하나에 다 실릴 정도로 적었다.

"이사라는 게 원래 이렇게 쉬운 일인가?"

현주가 트렁크를 닫고 두 손을 털며 말했다.

"처음에는 짐이 적으니까 그렇지. 하지만 이사를 거듭할수록 더 힘들어질 거야. 살림은 계속 늘어나니까."

팔짱을 끼고 서 있던 진성이 답했다.

현주는 고개를 들어 아파트를 올려다봤다. 그의 집에서 나던 곰팡내와 창틀 먼지 냄새가 문득문득 코끝을 맴돌 것이다. 그녀는 그와 함께 계단을 오르던 시간이 얼마나 길었는지, 모리가 도망쳤던 엘리베이터는 얼마나 빨랐는지도 기억했다. 함께 나누었던 대화와 눈빛과 웃음을 통해 무언으로 전하곤 했던 사랑은 이제 그녀의 몸에 새겨져 있었다. 27년 동안 살았던 붉은 집보다 이 낡은 아파트에서 살았던 반년 남짓한 시간의 부피가 더 크게 다가왔다.

현주가 운전석에 탄 후 곧바로 창문을 열었다.

"말한다는 걸 까먹었네. 그 영국 밴드 말이야, 곧 새 앨범을 내고 월드 투어를 시작한대. 한국엔 오지 않지만, 파리에서 공연을 해. 시간이 된다면 꼭 가봐. 라이브가 진짜 끝내주니까."

"좋은 소식이네. 꼭 가볼게."

"이제 갈게."

"잠깐만, 마땅한 봉투를 못 찾아서…."

진성은 그녀를 배웅하고 장을 보러 가겠다며 들고 나왔던 에코백에서 꽤 두꺼운 종이 뭉치를 꺼냈다. 진성이 열린 차창을 통해 그것을 그녀에게 건넸다.

"작별 선물이야?"

현주는 그것이 그가 그동안 쓴 시들이라는 걸 알 수 있었다.

"응, 부끄럽지만. 그동안 너랑 지내면서 시가 꽤 쌓였어."

"오십 편이 돼?"

현주가 깐깐한 심사위원이라도 되는 것처럼 새침하게 물었다.

"응, 조금 넘을 거야. 그렇다고 나 몰래 어디 공모전에 내진 말고. 방송 멘트를 짜기 어려울 때 가끔 꺼내 읽어."

현주가 싱겁게 웃었다. 그녀는 요즘 칭찬 민원을 많이 받고 있었다. 다정한 사람 옆에 있다 보니, 그 다정함이 자신에게 옮겨 온 거라고 생각했다. 그녀가 먼지 구덩이 터널을 외롭지 않게 달릴 수 있는 건 진성 덕분이었다.

현주가 가장 위에 놓인 시를 읽었다. 제목이 '당신이 할 수 있는 인사'였다.

"좋은 곳에서 만나길…."

그녀가 시의 마지막 단락에 적힌 인사말을 읊조렸다. 열여섯 그녀의 마음을 파고들었던 한 줄이었다. 내용은 옛날과 다름없었지만, 그가 새로 퇴고를 한 것인지 단어들이 조금 더 세련되게 바뀌어 있었다. 시의 변화가 꼭 그의 성장을 보여주는 것 같아서 그녀는 기뻤다.

"그 시, 처음에는 죽음뿐만이 아니라 다양한 방식의 이별을 마주하는 사람들이 할 수 있는 인사였어. 그런데 제출하기 전 막판에 바꿨어."

"왜?"

"그 시절에 내가 아는 이별은 몇 가지 없었거든. 연애도 안 해봤고 전학을 가거나 해서 친구들과 멀어져본 적도 없고. 물론 주변인의 죽음도 경험해보지 못했지. 그땐 이별이라고 하면 죽음이 먼저 떠올랐어. 죽음은 가장 절박하고 슬픈 이별이라고들 하니까. 또 시가 극적으로 보일 것 같기도 해서 이별의 상황을 죽음으로 축소해버렸어."

"지금은 이별 하면 뭐가 먼저 생각날 것 같아?"

"글쎄, 이별의 방식보다는 다 열거할 수 없을 정도로 많은 사람이 먼저 떠올라. 그중엔 나도 있어. 어린 시절의 나 말이야."

진성이 잠시 고민하다가 어깨를 으쓱했다.

"그리고 너도. 열여섯 살의 현주와 스물여덟의 현주도."

"나는 그래서 이 시가 좋더라. 첫 단락에서 죽음이라고 이별의 상황을 지정해줬지만, 인사말을 곱씹어보면 그 상황에서만 할 수 있는 건 아니야. 모든 이별 앞에서 할 수 있는 말들이야. 이 죽음을 위한 인사말들을 통해 다양한 이별을 떠오르게 하니, 진짜 잘 쓴 시인 거지. 역시 넌 시를 써야 해."

진성이 콧등을 찡그리며 몸을 떨었다. "오십 편이나 쓰느라 질려버렸어."

현주가 종이를 조수석 가방에 조심스럽게 넣었다.

"이제 가봐. 안녕."

진성이 오른손을 활짝 펴 흔들었다. 꼭 그녀가 출근할 때처럼…. 다시 그녀가 돌아올 것처럼…. 지극히 일상적이고 평범한 인사였다.

"응, 안녕."

나를 나 대신 설명해주고 아껴주고 애틋하게 여겨줬던 사람, 안녕. 네가 더 인정받고 소중히 여겨질 수 있는 좋은 곳으로 가길. 긴 인사말 대신 현주는 은은히 미소 지었다. 진성의 뒤로 보이는 겨울 햇볕에 그녀의 눈이 가늘어졌다. 가슴에 아주 미세한 통증이 느껴졌지만 이내 사라졌다.

현주가 차에 시동을 켰다. 차가 진동하며 계기판의 RPM이 천천히 1로 떨어졌다. 출발할 준비를 마쳤다. 그녀는 오른발로 엑셀을 밟았다. 사이드미러로 비치는 그가 점점 멀어졌다. 그는 웃고 있었다. 이제 그녀는 진성을 떠올릴 때 빳빳한 교복을 입은 귀가 빨갛던 열여섯의 그가 아니라 얼굴선이 조금 굵어진 스물여

덫의 그를 먼저 떠올릴 것이다.

차창 밖에서 짙은 청록의 노송과 두껍게 쌓인 눈이 버티고 짓누르며 힘을 겨루고 있었다. 긴 분투 끝에 노송을 이기지 못한 눈이 패배를 선언하며 힘없이 떨어졌다. 가늘지만 탄력적인 상록수의 잎사귀는 몇 번의 반동 끝에 다시 제자리를 찾았다. 그녀는 다시없을 눈부신 겨울을 막 지났다는 걸 알 수 있었다.

해설
_____

작가의 말

시끄럽지 않은 이별

그들이 헤어진 이유

러브 스토리에 대해 이야기할 때 우리는 종종 단도직입적으로 묻는 과감한 학생이 된다. 다른 많은 문제 앞에서는 그처럼 박력 있지 못하면서 사랑 앞에서 그토록 거두절미할 수 있는 용기는 어디에서 나오는 걸까. 관심은 대개 시작과 끝에 맞춰져 있다. '성공'한 러브 스토리라면 이렇게 물어볼 것이다. 언제 만났어요? 어떻게 만났나요? '실패'한 러브 스토리라면 이렇게 물어볼 것이다. 왜 헤어졌나요? 어떻게 헤어졌어요? 그러나 사랑에 대한 경험이 쌓일수록 타인의 사랑에 대한 질문을 주저하게 된다. 사랑의 경험이 곧 이별의 경험이기도 하다는 것을 아는 탓이다. 많이 이별한 사람들은 사랑의 육하원칙이 그것의 전모를 말해주지 않는다는 사실을 안다. 러브 스토리를 말할 때 어떤 것도 단도직입적으로 묻거나 답하지 않는다면, 당신은 이미 학생이기를 졸업한 사랑의 어른이다.

사랑의 정체는 질문하지 못하는 곳, 답하지 못하는 곳에 꼭꼭 숨어 있다. 그러니 '러브' 스토리의 묘미란 그들이 침묵하는 데 있고, 러브 '스토리'의 묘미 역시 소설 속에서 침묵으로 비워진 공간을 찾아내는 데 있다. 연소민은 흔한 사랑 얘기 속에 드문 침묵의 풍선을 묻어둔다. 그 침묵은 사랑의 순도를 떨어뜨리는 솔직한 고백들로 '오염'돼 있다. 그러나 그 진솔한 고백을 공기처럼 품고 있는 풍선이야말로 이 소설을 보통의 연애 소설 혹은 성장 소설과 구분되는 연애 성장 소설로 만들어준다. 나는 두 사람의 대화가 어긋나는 순간, 두 사람의 몸짓이 갈피를 잡지 못하며 서로를 헤매는 순간에서 이들의 서툰 사랑을 목격한다. 타인을 사랑하면서도 그보다는 자신을 먼저 사랑하는 두 사람은 깍듯하게 서로를 소외시킨다. 정중하게 사랑하는 두 사람이 만나고 헤어지기를 거듭하는 사이, 만남과 헤어짐은 선명하게 구분되지 않는다. 그들의 연애사는 이렇게 말하는 것 같다. 사랑 안에 이별이 있듯이 이별 안에도 사랑이 있다.

소설의 내용을 그들이 헤어진 이유에 맞춰 간추려보면 다음과 같은 침묵의 타임라인이 드러난다. 최초 연인이었을 때 현주는 진성과의 육체적 관계에서 자신이 원하는 만큼의 친밀감에 도달하지 못해 불만을 느끼는 한편, 주어진 조건 안에서 경험할 수 있는 최대치의 애정을 느끼며 관계를 이어가려 한다. 그러나 극복되지 못한 거리감은 언제 폭발할지 모르는 폭탄처럼 항상 긴장 상태를 유발한다. 그 폭탄에 대한 외면이 두 사람이 공유한 첫 번째 침묵이다. 그러나 그 침묵이 이별의 이유였는지는 확신하기 힘든데, 재회했을 때 진성이 현주에게 '제공'해주었던 샴푸 서비스와 그로부터 그녀가 느낀 만족은 두 사람의 육체적 결합에 대한 갈증을 드러내는 동시에, 진성만이 줄 수 있는 쾌락이 존재한다는 것을 설명해주기 때문이다. 성관계에 대한 불만족 문제에서 진성의 손가락이 일종의 '대체물'이었다면 두피 마사지를 할 때 진성의 손가락은 대체 불가능한 교감의 매개물이 된다. 두 사람 사이의 섹슈얼리티는 일반화된 관습에 따라 규정되지 않고 침묵 속에서 고유한 관능의 빛을 낸다.

그래서였을까. 애매하게 헤어졌던 두 사람은 시간이 흘러 자연스럽게 다시 만난다. 십 대였던 두 사람은 이제 스물여덟의 청춘이다. 현주는 지하철 기관사가 되었고 진성은 불문과 대학원생 신분으로 공부하면서 남몰래 시를 쓴다. 그러나 다시 만났을 때 두 사람은 직장인과 학생 이상으로 다른 세계에 놓여 있다. 현주에게 부모가 있는 것과 달리 진성에게는 아들이 있다. 현주와 헤어진 뒤 자신의 성적 문제를 해결하고 확인하고 싶었던 진성은 사랑하지 않는 이솔과 육체적 관계를 맺는다. 시간이 흘러 이솔이 아이를 임신했고, 자신도 모르는 사이 낳아서 키우고 있었다는 사실을 알게 됐다는 사연. 아이를 중심으로 결합된 모종의 공동체에 속한 진성은 아빠로서의 역할에 충실하고자 하고, 현주는 그런 진성과도 새로운 결합체가 될 수 있을 거라 생각한다. 진성의 아이와 잘 지내려는 노력도 게을리하지 않는다. 그럼에도 두 사람 사이에는 말 못 할 침묵의 벽이 쌓인다. 두 사람이 공유하는 두 번째 침묵이다.

두 사람이 또 헤어진 이유는, 진성에게 아이가 있고 따라서 완전히 단절될 수 없는 관계들 사이에 있기 때문이었을까. 표면상 그런 조건은 두 사람이 헤어지는 데 결정적인 이유로 작용했을 가능성을 배제할 수 없지만, 그 바탕에 흐르는 다른 문제가 우리의 시선을 끈다. 두 사람의 관계에는 서로가 서로에게 필요한 존재가 되려 했다는 사실이 있다. 진성의 삶에서 자신의 '필요'를 느끼지 못했던 현주, 현주의 삶에서 자신의 '필요'를 느끼지 못했던 진성은 스스로를 필요로 하는 사람들이 있는 곳으로 자신의 무게중심을 옮긴다. 서로에게 필요한 존재가 되는 데에서 자신의 가치를 느끼는 것은 사랑의 중요한 조건이지만, 필요는 다른 존재로 대체될 수 있다는 점에서 일시적이고 부분적인 조건일 따름이다. 필요한 '나'가 아니어도 사랑을 갈구할 수 있을 때, 보호막이 없는 상태로 자신을 드러내 보일 때 상처받는 일을 피할 도리는 없을 것이다. 그러나 그럴 때 각자는 서로에게 스며들어 '우리'라는 제3의 존재 지대를 만들 수 있다.

그들이 아직 헤어지지 않은 이유

요약하면 두 사람이 헤어진 이유는 거리감이다. 처음 두 사람 사이의 거리는 육체적 결합에 대한 각자의 이해 방식과 감각이 달랐던 데에서 오는 차이였다. 각자의 한계를 넘어서지 못한 채 서로에게 스며들지 못하는 데에서 두 사람의 거리는 좁혀지지 않고 그 자리에 멈췄다. 육체적 거리감을 상쇄시켜주는 것이 정서적 거리감이지만, 두 사람은 정서적 거리감을 좁히는 데에도 어려움을 겪는다. 아이를 향한 두 사람의 애정은 균형을 이루지 못한다. 이러한 상황에도 불구하고 그들의 이별은 시끄럽지 않게 이루어진다. 이 조용한 이별을 두고 긴 시간 동안 느슨하게 이어진 시간의 힘이라고, 혹은 예상했던 이별이기 때문이라고 판단할 수는 없어 보인다. 두 사람이 이별을 받아들였을 때 그들이 알게 된 건 서로의 사랑이 끝났다는 확인만이 아니라 함께하기에 둘은 너무 다른 종류의 사람이라는 보다 근본적인 확신이다. 현주에게 진성은 고양이 같은 남자였다. 같은 공간에 함께할 수는 있지만 자신이 원하는 만큼 다가가기는 힘든.

두 사람은 더 지속하지 못한 사랑을 통해 자신이 어떤 사람인지 알게 됐을 것이다. 이를테면 시를 쓰는 건 진성이지만, 현주야 말로 시적인 인간이다. 시란 무엇일까. 그것은 가슴을 찢고 튀어나오는 진심이다. 그 진심은 내 고통에서 시작되지만 듣는 사람의 가슴으로 옮겨 갔을 땐 묘한 위로를 준다. 지하철 기관사인 현주는 행복 방송을 통해 지하철 승객들의 기분을 즐겁게 해준다. 그 일에 대해 스스로 대단한 의미를 부여하지는 않지만, 지하에서 지상으로 나올 때 그 찬란한 빛을 인식하고, 인간이라고는 자신밖에 없는 기관사실에서의 고독을 충분히 즐기는 가운데, 그의 방송은 시를 쓰는 마음과 크게 다르지 않다. 반면 대학원생인 진성은 시를 쓰지만 자신의 언어에 자신감이 없고, 시간이 흘러 언어학을 공부하기 위해 프랑스 유학행을 선택한다. 현주가 감정에 충실한 사람이라면 진성은 구조적이고 논리적인 선택으로 자신을 일구어온 사람이다. 자신을 둘러싼 환경을 우선으로 두는 것뿐만 아니라 현주와의 관계에서 문제가 있을 때조차 현주와 함께 문제 속으로 뛰어들기보다는 문제의 정체를 파악하기 위해 '현주 아닌' 사람과 관계를 맺어 정량적이고 객관화된 방식으로 문제를 파악하려 한다. 문제의 핵심을 인식하고 해결하는 과정에서 두 사람은 이렇게나 다르다.

소설의 전체를 함께하는 고양이 에피소드는 고양이라는 영역 동물에 대한 현주의 판단과 그러한 판단이 교정되거나 수정되는 상황을 보여준다. 동시에 그 에피소드는 현주로 하여금 자신이 다른 존재와 함께하는 방식에 대해 깨닫는 중요한 계기로 작용한다. 현주는 고양이와 그 보호자 사이의 이상적인 관계에 대해 일종의 확신을 갖고 있다. 한번은 동네에서 고양이를 산책시키는 남자를 보고 혐오의 시선을 보내는데, 산책을 즐기지 않는 고양이를 보호자 마음대로 산책시킨다는 것이 지나치게 이기적으로 보였던 까닭이다. 그러나 그에 대한 판단을 철회하는 일화가 생길 뿐만 아니라 고양이와 함께 살아가는 다양한 방식들이 있고 그것을 옳고 그름으로 구분할 수 없다는 것을 알게 된다. 서로의 거리를 지켜주는 데에서 오는 사랑만큼이나 거리를 조정하는 데에서 오는 사랑도 중요하다. 좋아하지 않는데도 불구하고 함께하면서 애정이 생겼던 고양이와의 관계처럼, 좋아하는데도 불구하고 함께할 수 없는 관계들이 있다. 진성과의 관계가 바로 그런 것이었을 테다. 진성과의 관계가 풍선을 터뜨리지 않기 위해 최선을 다했던 시간이라면, 다음에 오는 사랑에서 현주는 풍선을 과감하게 터뜨려볼 수도 있을 것이다. 풍선은 엉망진창이 되겠지만 풍선 안을 채우고 있던 '불순물'을 동시에 확인할 수 있을 테고, 두 사람의 거리는 재조정될 것이다.

『고양이를 산책시키던 날』은 열여섯 살, 자신에 대해 충분히 알기에는 아직 어린 나이에 시작된 두 남녀의 연애 관계가 12년이라는 시간 동안 위기에 대응하고 변화에 적응하며 이별에 이르기까지 사랑의 탄생과 소멸을 그린다. 십 년이 넘는 시간 동안 두 사람은 때때로 행복하고 자주 서운했을 것이다. 이따금 절망하면서도 대체로 희망을 놓지 않았을 것이다. 그들이 자신의 이별에 그리 놀라지 않았던 것은, 그 시간을 함께하는 동안 두 사람에게 사랑은 성공이나 실패에 도달하는 것이 아니라 끊임없는 순환 상태에 있음을 알았기 때문이 아닐까. 극 중 현주가 운전하는 지하철처럼 사랑의 열차를 타고 있는 우리에게는 잠시 정차하고 때로 환승하는 변화가 있을 뿐, 열차를 타고 있는 한에는 계속해서 사랑의 궤도를 달리는 것이다. 지금 헤어지지만 다시 또 만날 수 있고, 만나지 않는 것이 사랑의 종말은 아니다. 사랑 안에 이별이 있듯 이별 안에도 사랑이 있으니까. 이제 두 사람은 학생이기를 졸업하고 사랑의 어른이 되었을까. 이 소설을 읽고 난 지금, 나는 두 사람의 사랑과 이별에 대해 어떤 것도 묻고 싶지 않다. 그들의 침묵 속에서 이미 충분한 대답을 들었기 때문이고, 그 침묵의 풍선은 소설가 연소민이 세상에 불어넣은 강렬한 공백이자 여백의 상상력이다.

작가의 말

　작년 초여름 여섯 살 러시안블루 모리를 만났습니다. 푸르른 숲을 담고 있는 듯한 동그란 눈은 초록색으로 빛났고, 저는 첫눈에 반했습니다. 그 아이를 일본어로 '숲'을 뜻하는 단어인 모리もり로 부르기로 했습니다. 언젠가 동네의 시립도서관에서 일본어를 공부하던 날 훗날 고양이를 키우게 되면 '모리'와 일본어로 여름을 뜻하는 '나쓰'로 짓겠다고 다짐했거든요. 두 이름을 합치면 '여름의 숲'이 될 수 있도록요. 아직 나쓰는 만나지 못했지만, 울창한 작은 숲 같은 모리가 먼저 저에게 와줬습니다.

　모리의 옛 이름은 '삼백'이었습니다. 왜 삼백이었을까? 태어났을 때 무게가 삼백 그램이었던 걸까? 아니면 연인과 삼백 일이 되었을 때 키우게 된 고양이일까? 하얀 눈이 삼 일째 내리던 한겨

올에 만나게 된 걸까? 모리의 전 주인을 만날 수 없으니 이 질문의 답은 아마 영영 찾지 못할 겁니다. 다행스럽게도 모리는 새 이름에 잘 적응했습니다. 제가 "모리!" 하고 부르면 집 어딘가에서 "앙!" 하고 답하거든요.

집에 심장이 하나 더 뛰는 것은 정말 놀라운 일입니다. 그러나 모리는 함께 살기에 영 까탈스러운 고양이입니다. 모리는 제 몸을 함부로 밟고 다니고 마음이 내킬 때만 저에게 다가와 머리를 비빕니다. 그러나 제가 만지려고 하면 금세 불쾌한 티를 내며 저와 거리를 두거나 가끔은 소심한 주먹질과 함께 하악질을 해댑니다. 모리는 함부로 만질 수 없는 고양이입니다. 그런 모리와 일 년 넘게 함께 살며 우리만의 방식으로 교감하고 소통하는 법을 터득했습니다. 그러니 이 소설은 '성질머리 고약한' 고양이 모리로부터 시작됐다고 할 수 있겠네요.

모리와 함께 살며 제가 미처 몰랐던 사랑에 대해 배워가고 있습니다. 사실 저는 사랑에 박합니다. 한도는 많아 봐야 세 명 정도일까요. 지속성 역시 장담 못 합니다. 의심이 많아 시작하는 것조차 드물죠. 그런 제가 고양이와 살게 되면서 다양한 카테고리의 사랑에 대해 고민하게 됐다니, 신기한 일입니다. 돌이켜보면 저는 사랑에 무심한 척하면서 사랑하거나, 사랑을 했거나, 사랑을 이해하거나, 사랑을 잃어가는 이야기들을 침대에 누워 새벽이 올 때까지 읽곤 했습니다. 모리를 만나고 이 이야기를 쓰면서 비로소 사랑에 대한 저의 열렬한 관심을 인정하게 됐습니다.

이 책이 세상에 나오기까지 주변의 많은 사랑이 있었습니다. 저의 든든한 아군, 모요사출판사의 두 분께 감사드립니다. 항상 나의 이야기에 귀 기울여주는 수민에게도 다정한 안부를 전합니다. 너무나 사랑스러운 고양이 모리도 고마워. 우리 건강하게 오래도록 함께 살자. 마지막으로 형식에게 제가 보낼 수 있는 가장 큰 사랑을 보냅니다. 내 능력 밖의 일을 해냈을 때 네가 늘 옆에 있었어. 이 사실만은 꼭 기억해줬으면 해.

사랑은 저에게 마음에 작은 자리를 내준 보답으로 당혹스러울 정도로 아름다운 일상의 가능성을 엿보게 해주고, 삶이 제대로 작동하도록 하는 감각을 알려줍니다. 그러니 마음의 용량이 적은 저이지만 사랑과 거래를 더 해보려 합니다. 이 책을 덮으며 당신의 마음에도 누군가와 발맞춰 길고 긴 산책을 해봐야겠다는 사랑의 용기가 심어졌길 바랍니다.

2024년 한가을에
연소민

작가의 말

고양이를 산책시키던 날

초판 1쇄 발행 2024년 11월 12일

지은이   연소민

펴낸이   김철식

펴낸곳   모요사

출판등록   2009년 3월 11일
           (제410-2008-000077호)

주소   10209 경기도 고양시 일산서구
           가좌3로 45, 203동 1801호

전화   031 915 6777

팩스   031 5171 3011

이메일   mojosa7@gmail.com

ISBN   978-89-97066-99-5   03810